八瀬秘録

七星夏野
NANAHOSHI Natsuno

文芸社

目次

不吉な先夢

「変化の時が迫っている……」

「サエキ様？」

サエキの様子がおかしいことに気づき、ユキは彼女の傍に寄った。

「戦乱が起こる。ここ、京の地に……帝の身に大変なことが……」

「サエキ様、それは先夢（さきゆめ）ですか」

「火、風、血……帝の周りに……」

そこまででサエキの言葉は途切れ、意識を失い床へ崩れ落ちた。

「サエキ様！　誰か来てください！　サエキ様が気を失われた！」

意識のないサエキの体を抱え起こして、ユキは大声を上げた。

（先ほどの言葉は御言葉（みことば）なのか……。戦乱とは……。大変なことになる）

ユキは大きな不安を胸に宿して、膝の上に横たえたサエキの苦しげな顔を見下ろしていた。

ユキが暮らす八瀬（やせ）の地は、京の西に位置する鬱蒼とした山の中の盆地である。この盆地の中に五十余りの家屋があり、八瀬一族と称していて、それがこの小さな集落の通称ともなっていた。元々縄文の昔には八瀬の民は出雲（いずも）の地に住んでおり、大和朝廷が日本全国を制圧していく過程で八瀬の一族は出雲を出ることになり、この奥深い盆地に移り住んだという言い伝えがあるが、八瀬の地に住み着いて既に千年以上の時が流れた今となっては、八瀬の民にとって出雲の地での先祖の記憶は遠く忘れ去られ、八瀬の地以外に故郷があるなどと思わなくなっていた。八瀬一族の者が長老達から言い聞かせられるのは、五百年以上昔、後醍醐天皇が南北朝の闘いの中で都から吉野へ逃走する際に八瀬一族が彼を助けたことだった。その働きに応じて、天皇家から八瀬一族は永久に租税を免除するという約束を与えられていた。今の実質的な執政者である徳川幕府も、この租税免除の特権に対しては目をつぶっていた。後醍醐天皇からの租税免除の綸旨（りんじ）を八瀬一族が持っていたという理由もあるが、八瀬の痩せた地から税を徴収しようとしても僅かなものであるとわかっていたからであろう。いわば、見てみぬふりをしていたわけである。

ただ、八瀬の村を治めている長老達は、自分達の祖先がかつて出雲に住んでいたことを代々の長老達から伝えられてきた。出雲の一族も八瀬の一族も、日本の地に元々住んでいた民であったが、今からおよそ千三百年の昔、大和の一族が最も強力な力を持つようになり、日本全体が大和の政権下に置かれるようになった。大和の一族は天皇制を布いており、ほとんどの民族はこの大和の天皇制の下に置かれることをよしとしてきた。そのほうが平和な日々を送れたからだ。大和の一族は門下に降る者には寛容であった。しかし、一方で、敵対する者は徹底的に滅ぼした。その頃大和の一族だけが有した鉄製の武器は、敵を死傷する能力の高いもので、一族全滅の危険を冒してまで大和一族に逆らうことは賢いことではなかった。大和一族から指定された土地へ移り住み、適切な貢物を送れば平和な日々が送れたので、多くの民族が大和一族と戦うよりも和平を選んだ。八瀬も例外ではなかった。しかし、中には出雲の一族のように先住権を主張して最後まで抵抗する者もいた。八瀬の一族は出雲の一族と大和朝廷に対し抗うか、従うかの方針で対立し、結果、出雲の地を去ることになったという。しかし、その出雲の一族も最終的には大和一族に制圧され、領土を大きく縮小され出雲の地の豪族として生きていくことになった。

しかし、遥か昔の一族の歴史が長老達から八瀬の村の者に語られることはほとんどなくなった。日本の地に定着した今となっては、大陸に住んでいた祖先の歴史よりも、天皇と徳川幕府という支配者が存在する日本の地で、一族が平穏に暮らしていくことこそ大事であった。八瀬の一族には、他の地の者に知られてはならない秘密があったからだ。それは、八瀬の地に生まれた者の中に特殊な能力を持っている者がいることであった。

　皆ではない。血筋によるとされている。八瀬の地に住んでいるのは十三の氏族であったが、十三の氏族の中で高瀬家に能力者が生まれる確率が高かった。特に、高瀬家の女に強い能力が現れることが多かった。高瀬家は巫女の家系とされ、サエキのように強い霊力を持つ巫女を輩出してきた。ユキも高瀬家の出である。八瀬一族に能力者が存在することは、八瀬一族以外の者には決して知られてはならない秘密であった。

　ただ能力といっても、その力の度合いは人さまざまであった。代々巫女になる女が最も能力が高いとされていた。今八瀬の村を率いている巫女サエキは、特に能力が優れているとされ、先夢というこれから起こることを予見する能力にたけていた。他にも、遠くの地の音を聞きつけることのできる千里耳、一度眼にした物を完璧に記憶する百眼、風の流れを予測することができる風読み等、さまざまな能力を有している者がいた。しかし、普段そのような能力を役立てる場合は少なく、結局は他の土地の者と同じように田畑を耕して日々を送っていた。

　八瀬の地では長老制が布かれており、高瀬家から選ばれた巫女と残りの十二氏族から選ばれた長老の十三人で、八瀬の地に伝えられてきた戒めに基づき、八瀬の民を治めていた。

　その古い戒めの一つでは、八瀬の民は毎年秋の祭りの夜のたびに「ふたたびのかま」と呼ばれる山奥の洞穴の奥に据えられた蒸し風呂に入らなければならないとされていた。ただし、病が重い者や怪我を負った者は、祭りの夜に限らず「ふたたびのかま」でその身を癒すことが許された。八瀬の者は他の地の者よりも長命とされているが、それはこの八瀬特有の蒸し風呂によるものであると考えられていた。蒸し風呂は古代より傷を癒すもの、体によいものとされていたが、八瀬のかまの真の価値は八瀬の民の秘とされ、巫女になった者だけがその秘を受け継ぐものとされていた。

無意識の中で口走る言葉が「御言葉(みことば)」とされ、長老達から重んじられてきたサエキが、気を失うほどの衝撃を受ける先夢を見たと知り、八瀬の長老達は深刻な表情をしてサエキの屋敷に集まってきた。

(今回の先夢は、サエキ様が気を失うほどであることからして、ここ八瀬の地に直接的な影響があることに違いない)

ユキはサエキの枕元で彼女を見守りながら、大きな不安が胸に広がっていくことを止めようがなかった。

ユキも高瀬家の出身であり、幼い頃から先夢をたびたび見て、サエキの後継者として期待されていた。ユキは七歳を過ぎた時から、サエキのもとに仕えてきた。しかし、世が平穏であれば、巫女といってもす特にすることもなく、普段は屋敷を掃除し、清め、畑を耕し、家事をし、巫女の務めである勉学を行う。加えて、八瀬の一族を将来率いる場合に備えて、読み書きはもちろん、地図の読み方、気候の予測の立て方、天文学、和歌の作り方、茶道、華道、古い書物の読み方、栄養学、医術、算学、異国の清の言葉と、学ばなければならないことは山のようにあり、巫女の修行というより、僧になるための学問をしているようなものだとユキは思っていた。しかし、新しいことを学ぶことは楽しく、知識を得るたびに新しい世界が広がっていくようで、学問や種々の習い事はユキにとって決して苦痛ではなかった。むしろ毎日の楽しい日課となっていたのである。

駆けつけてきた村の長老達は、ユキから話を聞いた後、別の部屋で何やらひそひそと話し合っていた。御言葉が下れば、それが八瀬の里にどういう意味を持つのか長老達が話し合い、必要と判断すれば処置を講じるというのが習いだった。さまざまなことを学んでいるとはいえ、ユキの知識はまだ乏しく、八瀬の外の世界のことなどほとんど知らない。ましてや帝のことなどよくわからない。ユキは眠り続けるサエキの顔をじっと見つめていた。

「ユキ」

「あっ、サエキ様、大丈夫ですか？」

目を開けたサエキにユキは顔を近づけた。

「大事ない。私は……祈りの途中に倒れたのだな」

「はい。心配しました。急に意識を失われて……。でもその前に御言葉らしきものを口にされたので、長老達に連絡して、今、隣の間につめています」

「そうか……。ユキ、長老達を呼んでくれ」

「えっ、でも大丈夫ですか？　サエキ様」

「大丈夫じゃ。すぐに長老達と話し合わなければならん」

ユキに言われて長老達はサエキの枕元に集まった。ユキは部屋から出ているように言われ、台所に入っていった。サエキが口にしやすいものを作ろうと思ったのだ。長老達が何を話しているのか気になったが、まだ巫女としての資格を持たない自分が口を出すべきことではなかった。


サエキが御言葉を発してから数日が過ぎた夜のことだった。サエキはユキを呼んで、意外なことを話し始めた。

「ユキ。お前に八瀬を出て、壬生（みぶ）に行ってもらいたい。そこの鶴屋という菓子屋に奉公に出てほしいのだ」

「壬生？　あの、京のはずれの？　菓子屋といいますと……私はまだ巫女の修行の途中ですが」

「わかっておる。これも八瀬を率いる巫女の務めなのじゃ。お前にはその鶴屋でこれから話す輩を監視する働きを命じることになる。八瀬の里を守るために大切な役目じゃぞ。心して務めるのじゃ」

「わかりました。耳目(じもく)の務めですね」

　耳目とは八瀬では情報を収集する役割を意味する。いわゆる間者だ。ようやくユキは今回の任務が、サエキの数日前の御言葉と関係していることを悟った。

「うむ。お前は菓子作りが好きじゃからな。鶴屋での奉公に無理はないだろう。それにお前は歳よりも幼くみえる。修業にきた女子(おなご)ということで収まるだろう。その鶴屋の近くに壬生寺がある。壬生寺の横地に八木という郷士の家がある。そこにお前が監視する輩がいる。江戸から来た浪士達だ。今年の初め将軍警護の目的で多くの浪士達が江戸からやって来たが、一部の者が壬生に残り、会津の預かりとなっている。会津藩は近頃、京の警護のため、京都守護職という役目についた。その会津藩の警護隊の末といっていいだろう。浪士組と名乗っているそうだ」

「浪士組？」

「浪士といっても、侍かどうかは怪しい。しかし、ともかくも会津の傘下にあり、京の地の警護の役割につき、市中を見回っている。この輩の行動を監視し、我らに知らせるのじゃ。繋ぎはリョウが行う。リョウは繋ぎ役をもう何度もこなしているからな」

「リョウが……」

　リョウはユキにとっては隣家の幼馴染であった。しかし二年ほど前から八瀬では姿を見ないようになっていたが、繋ぎ役として八瀬の外にいたことを今悟った。

「わかりました。サエキ様、耳目の務め、必ず立派に務めてみせます。それで、その浪士達がどのように八瀬の地に禍となるのですか？　私はどのようなことに気をつけて監視すればいいのでしょう？」

「ユキ、詳しいことはまだ私にもわからない。ただあの輩が京の地に血を呼び込むことだけは確かである。禍々しい騒乱を京に呼びおこす風となると、私は見た。そして帝自身にも大きな変化をもたらすことも。帝と京の平安こそ、八瀬の地の幾世にわたる安泰を意味するのじゃ。ユキ、この役目、大切なものじゃぞ。しかと務めよ」

「はい。サエキ様」

「細かな準備は侍女達に命じてある。耳目として、修行した通りに、あてられた役をこなすのじゃぞ。しばらく八瀬の地は踏めぬが、こらえよ」
「はい、必ず、サエキ様の期待に応えてみせます」
初めて与えられた務めに、ユキは身が引き締まる思いだった。

七日後、ユキは壬生の菓子屋、鶴屋で奉公を始めた。鶴屋の主人は八瀬と関わりが深い人であり、サエキの知り合いのようであった。この主人だけはユキの真の役割を知っているということである。しかし、他の者はユキのことを京の山奥の北山から修業に来た菓子職人の娘としか見ていない。

菓子作りの練習や店番をこなしながら、ユキは浪士組の情報を集めようと店の客や店の周辺の動きに気を配っていた。毎朝お参りと称して壬生寺へ出かけ、浪士組が住んでいる隣の八木家の様子をうかがっていた。

彼らは、京都守護職の役目についている会津藩の預かりという立場で、壬生隊とか浪士組と呼ばれている。自分達では壬生浪士組と名乗っているようだ。しかし彼らは拍子抜けするくらいのんびりしていた。おまけに着物も擦り切れていて、侍というよりも、京の地によくいる貧乏浪人のようであった。彼らは毎日ぶらぶらと、市中警護と称して京の地を昼となく夜となく出歩いているようであったが、その他には特別何をしている様子もなかった。

（こんなぼんやりしている人達が本当に京の地に血を呼び込むのかしら……）

ユキはばかばかしい情報を得られぬまま、菓子屋の奉公人の顔で毎日を送っていた。

しかし、それから十日もすると、浪士組の様子が変わってきた。人数も増え、日々の行動もただ京の町をぶらぶらするだけでなく、朝から壬生寺で鍛錬し、組織立って隊を組み、町を巡回するようになった。この頃になると京の地にも会津藩預かりの浪士組の噂は広がり、京の地の安全を強化するために、徳川幕府が東から送り込んできた浪士の集団であると理解されるようになった。しかし、だからと言って京の人々がこの得体の知れない浪士隊を受け入れたというわけではない。

（この人達が京に本当に禍をもたらすのかしら。第一、預かっている会津藩って、東北の奥地の藩。そこからわざわざ京の地まで……。京都守護職などという役職はもうずっと長い間なかったと聞いたけれど……）

ユキはいくら最近治安の乱れがあるとはいえ、帝のおわす千年の都である京に、東国の武士達を大量に警備のために置く必要があるのかどうか疑っていた。もしかするとこの会津藩こそ、帝に仇をなす集団ではないのか。サエキが見た夢は会津を警戒せよということだったのではないか。だからこそ、浪士組という訳のわからない集団を警戒せよと自分は命じられたのではないか。

そんな疑いを、ユキは壬生寺で会った時に繋ぎ役のリョウにぶつけてみた。

「もし会津藩そのものが帝や京の地に禍をもたらすものなら、ここにいる浪士達よりも、黒谷の会津藩の動きを探ったほうがいいのでは？　ここの人達は見回りと称して京の地をぐるぐる歩き回っているだけみたいだし」

リョウは小物売りの装束をして、ユキに小さな手鏡を見せながら小声で言葉を返した。

「会津藩は他の者が見張っている。会津は実は徳川家康将軍の血筋を受けている。徳川家に最も忠実な藩があるとすれば会津だ。ゆえに帝に仇をなす恐れがあると、長達も最初に耳目を会津藩に忍びこませた。しかし、会津の殿様は、帝を敬うことひとかたならず、帝も会津の殿様をたいへん気に入っている。文も幾度も下されている。会津が帝に禍をなすとは考えにくい。それが今のところの長老達の結論だ」

「そうなの……。会津藩ではないのね」

「それよりも、会津が浪士組に耳目を潜り込ませた」

「会津藩が？　自分が抱えている集団なのに？」

「抱えているといっても深くは知らない輩だ。会津藩士でもない。会津藩としても浪士組の内情を探りたいのだろう。監視の役目でもあるはずだ。その男、相当腕が立つと聞く。気をつけろ」

「わかった。名は？」

「斎藤一と名乗っている。本当の名前は山口一だ。剣が右差しだからすぐにわかる」

「あ……それなら、わかる。少し前に加わった男のはず。左利きの、背の高い男だわ」

「そいつが会津の耳目だ。自分が耳目なら、他の耳目の動きに敏感なはず。ユキ、へまするなよ」

「大丈夫。リョウ、子供扱いしないでよ。一つしか年上じゃないくせに」

「年が近いといってもなあ。ユキと俺じゃあ踏んだ場数が違うよ」

リョウはふっと笑った。しかし、その笑い方が暗く湿ったものに思えて、ユキは思わず黙ってしまった。

「もう行く。とにかく気を緩めるな。サエキ様の見た先夢は確かにこの壬生に関係している」

リョウはそう言うと、手鏡を風呂敷の中に入れた。

「娘さん、買わないのなら、行かせてもらいます。わて、買う気ない女子に油売るほど暇じゃないでなあ」

リョウは大きな声でそう言って、荷物を背負って歩き去っていった。

（リョウ、変わった……）

ユキはリョウの後ろ姿を見送りながら、幼馴染だった二人の間にいつのまにか広がった距離を感じていた。

「邪魔するよ。菓子がほしいのだが」

そう言って、背の高い、一人の若者が鶴屋の店先に立った。

その若者が浪士組の一員であり、沖田総司という名であることを、ユキは知っている。ユキは心の中に、リョウから聞いた沖田に関する知識を浮かび上がらせた。沖田は浪士組の局長の近藤勇の愛弟子。剣は近藤と同じ流派。剣の腕は相当立つという。いわば浪士組の上層集団の一人といえる。極秘の情報を有しているかもしれない。

外見はいたいけな少女の笑顔を顔にはりつけ、ユキは沖田に話しかけた。

「はい、どのようなものをお好みですか?」

「そうだな、うん、甘いものがいいね」

「……ここにあるものは、皆甘いですが?」

「そうかね。それでは、そうだな……あまり歯にねちねちつかなくて、口の中で長持ちするものがいいね」

「長持ち……」

ユキは思わず吹き出してしまった。

「あ……笑ったね?」

「あ、すみません。あの、長持ちするものといえば、これですね」

そういってユキは金平糖を沖田の前に持ち出した。

「へえ。これ、飴かい?」

「まあ、飴の一種ですね。なめていると、けっこう長持ちします」

「では、それを一袋もらうよ」

「はい、おおきに」

ユキは金平糖の袋を沖田に手渡した。

「小さいのに店番かい? 感心だね」

「はい、ここで菓子作りの見習いさせてもらっています。ユキと申します。どうぞご贔屓に」

「へえ。見習いって、自分でも菓子を作るのかい?」

「はい。まだ、見習いですけど」

「すごいなあ。まだそんなに小さいのに。俺、ここのすぐ近くに住んでいるから、また買いに来るよ。じゃあな、ユキ坊」

(「坊」って……。それに「小さい」って二回も……)

ユキは子供らしい笑みを意識的に浮かべながらも、内心は面白くなかった。自分はもう十六歳で、年の割に幼く見えるほうだが、それでも坊よばわりされる年齢ではない。だが、浪士組の情勢を見張る勤めのためには、幼く見えたほうが好都合だろうとユキは思い直した。しかし、今言葉を交わした沖田が、京の地に血を呼び起こすような輩の一人には思えなかった。殺気というか、邪気というものが、沖田からは何にも感じられなかった。

その後も沖田は頻繁に鶴屋を訪れ、金平糖を買い込んでいった。よほど気に入ったらしいとユキは思い、たびたび代金以上の量の金平糖を沖田に渡した。

「おまけです」

とにっこり笑ってユキが袋いっぱいに詰めた金平糖を沖田に渡すたびに、沖田は子供のように目を輝かせてそれを受け取り、ありがとうとユキの頭を撫でた。

おまけした分の代金は、後で自分で店に払えばいいとユキは考えていた。ユキは耳目の仕事に役立てるようにと、前もってサエキから十分な金を渡されていたのだ。沖田に近づき信頼を得て、浪士組の情報を引き出そうとユキは目論んでいた。

壬生の人々

菓子屋の修業の一つに、あずき豆を煮込む大鍋をきれいに磨く仕事がある。和菓子の餡を作るために、菓子屋では毎日大量のあずき豆を煮込むのだ。煮終わった後、その鍋の焦げを落としてきれいに磨かなければならない。鍋磨きは鶴屋でのユキの仕事の一つだった。毎夕、鍋を井戸の水できれいに磨き上げる。八瀬の耳目としての務めが第一ではあるが、ユキはもともと菓子作りが好きなので、菓子屋の修業もそれほど苦にはならなかった。鍋磨きも慣れてしまえばどうということはない。水の冷たい季節には手に過酷な仕事であったが、今は四月に入り、気温も暖かくなって水も温んできた。

その日も、ユキは井戸端であずき豆を煮終わった後の大鍋をごしごしとこすっていた。鍋の底から焦げがとれて、ぴかぴかになっていく。ユキは鍋磨きに熱中していて、そんな自分の姿を背後から見ている人間がいることに気づかなかった。

「はー、きれいになった！」

ようやく、汚れ一つなく鍋を磨き上げた時には思わずそんな声を上げてしまった。

「はい、よくできました」

突然背中から声をかけられ、ユキが振り向くと沖田が立っていた。

「あ、沖田さん。どうなさったのですか」

「いや、鶴屋に行ったら、ユキ坊が奥で仕事しているっていうから見に来てみたのさ。ずいぶん熱心に鍋を洗っていたね」

「え、見ていたのですか？」

「うん、すごく真剣に鍋を洗っているから声をかけづらくてね」

沖田は近づいてきて、ユキの真っ赤になった手を見た。

「ずいぶん、手が荒れているけど、大丈夫なのかい？」

「え？　ああ、こんなのたいしたことないです。冬場はもっと荒れますし。これくらいの手荒れは軽いほうですよ。菓子作りはどうしても水仕事をたくさんすることになるので、手荒れは仕方ないのです」

そう言いながらも、ユキは自分の両手を見て、確かに年頃の娘の手にしては赤くなったり傷がついたりしていて、きれいな手とはお世辞にも言えないなと思った。

「ふうん。仕事熱心だね、ユキ坊は」

「はい。あ、沖田さん、鶴屋にいらしたのですよね？　また、金平糖ですか？」

「いや、今日は近藤先生に頼まれて、会津の偉い人が来るから、相応の菓子を買ってこいと言われてね。でも、鶴屋に行ったらユキがいなかったから」

「それはすみません。店の他の者に言ってくだされば」

「ああ、でも、菓子はいつもユキ坊にお願いしているからね。ユキが裏庭にいるって聞いて探しに来たのさ」

「それは面倒かけてすみません。すぐに店のほうへ戻りますので」

　ユキは前掛けで手を拭きつつ、沖田に頭を下げた。

　結局、ユキがみつくろった鶴屋自慢の梅の形をした練り切りを四つ選んで沖田は八木家に戻っていった。帰りがけに沖田はユキのほうを振り返り、その手をじっと見ていたが、何も言わずに歩き去っていった。

　ユキは沖田が見ていた自分の両手を改めて見つめた。そこかしこが赤く荒れていて、切り傷も数か所ついている。年頃の娘としては気にすべきだろうが、幼い頃から水仕事や、八瀬の里での修行の一環として武芸の訓練も積んでいたユキとしては、手が荒れていることは当たり前のことであった。でも、沖田が凝視していたところを見ると、自分の手は娘としてはずいぶん荒れているらしいとユキは少し悲しい気分になった。

「ふうっ……」

浪士組の様子を見に来た会津藩の者と面談した後、土方はさすがに気疲れして、自室にこもって溜息をついた。壬生浪士組を率いている幹部の一人として、土方歳三の毎日はけっこう忙しい。江戸の頃からの幼馴染である近藤勇を支えて、浪士組の者達の管理、市中の警護、見回り、それに会津藩の者達との折衝。やること、やるべきことは限りなくあった。今も、近藤勇と共に浪士組の活動を会津藩に報告し、更に一層精進する意気込みを懸命に伝えた。会津からは当面の給金として五十両を支給されたが、八木家への借財や、増え続ける人員の飲食の世話で五十両はあっという間に底をつくだろう。土方としては、会津藩における浪士組の位置づけを何とか格上げし、近藤勇を中心とする江戸の試衛館の同胞達を核にしたもっと強い戦闘集団を作りたいと考えていた。そのためには、会津藩のお偉方とも付き合わなければならない。しかし、もともとかしこまったことが苦手な男だ。会津藩の使者達との面談は相当肩がこった。

土方が自分の肩をもんでいると、沖田総司が部屋に入ってきた。

「土方さん、石田の塗り薬、持ってきていますよね?」

「おう、総司、なんだ、お前、怪我でもしたのか?」

沖田総司も近藤勇と同じく土方にとって幼馴染の一人だが、沖田のほうが十も年下なので、弟分といったところだ。

「いや、俺じゃないのだけど。土方さんのことだから土方家秘伝の薬をたっぷり京に持ってきたのではないかと思って」

「おうよ。石田散薬も塗り薬もたっぷりあるぞ。日野の姉さんからもたんまり送ってきているよ。塗り薬のほうだな？　お前じゃねえなら、浪士組の誰かが怪我でもしたのか？」

「いや、鶴屋の……ほら、俺がよく菓子を買いにいく、すぐ横の菓子屋の見習いの子が、水仕事で手を荒らしているのでね。石田の塗り薬を少し分けてやろうと思って」

「鶴屋？　ああ、あそこか。お前、毎日のようにあそこの菓子を食っているそうじゃないか。まったくお前はガキの頃と変わらないねえ。菓子ばっかり食って。もそっと（もうちょっと）力のつく物を食えよ」

「土方さん、誰が俺を菓子好きにしたと思っているのです？」

「何だよ、俺だっていうのか？」

「そうですよ、当たり前じゃないですか。俺が小さい頃から、飴玉やら饅頭やら、菓子をしこたま食わせたくせに」

「ふん、お前がちびで細いからだよ」

「生憎、今の俺は、土方さんより背が高いですけどね」

「うるせえ。それこそ俺のおかげだぞ。俺がお前にたらふく食わせてでっかくしたのだからな」

「はいはい」

沖田は土方にいいかげんに相槌を打ちながら、ふと土方の顔をじっと見つめた。

「……何だよ？」

「土方さん、俺が子供の頃、手が荒れていたら、石田の塗り薬を塗ってくれましたね」

「あ？　ああ、お前、手伝わなくていいっていうのに、ツネさんの水仕事を手伝っていたろう？　特に冬場はお前の手、赤くなっちまって……それじゃあ竹刀（しない）を持つのに差し障ると俺は近藤さんに何度も言ったのに。だから、俺が家伝の秘薬を塗ってやったのさ」

「そう、土方さん、ぶつぶつ言いながら、俺の手に石田の塗り薬を塗ってくれました。幾度も、幾度も」

「おう、お前は昔から手のかかるガキだったぜ」

沖田と土方は互いににやりと見つめ合った。もう十年以上の時間を共にしている者達だけが持つ、言葉のいらない交流であった。

「鶴屋の見習いの子もね、大鍋を洗って手が赤くなっていて……俺、自分のことを思い出してさ。そういえば土方さんが薬を塗ってくれたなあって。あの子にも土方さん自慢の塗り薬を分けてやろうと思ってさ。いつも菓子をおまけしてもらっているしね」

「おう、薬はたんまりあるから持っていけよ。その箱の中にある」

土方は文机の上の箱を指差した。

「じゃあ、遠慮なく、頂いていきます」

「石田の塗り薬はよく効くからな。しかし、総司、お前本当に変わらないねえ。昔から下働きや奉公人の子がつらそうだと、放っておけないからな、お前は」

「いえ、そういうつもりはないですけどね」

「そういうつもりじゃなくても、そうさ。日野の飯屋のおたきや、八王子のそば屋のおくめや、勇さんの実家の女中のおぬいや……。お前は、小さい子が苦労しているのを見ると、やたら親切になるからな」

「だから、別に、そういうつもりじゃないですよ」

沖田は少し頬を膨らませて土方に反論した後、塗り薬を手に取り土方の部屋を出ていった。

土方は沖田の背中を見送りながら、

「相変わらずガキだなあ」

と、溜息をついた。

土方や沖田は、多摩の地から京の地まで、近藤勇と共に道場ごとやって来たようなものだった。黒船が来襲して以来、江戸の地にも異国との戦争が近いという不穏な空気が蔓延していた。国のために何かしたいという熱い思いを抱く若者も多く、どこの道場も稽古に励む声に溢れていた。武士ばかりではなく、町人や農民の中にも武芸を習う若者達が急増していた。世間には何事かが起こる日が近いという、興奮するような、不安を煽るような騒々しさが満ちていた。まさに乱世であった。

近藤が開いていた試衛館という道場にも、そのような世相を反映して武芸を磨こうとする若者達が集まっていたが、ほとんどは武士の生まれではない若者達であった。

沖田総司だけは正当な武家の嫡男であったが、沖田家は父母が早く亡くなって生活が苦しかった。父の代で既に浪人同然であったから、結局沖田家の嫡男とはいっても幼かった総司に日々の暮らしを立てることはかなわず、近藤の道場に内弟子という形で住み込むことになった。内弟子といってもさまざまな家事や下働きもさせられていたわけだが、近藤は優しく頼りがいのある師匠であり、沖田の試衛館での日々は決してつらいものではなかった。

沖田の剣の才能は、近藤の師匠である近藤周斎も目を見張るほどで、沖田が成長するにつれ、近藤道場での彼の立場はどんどんよくなっていった。近藤道場そのものが沖田総司の剣の天分に大きな期待をかけていたのだ。江戸に星の数ほどもある剣術道場の中で、沖田が剣士として名を上げ、近藤道場の名を高めてくれるだろうと近藤勇も近藤周斎も期待していた。信頼できる師匠に恵まれ、まっすぐに育った沖田は、試衛館に集まった若者達にも可愛がられ、その剣の腕を賞賛されていた。しかし、近藤勇の幼馴染だという土方歳三だけは、初めから皆と違う態度で沖田に接してきた。

初めて会った時、土方は十九歳、沖田は十歳であった。ふらりと道場にやって来て縁側から沖田の竹刀稽古を見ていた土方は、稽古を終えた沖田を手招きした。

「おい、お前が総司か」

「はい。おじさんは誰ですか?」

「おじ……おじさんじゃねえ。俺は勇さんの悪友の土方歳三だよ。ちょっと顔貸せ」

「近藤先生の……」

「こっちだ、来い」

土方は沖田を道場の裏庭へ連れていき、袂から小さな紙袋を取り出して彼に渡した。

「これを食え」

「え?」

沖田が紙袋を開けてみると、中には紅白のひねり飴が入っていた。

「これ、俺がもらっていいのですか」

「そうだよ。食えって言っているだろ」

「はい。ありがとうございます。でも、おじさんがなぜ俺に飴を？」

「おじさんじゃねえって言っているだろ。お前はまだガキなんだから飴が好きだろ。食え」

「はあ……」

「お前のことは勇さんから聞いている。相当な才能だそうだな。将来が楽しみだと言っていた」

「近藤先生が？　そうですか、嬉しいなあ」

「だから飴を食え。稽古は体力を使うだろ。甘いものが欲しくなるはずだ。飴でも食っていりゃ多少稽古がつらくても我慢できるだろ」

「ありがとうございます。でも、俺、稽古はつらくないですよ。近藤先生の教え方はすごく丁寧で、わかりやすいです」

「そうか。そうだな。勇さんは江戸で一番の師匠だ、いや、日本一だな。おめえは勇さんにしっかりついていけよ。勇さんについていきゃあ問題ねえ」

「はい！」

それからも土方はたびたび道場を訪れては竹刀稽古の様子を縁側から眺め、沖田に飴やら餅やら甘い物を渡しては、勇さんについていけと励ますのだった。時には卵や味噌、山芋なども持ってきた。まるで沖田総司という雛を育てる親鳥のように、土方はいろいろな食べ物を運んでくるのだった。

結局、沖田が成長すると近藤も土方も追い越す背高のっぽになった。相変わらず手足は細かったが、神童といわれるまでにその剣の腕は上達していった。今や、近藤道場の者で沖田に竹刀を交えて勝てる者はいなかった。師匠の近藤でも勝てないほどだ。

沖田は二十歳になり、もう子供ではないのだが、土方は相変わらず沖田に甘い物を差し入れていた。もう子供ではないとふくれる沖田だったが、甘い物は嫌いかと土方に問われれば、それは好きに違いなく、つまるところ、沖田は今でも土方の雛鳥だったのだ。

土方のおかげですっかり甘い物が好きになってしまった沖田は、京に来てすぐ八木家の近くに菓子屋をめざとく見つけ、鶴屋に毎日のように顔を出すようになっていたのである。

ある日ユキが鶴屋で店番をしていると、沖田が入ってきた。

「あ、沖田さん、いらっしゃい」

「やあ、ユキ坊。また来たよ。金平糖もう食べちゃったからね」

「もう？　では、今日も金平糖ですか」

「ああ、頼む」

「はい。いつもありがとうございます」

ユキは金平糖を袋いっぱいにつめて、沖田に渡した。

「はい。おまけしておきましたよ」

「いつも、すまないねえ。はい、これお代」

「いつもありがとうございます」

ユキはお金を受け取ってぺこりと頭を下げた。

「ああ、ユキ坊。おまけしてもらったからってわけでもないのだけど、これ、使ってくれよ」

沖田は袂から石田の塗り薬を取り出して、ユキに渡した。

「これは？」

「塗り薬。俺の兄貴分の人の家の物なのだけどね。俺達の故郷では、よく効くって評判の薬だから。手に塗るといいよ。切り傷によく効くから」

「あ…ありがとうございます」

「いや、別に気にしないで。また、金平糖おまけしてくれよ」

「あ、はい。またいつでもお寄りください」

ユキは沖田の意外な優しさに驚きながらも、やはり嬉しかった。

ある朝、菓子の仕込みを終えたユキは壬生寺にお参りしてくると言って鶴屋を出た。朝の静けさが心地よかった。しかし、壬生寺の境内に入ると騒々しい物音が聞こえてきた。浪士組の隊士達が剣術の稽古をしているのだ。

（こんな朝早くから、もう稽古をしているのか……）

ユキは稽古している隊士の中に数人見知っている顔を見つけた。沖田もいる。会津の耳目とされる斎藤もいた。二人は浪士達の構えを直したり、竹刀の向きを直したりしていた。常に眼光鋭い斎藤が厳しい所作で隊士達に稽古をつけていることには何の驚きもないが、いつもにこにこと笑っている沖田が、真剣な表情で隊士達の間を回っている様子にユキは少し驚きを感じた。浪士組きっての剣の使い手といわれていることは知っていたが、菓子屋で会う沖田からは殺気も剣気もまったく感じられず、なかなか沖田が剣の手練れ（てだ）とは信じにくかった。鶴屋に金平糖を買いにくる沖田は、いつもにこにこ笑って穏やかだった。しかし、今の沖田は目にまったく笑いは浮かんでおらず、一人一人の構えに細かく指導を入れている。真剣そのものの表情だった。

意外なものを見た思いでユキはその場を通りすぎてお参りを済ませ、遠くから沖田を見ていた。その時、ユキは殺気を感じた。その気の放たれた向きへ顔を向けると、斎藤一がじっとユキのほうを見ていた。ユキは何食わぬ顔で、笑顔を向けて斎藤へ頭を下げた。斎藤は何も見なかったように、沖田へ顔を向けた。

「総司、そろそろ切り上げよう」

「ああ、一、そうだな。皆、ご苦労。八木家へ戻って汗を流してくれ。いいか、今日の構えを忘れるなよ。敵と向かい合う時でも、今日の構えを崩すな」

沖田は隊士達に解散を命じて、懐から手拭いを出して汗を拭った。

「一、あいつらも大分サマになってきたじゃないか。なかなかいい太刀筋の奴も数人いるな」

「ああ、だが、まだ実戦の経験が足りない。場数を踏ませなければな」

「そうはいっても、最近不逞浪士達もすっかり大人しくなったからなあ。三日前原田さん達が無理やり商家に借金しようとしていた浪士達を捕まえたくらいで。その時も原田さんがちょいと槍を回したら、腰を抜かしちゃったらしいよ」

「……この静けさは、気にいらん」

「何かの前触れってこと？」

「……俺も戻る」

「え？　あ、ああ」

沖田はユキに気づいたようだ。

「沖田さん、おはようございます。朝早くからご苦労様です」

「やあ、ユキ坊。お参りかい？」

「はい。毎日壬生さんにお参りしているのです」

「そうかい、よくお賽銭（さいせん）が続くなあ」

「な……」

「ははは、毎日の賽銭に免じて、ユキ坊の願いを叶えてくれるといいね、壬生様が」

「願い事をかなえるためにお参りしているわけではありません」

「あれ、違うのかい？」

「心を清めるためにお参りしているのです」

本当の目的は浪士組の動向を探ることだが、もちろんそんなことを沖田へ話すわけにはいかない。とりすましたユキの顔を見て、沖田が吹き出した。

「ははは！　ユキ坊は偉いねえ！　心を清めるために、毎日賽銭を投げ出すなんて！」

沖田は大口を開けて笑っている。ユキはむっとして沖田を少し睨んだ。

「ははは、まったくおかしいや。ユキ坊は心を清めるもなにもそんな必要ないだろう！」

「沖田さん。笑い過ぎです」

「だってさ、ユキ坊みたいな子供の心を清める必要があるなら、京中の大人達は皆こぞって寺やら神社にお参りしなきゃならないよね。そうしたらお賽銭の山ができちゃうよ。まったくユキ坊は、ずいぶんませたことを言うなあ！」

「沖田さん……。私はもう子供ではありません。心を清めようと思って何が悪いのです？」

「いや、悪くはないけどさ。ユキ坊の心は清めなくたってきれいじゃないか」

「え……」

「そんなに小さいのに菓子屋に奉公して。菓子作りの修業をして。一生懸命じゃないか。壬生さんの力なんて借りなくても、ユキ坊の心はもう十分きれいだよ」

「沖田さん……」

ユキは八瀬の耳目としての本当の自分の役割を知らずに、自分のことを心がきれいだと言ってくれる沖田の顔をまっすぐに見つめることができず、思わず顔をふせた。

「あれ。ユキ坊、気を悪くしたかい？　笑い過ぎたかな。ごめん、ごめん」

「いいえ。気を悪くしてなんかいません。あの……ありがとうございます。私のこと、そんな風に言ってくれて……」

「なあに、ユキ坊、子供の頃はね、皆心はまっ白できれいなものだよ」

「……沖田さん、だから、私はもう、子供ではないと……」

「うらやましいよ」

「え？」

「俺達大人の心なんて真っ黒くろだからねえ。清めようとしたって、早々に清められるものじゃない」

「沖田さん……」

「俺なんて、とりわけ真っ黒さ。壬生さんにいくらお賽銭投げても、お手上げさ」

そう言いながらも、沖田は優しい笑みを浮かべていた。その笑みを見ているうちに、ユキは胸の奥にきゅっと痛みが走った気がして、思わず片手を胸にあてた。

「さ、ユキ坊、存分にお参りしておいでよ。邪魔してごめんよ」

沖田はひらひらと手を振って壬生寺を出ていった。


ユキはその背の高い後ろ姿を見送りながら、三日前に見た夢を思い出していた。サエキのようにはっきりした先夢を見ることはユキにはできなかったが、先夢の原形のようなものを時々見ることがある。たいていは意味がわからず、サエキに夢解きしてもらわなければ、何を示しているのかわからなかったが。

ただ、三日前に見た夢はかなりはっきりしたものだった。沖田がどす黒い血にまみれて、剣を手に立っている姿だったのだ。なぜ、沖田が夢に出てきたのか、この夢が八瀬にどのような関連があるのか、京の地にどのような意味を持つのか、それはユキにはわからなかったが。

昼間会う沖田は笑顔が多い、快活な青年だった。普段から殺気を振りまいて歩いている斎藤とは違い、沖田のまわりにはふんわりとした空気があり、彼が剣を握れば浪士組随一の腕であり、局長の近藤や副長の土方に大変頼りにされているとリョウから聞いた知識としては持っていたものの、実感として沖田が人を斬っている姿は想像できなかった。しかし、三日前の夢では、沖田は蒼白な顔と厳しく吊り上がった目で、刀を右腕に持って体中血を浴びていた。その顔も血で汚れていた。冷厳といってもいい空気を夢の中の沖田は漂わせており、殺気とも違う、もっと冷たく、もっと張りつめたものをユキは感じた。

（これが人を斬る時の沖田さんなのか……）

ユキは夢の中で恐ろしさと意外さを感じながら、沖田総司という一人の剣士としての姿を初めて見た気がしていた。

先ほど会った沖田は、いつものようによく笑う青年であったが、剣を握った時、敵に対した時の沖田は、夢の中のように冷たく青白い顔をしているのだろう。しかしユキにはどうも剣士としての沖田が現実的なものとして思い描けなかった。

この京の地では、春とはいえ夜はかなり冷え込む。下弦の月がかかる、肌寒い京の夜だった。闇に紛れやすいよう黒い着物に着替え、ユキは鶴屋を抜け出した。今夜浪士組の隊士達が夜に見回りをするという情報を仕入れて、様子を探ろうと考えたのだ。三日前に見た血にまみれる沖田の夢も気になっていた。

（鶴屋に来てから、まだ八瀬に有益な情報らしい情報を掴んでない。耳目の役目を十分に果たしていない。何か情報を得ないと……）

ユキは八木家から出動していく浪士達の跡をつけていった。今夜は沖田の隊と、斎藤の隊がその任を受け持っているらしい。総勢十六名の隊士達が浅葱色の揃いの羽織を着て夜の京を進んでいく。

浅葱色の羽織は、色が鮮やかで目立ちすぎて、あまりよい趣味ではないとユキは日ごろ思っていた。しかし、こうして夜の闇の中に浮かび上がる浅葱色を見て、この羽織の効能を悟った。暗い中でもひどく目立つ。これならば、仲間がどこにいるのか目の端でもすぐ捉えられるし、同士討ちも避けられるだろう。

沖田と斎藤が先導して、他の浪士達が京の狭い路地を歩いていく。

（この方向からして……河原町か）

浪士達は歩きながらも、周囲に目をくばり、常に左手を腰に差した刀の鍔に置き、鯉口を切っていた。左利きの斎藤だけが手が逆だ。沖田は相変わらず緩い表情をしていたが、その目は何か動きを捉えるたびに鋭く光るような気がした。目が光るたびに、沖田の全身は針金が通ったようにぴんと緊張する。普段は見ない沖田の姿に、ユキはやはり沖田も剣士なのだなと、やっと納得できる気がしていた。

少し距離を置いて闇に紛れて沖田達の跡をついていたユキだったが、強い殺気を感じて思わず立ち止まり、身をかがめた。と、その瞬間、すぐ前の路地から三人の男達が飛び出してきて、沖田達に襲い掛かった。うぉーとかん高い叫び声とともに、浪士組の背にむかって刀を振り下ろしてきた。

（あぶないっ！）

ユキは思わずかがめていた身を起こしたが、その直後に強烈な血の匂いを嗅いだ。沖田と斎藤が刀を抜いて横に払い、あっという間に二人の男を斬ったのだ。もう一人の男も、別の浪士組の者に斬られていた。三人とも既に絶命しているらしい。路地の上に倒れてまったく動かない。血のついた刀を一度横にふって、沖田は刀を鞘（さや）に納めた。

「いきなり、だな。力を加減できなかった。生け捕りにできたほうがよかったのだが」

「ああ。しかし、どうせ雑魚だろう。こんな所で俺達を三人きりで襲ってこようとは大した頭の持ち主とも思えん」

斎藤も懐紙で血を拭ってから刀を鞘に納めた。

「剣の構えから見て、西国のほうの出だろうな」

「ああ。しかし実戦慣れしておらんな。声を上げて、わざわざ敵に気づかせてから襲ってくるやつがあるか」

斎藤はそう言いながら、何か身元がわかるものはないかと倒れた三人の懐を探っていた。

「だめだ。何も持っておらんな。ただこんな板切れを懐に入れていた。いや…板ではないな、この感触。鉄か？」

「鉄？」

沖田は斎藤からそれを受け取って、月明かりにさらしてみた。小さく平たい、青黒い金属の板だった。

「表面に何か刻んであるぞ。十字か……いや、〆という字にも似ているな」

「他の二人も、同じものを持っているぞ」

斎藤は他の二人の帯の間からも、青黒い板を取り出した。

「何だ、これ。火打石かな？　どうってことないかもしれないけど、土方さんに相談してみよう」

「そうだな。おい、田代、そこの角を曲がった所に自身番があるはずだ。三人死人が出たことを知らせてきてくれ」

田代と呼ばれた隊士はうなずいて走っていった。

「皆、ご苦労。今日はこれで壬生へ帰るぞ」

斎藤は皆に号令した後、沖田のほうを見て言った。

「しかし、総司。お前、相変わらず返り血ひとつ浴びておらんな」

「ああ。一、お前の着物はずいぶん真っ赤だぜ。それじゃあ八木さんの所に頼めないな。自分で洗わないと」

「ふん。放っておけ」

きびすを返した斎藤は一瞬動きを止めたが、すぐにまた歩き出した。

物陰に隠れてすべてを見ていたユキは、初めて目の当たりにした血生臭い戦闘に緊張しながらも、今見たことをリョウに報告すべく頭で情報を整理していた。その時、斎藤から鋭い視線を投げられた気がして一瞬どきっとしたが、そのまま何事もなく斎藤が歩き去っていったので、自分に気づいたわけではないと安堵した。

沖田は斎藤の後をついて歩き去っていった。斎藤が言った通り、返り血で全身汚れている斎藤に比べ、沖田の着物は何事もなかったようにきれいなままだった。しかし、確かに沖田は人を斬ったのだ。あっという間に。微塵も動揺することなく。これが剣士、沖田の姿なのだ。ユキは昼間鶴屋や壬生寺で会う沖田がどうも剣士らしく見えないと怪訝に思っていたが、この京の夜の路地を歩いていく沖田は、まさしく剣士だった。

（しかし、返り血一つ浴びないとは。よほど剣の腕が勝っているということかな。でも、とにかく私が見た沖田さんが血にまみれるという夢は今宵のことではないらしい）

ユキは沖田の別の一面を見たことに驚きながらも、彼が無事だったことにほっとしていた。

（しかし、あの鉄の板……何だろう？）

ユキにも三人の浪人が持っていた鉄板の意味がまったくわからなかった。

「鉄の板を持っていた？」

「鉄かどうかはわからないけど。薄い金属の板で、表面に十字が刻んであるって。浪士組を襲った人達が懐に隠し持っていたの。何か意味があるのかな」

「………」

小物の行商人の恰好をしたリョウと会った時、ユキはあの夜見た出来事を報告した。あの板の意味をリョウなら、あるいはサエキならわかるかもしれないと期待していた。

「その浪人達全員が持っていたのか？」

「うん、そう沖田さんは言っていたわ」

「その浪人達は西国の出なのだな？」

「そうらしいって。剣の構えが西国のものだって、沖田さんが……」

「ユキ。お前は沖田の言葉を鵜呑(うの)みにしているだけじゃないのか？　もっとお前自身で見聞きしたことを知らせてくれねば困る」

「あ……ごめん、でも、あの時は姿を隠しながらだったから、近くで見るわけにもいかなくて……」

「まあ、いい。とにかく、この件、サエキ様に報告しておく」

「ほんと？　リョウはあの板に意味があると思うのね？」

「ああ。だが、いい意味ではないな。俺達にとっては面倒なことになりそうだ。浪士組の奴らにとってもな」

「え？」

「その板は土方に渡されたのだな？」

「うん、そう沖田さんが言っ……あ…あの……」

ユキはまた沖田の言葉を繰り返しているだけの自分に気づいて、言葉を飲み込んでしまった。

「……よし、俺が一枚証拠として手にいれて、サエキ様にお渡ししよう」

「リョウ、そんなことして、大丈夫なの？」

「ユキ、俺を誰だと思っている？　千里耳のリョウだぞ。浪士組の奴らから板切れを奪うことくらい朝飯前さ。それでなくても、奴らの住まいは隙だらけだ」

リョウは唇の端をひょいと上げると、ユキをちょっと睨んだ。

「俺のことより、ユキ、お前こそ、耳目の務めをきちんと果たせよ。お前がここにいる意味を肝に銘じろ」

「うん、わかっているよ」

千里耳のリョウ。

リョウは幼い頃から動きが機敏で、遠い物音を聞きつけられる特別な能力があった。その能力を生かして、八瀬の民のための情報収集を行うために早くから八瀬の里を出て、諸国を歩き回っていた。ユキと一歳しか歳が違わないのだが、リョウはずいぶんと大人びてみえた。耳目としては、歳は若くともリョウは八瀬随一ではないかと言われているくらいだ。

（昔はいっしょに泥んこ遊びではしゃぎまわった仲なのにな）

ユキは、幼馴染のリョウが自分の理解できない遠い世界にいるような気がして、少し寂しくなった。

「十字のついた鉄板……」

「はい。こちらです」

リョウは行商人から村人の恰好に服装を変えて、八瀬のサエキのもとに戻り、集めてきた情報を報告していた。ユキから得た情報を元に壬生の浪士組が住まいとしている八木家に忍び込み、一枚の鉄板を盗み出してきてサエキに差し出した。サエキはその板を手に取り、しげしげと見つめていたが、近くの火鉢の中に投げ込んだ。ジュッという音と共に、板から青黒い煙が立ち上がり、やがて消えた。それを確かめて、サエキは口を開いた。

「鉄ではない、青銅じゃな」

「青銅？」

「そしてつけられた傷は、斜め十字。出雲の奴らじゃな」

「出雲の。やはり……私もその十字、出雲のものではないかと思っておりました」

「ああ、出雲の一族が使う典型的な呪術じゃ。あの一族は祭祀や呪術には常に青銅を使う。そして斜め十字をつけて、遠くから物や人を操るのじゃ」

「そんなことができるのですか？」

「出雲の民は、な。古くから出雲に伝わる技じゃ。だが、出雲の術は術者が出雲の地にいなければ、能力を発揮できない。術をかけた相手が出雲の地から離れる場合には、青銅板を使って、人を操ると聞いている。しかし、出雲から京の地まで、これほどの距離をものともせず呪術を操れる者は出雲の一族の中でも限られるはずだが」

「しかし、出雲の一族がなぜ、浪士組を襲わせるのです？　襲った者は西国の者らしいですが」

「さあ、な。それはまだ、私にもわからぬ。いずれにしろ、出雲が顔を出してくるとなると、厄介なことになるな」

「はい……」

「リョウ、ご苦労だった。お前の耳目としての情報は大変役に立つものだ。お前は優秀だな。八瀬の地にとってなくてはならぬ者じゃ」

「もったいないお言葉」

「しかし、ユキはこの青銅版を見つけた以外、まだ耳目らしい役割を果たせんのう」

「サエキ様、ユキにはこの役割、荷が重いのでは？　何しろ、耳目の務めは初めてですし……」

「うむ、確かに、ユキは耳目としての働きはあまり望めないのかもしれぬがな。しかし、ユキには私と同じように先夢を見る才能がある。そのためには、なるべく対象物の近くにいたほうがよいのじゃ。感応する力が強くなるからな。壬生の地に、これから起こる騒乱の元があるのは確かなのじゃ。ユキから先夢の報告はなかったのだな?」

「はい、ございませぬ」

「ふむ、まあ、待つしかないか。ところで、リョウ、帰り道にルリの所を訪ねてくれんか」

「島原の?」

「ああ。つらい役目を負わせてルリにはすまないと思っている。本人は島原の花魁として贅沢三昧の暮らしをさせてもらってありがたいなどと言っているが……本心ではあるまい。寂しい思いをしているだろう。ルリは昔からお前を弟のように可愛がっていたからのう。顔を見せてやってくれ。ルリは喜ぶだろう。それにルリに渡してもらいたい文もあるのだ」

「承知しました」

「リョウ」

「はい?」

「いろいろと、すまない」

「サエキ様、お気遣いは無用です」

リョウはそう言って、サエキの前を辞した。

サエキの前を辞したその足で、リョウは島原の置屋へ向かった。まだ昼間なので、花魁も普段着のまま置屋で寛いでいるはずだった。リョウは島原出入りの小間物屋として出入りを許されていたので、すぐにルリ、島原の名でいうところの春野に取り次いでもらうことができた。

「小間物屋さん」

「春野様、ご所望の櫛、お持ち致しました」

リョウは小間物屋の恰好で、春野と呼ばれているルリの前に参じた。かむろが二人同じ部屋の後ろにいるので、互いに本名では呼び合えない。

「これは、また、きれいな櫛、持ってきてくれはりましたなあ」

春野はリョウが広げた風呂敷の中から、桜の花が艶(あで)やかに刻まれた真っ赤な櫛を取り上げて、笑みをこぼした。

「お気に召しましたでしょうか」

「はい、とても気に入りました」

春野は艶やかに笑った。

春野、本名ルリは、早くからその美貌ゆえに、八瀬から島原に常に送り込んでいる耳目の役割を期待された。島原の耳目は、頭が回るだけでは務まらない。花魁になるだけの器量を備えていなければならなかった。島原の鍵屋という置屋の花魁役が八瀬から代々送り込む耳目と決められていた。しかし島原の花魁といえば、ただきれいでいればいいわけではない。毎晩のように客と褥（しとね）を共にしなければならないのだ。つらい務めであるはずだった。リョウは、昔から花のように美しくかよわかったルリが、耳目はともかく花魁など務められるのかと不安だった。

リョウの二歳上のルリは、昔から感情をあらわにすることがなく、ただいつも微笑んでいた。島原に行くことが決まった時も、いつものように微笑んでいた。しかし、リョウは知っていた。ルリが一度だけ、その心の内を見せたことがあることを。

二年前のことであった。明日は島原へ向けて発つという夜、八瀬の里の奥にある小さな池のほとりで、ルリとリョウは蛍を見ていた。これからルリが果たさなければならない務めを案じて、リョウは黙りがちになっていた。八瀬から島原へ送り込まれる女は、しきたりを無視してすぐに花魁という遊女の最高位につける。八瀬ですべての芸能と教養を既に身に付けているからだ。だから客も選り好みできるし、食べ物も着物も最高のものが提供される。しかし、そうはいっても、女にとっての苦界である。そのことがわからないほど、リョウは幼くはなかった。だが、幼馴染のユキが島原へ行く役を命じられなかったことで、心の中に多少の安堵があることもリョウは自覚していた。

「リョウさん……」

ルリは蛍を見つめながら、リョウに語りかけた。

「私、春野って名前になるのですって。春の野原。お花がいっぱい咲いている感じで、素敵な名前よね」

「ああ……」

「ルリっていう名前、封印しないといけない。でも、八瀬のお役に立つのですもの、頑張らないとね」

「ルリ姉さん、大丈夫なのか？　本当に嫌なら、今からでも遅くない。サエキ様に申し出て……」

「ううん、嫌なんかじゃないわ。これが私の役目だし。私が頑張れば、八瀬の人達を守れるし。もっとつらい役目を負う人達もいるのだもの。私はまだいいほうよ。だってきれいな着物を着て、おいしい物を食べて。お客さんに大切にされて」

「でも、その、意に沿わぬ相手に……」

「そうね……でもね、それも役目の一つだし。この京の地には、遊女になって身を立てるしかない女達がたくさんいるわ。私はすぐに花魁になれるのだから、本当に恵まれているわ」

「ルリ姉さん……」

「この八瀬の蛍を見るのも、これが最後ね、きっと……」

「ルリ姉さん、俺も、近いうちに耳目役で八瀬の外に出ることになっている。そうしたら、ルリ姉さんに会いにいくよ。ここの蛍を捕まえて、ルリ姉さんの所に持っていってやるよ」

「リョウさん、優しいのね。でも、蛍はいいの。捕まえないで。この八瀬の地で輝いている蛍は、外に連れ出しちゃいけないわ。ずっとこの池で飛ばせてあげて。せめて、蛍達には自由に、いたい所にいさせてあげて」

「ルリ姉……」

「でも、リョウさんが時々会いにきてくれたら、嬉しいわ」

「ああ、行くよ。耳目は自由に歩き回れるから」

「でも、島原の花魁に会うのは大変ね。お金もすごくいるし」

「何とかするさ。心配しないで」

「ふふ。リョウさんは優秀ですものね。昔から何でもできた」

「そんなことないよ。ルリ姉さんこそ、八瀬の里一番の美人で……」

「……だから、花魁役に選ばれたのかな……」

「ルリ姉……」

「いいの、ごめんね、もう心は決まっているの。ただ……」

「ただ？」

ルリは横に座っているリョウの指をそっと握った。

「やっぱり、初めての人は好きな人がいい……」

「ルリ……」

「ごめんね、リョウさん……迷惑？」

「い、いや、迷惑とか、そういうことじゃなくて……」

「少しでも、私のこと好きなら……今夜は一緒にいて……」

「ルリ姉、でも……」

「一度だけ。ただ一度だけ。私が春野になる前に。私がルリとして生きた最後の証に……」

その時、リョウはルリの瞳に溢れんばかりの涙を見た。涙に濡れたルリの瞳に、蛍のかぼそい光が映って、きらきらとまたたいた。リョウは悟った。ルリの切ないまでの想いを。自分へ向けられた必死の想いを。今夜にすべてをかけたいという、ルリの八瀬の里での最後の願いを。もう、言葉ではだめだ。言葉は必要ない。ルリに今必要なのは、ルリが今求めているのは、今宵ですべてを焼き尽くそうという焦がれた想いへの答え。リョウにしか返せない答え。

「ルリ、俺……」

リョウはルリをその腕に抱きしめた。ルリもその両腕をリョウの背中に回してしがみついてきた。
無我夢中だった。二人とも初めての経験にただただ翻弄されて、互いの体にしがみついているしかなかった。涙を流しながら、リョウの愛撫に応えるルリの姿が、夜の闇に白く浮かんでいた。ルリの切ないまでの熱い想いがリョウの体に心に流れ込んできて、リョウの瞳もいつのまにか涙に濡れていた。

あれから、二人があの夜のことを話したことは一度もない。それは口にしてはならぬこと。ただ一度だけの抱擁。そう二人ともわかっていた。ただ二人の心の底に秘めたまま、あの夜の熱い想いは枯れていくのだろう。
リョウは約束通り、島原で春野となったルリのもとへ、小物商として時々会いに行ったが、それはもう耳目としての役目だった。春野が集める情報をサエキへと繋ぐ役割を、リョウは担っていたのだ。

（出雲が青銅呪術を使うのは久しぶりだ。西国の浪士を操るのに使っていたというが、薩摩あたりか。薩摩に浪士組を襲わせたということか。確かに薩摩と会津は幕政の方向性について意見が違うが、表立って対立してはいない。第一出雲がなぜ薩摩に肩入れするのか……）

しばらく前に京の町が火に包まれ、帝がその火に囲まれていく恐ろしい夢を見たサエキは、その夢が意味するものと、出雲との関わり合いを自室で一人じっと考えていた。

その時、人の気配を感じて、身をこわばらせた。長身の男が案内もないまま部屋の中に入ってきた。

「……お前か、武比古。相変わらず無礼な奴だな、人の部屋に断りもなく入ってくるとは」

「ご挨拶だな、サエキ。久しぶりに昔なじみが顔を見せてやったというのに。出雲の総領が八瀬の巫女様にご挨拶に来たということで通してもらったさ」

いつのまにか、長身の男が部屋の中に立っていた。武比古と呼ばれた男は、彫の深い顔立ちに、青白い皮膚を持っていた。その目は切れ長く伸び、そして鋭い。

「昔なじみとは、物はいいようだな。おおかた、これを取りに来たのであろう」

サエキはリョウから届けられた青銅の小さな板を机の引き出しから取り出した。

「それをお前が持っていても、意味があるまい？」

武比古はサエキから青銅板を受け取り、懐に入れた。

「そのような物を使って何を企んでいる、武比古。暇つぶしにしては手が込んだことだな。第一呪力を使えばそれだけお前の命を削ることになるではないか」

「おや、心配してくれるのかい。嬉しいねえ。お前こそ、また帝に肩入れして、暇つぶしかい？」

「帝をお守りするのは八瀬の役目だ」

「帝を守る？」

　武比古の鋭い目がぎらりとした。

「この国はもともと我ら出雲の一族のものだ。そして、八瀬の者はもともと出雲の民と結んでいたではないか。帝や国を守るというが、それが八瀬のためになるというのか？」

「我らはお前達と違って、この国を牛耳ろうとしているわけではない。ただ、この国の平和を維持しようとしているのだ。それが八瀬の里の平和にも繋がる。お前達出雲の一族のように野心などは持たん」

「野心？　何かな、それは。我らはもともと自分達の物だった物を、取り戻そうとしているだけさ。ごく当たり前のことさ」

「多くの命が失われることになってもか？」

「我らが手出ししなくとも、あいつらは戦うのが好きなのさ。これまで嫌というほど見てきただろう、サエキ。あいつらがつまらん欲のために殺し合ってきたのを」

「………」

「いいかげん、目を覚ますのだな。出雲と八瀬が手を組めば、すぐにこの国を支配できる。争いの元になっている帝の奴らも追い出せるというに」

「そのようなこと、我らの望みではない」

「サエキ……。お前、まだ、あいつのことを忘れていないのか？」

「武比古、お前と組むつもりはない。そう言ったはずだ。昔も、今も、だ」

「ふん、サエキ。お前の帝一族への肩入れのせいで、八瀬の里が危険にさらされているとは思わんのか？　八瀬の一族を守り、血を繋げることがお前の役目ではなかったか。八瀬の異能と出雲の呪術を合わせれば、この国を動かすことも可能だというのに。お前は私の忠告も聞かず、後醍醐を助けた。そのせいでお前は精気を使い、年老いていくことになった。せっかく私が助けてやった命を、疎かに使ったものだ。我らのように年老いずに生き続けることもできたものを。ばかなことだ」

「お前には関係ないことだ」

「……サエキ。お前は昔からつれない奴だったよ。そして頑固だ」

武比古はその美しい顔をゆがめ、大きな背をかがめて、サエキの顔を覗き込んだ。

「それほどまでして帝の一族を守って、何になる？　お前が守るべきものは何なのだ？　一度じっくり考えてみることだな」

武比古はそう言葉を残して立ち去っていった。

＊

「平和な国にしたかったのだ。月を仰ぎ、花を愛で。刀など置いて。この国の民のすべてが一日一日を大切に生きていけるように。父や母や、兄や妹や子を慈しみ。そんな和やかな国を作りたかったのだ。それが私の使命だと。そう信じていたのだ」

「尊治様。まだ諦める必要はありませぬ。尊治様のその理想を実現する道はまだあります」

「サエキ、私の道は既に閉ざされたのも同然なのだ。臣下達は黙っているが、私の背に受けた傷は重いものなのだろう。治療を受けた後も痛みが治まらぬ。この体で北条の輩達と闘うのは無理だろう。武家達は対抗する敵は徹底的に殺そうとする」

「尊治様、道はまだあります。まずはお体を治しませんと。それこそ八瀬の役目でございます」

「既にそなた達の薬師の手当てを受けたぞ。しかし、痛みは治まらぬ。この間に北条の奴らが私を見つけるかもしれない。お前達にこれ以上の迷惑をかけることはできない。早々にこの地を発とう」

「いいえ、尊治様。その傷をきちんと治す術があります。八瀬のかまへおいでください」

「かまへ？」

「はい。私があなた様をお救い致します」

＊

遠い、遠い昔のことだ。遥か彼方に置き去りにした想いだ。

あれから長い、長い時間が流れた。長すぎるほどの時間が。

（しかし、あの方の言葉はまだ我の胸にある。あの方の思いも。あの方の熱も。我の中にある）

サエキはそっと目を閉じた。


大原の山奥に一軒の民家があった。外見は木こりの粗末な住まいのように見えるが、中は一面に青銅剣が敷き詰められていた。その中心部には大きな青銅鏡が置かれ、その上に武比古は座していた。彼は唸るように言葉を紡ぎ出し、両手を組み合わせて人差し指を立てた。やがて周囲の青銅剣ががたがたと震えだし、青銅鏡が青い光を放ち始めた。青い光は武比古を包み込み、彼を撫で上げるようにして上へ結集し、一本の柱となって天井へ向かった。青かった光は真っ白な閃光となって天井を通りぬけていった。

しばらくその場で目を閉じてじっとしていた武比古は、やがて立ち上がると鏡の上から下りた。長い黒髪を後ろに束ね、吊り上がった切れ長の目は見る者を射抜くような光を放っている。

青白い肌はすべらかで、知らない者が見れば武比古は二十歳そこそこの若者に見えるだろう。

しかし、実際には武比古の過ごしてきた年月は想像もできないほど長いものであった。出雲一族に伝わる秘術によって寿命を延ばしてきた武比古にとって、宿願はただ一つ、日本の支配権を再び出雲一族のもとに取り戻すことであった。

（必ず、必ず、大和の奴らを倒してみせる。きっと、青月剣を取り戻してみせる）

武比古は唇を強く噛んだ。

二日に一度は鶴屋を訪れるようになった沖田は、菓子を買うたびにユキとあれやこれやと話を交わすようになった。

鶴屋に顔を見せる時の沖田は、無邪気な若者の顔である。応対するユキと会話しながら、嬉しそうに金平糖を買い込み、時には餅や練り切りを買うこともあった。

「ずいぶん、甘い物がお好きなのですねえ」

「ははは、全部自分で食べるわけじゃないよ。こっちの餅は近藤先生にあげるのさ。あんな顔して実は先生もけっこう甘い物が好きなのさ。練り切りは新八さんにさ。この前、うまいって言っていたからね。もっとも金平糖は全部俺が食べちゃうのだけどね」

「やっぱり甘い物がお好きなのですねえ」

ふふっと笑いながらユキはおかしそうに言う。

「こんなにたくさん甘い物が食べられるなんて、江戸ではなかったなあ。会津様に感謝だなあ。会津様のお手当のおかげで、都の甘い物が食べ放題」

「沖田さんったら。お手当の使い道って甘い物以外にないのですか？」

「そうだねえ。あとは刀くらいだけど、先生達が刀は面倒見てくれるしねえ。甘い物以外に使い道がないからねえ。あとは姉さんへの贈り物くらいかな」

「お姉さんがいるのですか？　江戸に？」

「うん、姉っていうよりも母親みたいなものだけどね、歳が離れているから。怒ると怖いけど普段はやさしい人だ」

「そうですか、いいですねえ」

「そうだ、ユキ、姉さんへの贈り物って何がいいかな？　どうも女の人が喜ぶ物ってよくわからなくてさ。金平糖でいいかな？」

「お姉さんに？　金平糖もいいでしょうけれど……やっぱりもう少し都らしい物がいいのではないですか？」

「都らしい物？　たとえば？」

「そうですねえ。やっぱり着物では？」

「着物はこの前送ったのだけど、豪華すぎて着ていく所がないって返事だった」

「そうですか、では、たとえば匂い袋とか」

「匂い袋？」

「はい、女が着物をしまう時に匂い袋を一緒に入れておくのです。東洞院通（ひがしのとういんどおり）にいい店があります。黒石屋といいます。そこの匂い袋は評判いいですよ」

「そうかあ、匂い袋か。やっぱりユキも女の子なのだなあ。俺では思いつかないよ」

「そうですか。お役に立ててよかったです」

「でも、俺一人でその店に行くのは心細いなあ。ユキ、一緒に行って匂い袋を選んでくれないかな」

「私が？」

一瞬ユキは戸惑ったが、これは沖田に近づいて情報を得る恰好の機会だと思い当たった。

「わかりました、私でお役に立つなら喜んでお供します。明後日がお店のお休みの日なのです。明後日でいいでしょうか」

「もちろん。よかったよ。これで姉さんにいいみやげを送ってあげられる」

沖田は満面に笑みを浮かべた。

その笑顔がまったく子供のようで、ユキは思わず笑ってしまった。沖田が歳の離れた姉を慕っている様子が、言葉の端々からよくわかった。夜の闇の中で顔色一つ変えず、返り血一つ浴びず剣を振るう沖田と、昼間金平糖を食しながら姉のことを語る沖田とでは、違う人間のようだ。ユキは複雑な気持ちだったが、今は沖田と二人で出かけることで何とか八瀬に役立つ情報を引き出すことに心を集中させようと考えた。

翌々日、壬生寺で待ち合わせた沖田とユキは、ユキの案内で東洞院通を上がっていった。黒石屋の小さな看板の前で足を止める。ここですよとユキに導かれて、二人は店に入っていった。愛想のいい笑みを向ける店の者に、江戸の姉に送る匂い袋を選んで欲しいと伝え、幾つかの匂い袋が二人の前に差し出された。

「江戸の方でしたら、京らしい香りがいいと思います。こちらは清水。軽くて爽やかな香りどす。こちらは都の月。静かですがしっかりとした香り。こちらは花筏（はないかだ）。甘めの香りどすね」

店の者の説明を受けて、沖田とユキは匂い袋の香りを嗅いでみた。

「うーん、違いがよくわからないなあ。確かにこの花筏は他よりも甘い香りがするけど。ユキはどう思う?」

「そうですねえ。沖田さんのお姉さんのお年は二十五を過ぎておられるということでしたね。そうしますと落ち着いた香りのほうがお似合いなのではないでしょうか。この都の月がよろしいのでは？」

「そうかな」

沖田はもう一度都の月を取り上げて嗅いでみた。

「うん、そうだね。俺もこの匂いが一番好きだな。姉さんに合っている気がする。これにしよう」

「おおきに」

匂い袋は小さな木箱に入れられて、沖田に渡された。勘定を済ませて店を出た沖田はユキのほうを振り返った。

「ありがとう、ユキ。おかげで助かったよ。お礼に団子でもどう？　俺の行きつけの店があるから」

「行きつけの店？」

「うん、巡察の途中でよく立ち寄るのだ。歩き回ると腹がすくからね」

「巡察中にお団子……沖田さんって結構変わっていますね……」

「そうかい？　とにかく団子ご馳走するよ」

沖田はユキを八坂神社の入口近くの茶店へ連れていった。

「おばさん、お団子を四本ください。抹茶とあんこを二本ずつ」

「はいはい。いつもありがとうございます」

茶店の前の緋毛氈(ひもうせん)がかかった椅子に腰かけて、沖田はユキを手招きした。

「まあ、茶でも飲みなよ、ユキ。今日はお店休みでゆっくりできるのでしょ？　いつも一生懸命働いているのだから、たまには息抜きしなよ」

「はい、ありがとうございます、沖田さん」

ユキは沖田の隣に腰かけた。

「あの、沖田さん。沖田さん達は毎日毎日巡察ということで街中を歩き回っているのですよね」

「ああ、毎日毎日てくてく歩いていますよ」

「それで不逞浪士を捕まえているのですよね」

「不逞って……ずいぶん難しい言葉をユキは知っているなあ。まあ不逞かどうかは別にして、今京の街には刀をやたら振り回す奴らが集まっているからねえ」

「危険なお仕事ですよね」

「危険？　まあねえ。でも、男としてはやりがいがあるよ。会津様の命を受けて、帝がおわす京の街の治安を守る役目だからねえ。江戸で貧乏道場暮らしをしていた俺達が、こうして京の街を守っているのだから。近藤先生や土方さんも、すごくはりきっているからねえ」

「近藤さんや土方さんは沖田さんの昔からのお知り合いなんですよね」

「知り合いなんてもんじゃないよ。ずっと一緒に江戸で苦楽を共にしてきたからね。近藤先生は剣の師匠だし。土方さんは、まあ、腐れ縁だし」

「腐れ縁？」

「ははは。ま、俺にとって近藤先生は父親代わり、土方さんは母親代わり、さ」

「土方さんがお母さんですか？」

「土方さんって、けっこう口うるさくてさ。あれしろ、これしろ、あれするな、これするな、って。俺、母親の記憶はないのだけど、姉さんがちょうどそんな感じだったから」

「ふふふ。土方さんのことを大好きなのですね」

「好きっていうか、まあ、一緒にいるのが当たり前っていうか。だから腐れ縁だよ」

「他の方々も、江戸のお仲間ですか。あの、たとえば、斎藤さんも……」

「ああ、斎藤も江戸の近藤さんの道場に出入りしていた一人さ。まったく近藤先生ってば、来る者拒まずだから、食い詰め浪人がたくさん集まってしまってさ。ああ、でも、斎藤はどちらかといえば、近藤さんよりも土方さんにべったりだったけどね。でも、俺達が京に行くと決めた時に、袂を分かったのだけどね。ところが、また京で再会したってわけ。びっくりしたよ、突然斎藤が壬生に姿を現した時は。ま、近藤さんも土方さんも大歓迎だったけどね。何しろ斎藤はやたらと腕が立つ。斎藤の剣は単なる道場剣法じゃない。遥かにそれを超えた何かがある。あいつはやたらと実戦に強いのさ。しかし、あいつ左利きなのになあ。いや、だからこそ、相手は戸惑うのかもしれないな」

「いつもと勝手が違うから？」

「お、ユキ、よくわかるね。そう、道場で斎藤と向かい合うとよくわかるよ。いつもと剣先が向かってくる所が違うからね。俺も斎藤とはあまりやり合いたくないなあ」

「沖田さんがそれだけおっしゃるということは、斎藤さんは本当に強いのですね」

「ああ、斎藤の剣に勝てる者はなかなかいないだろう」

「でも、江戸で別れた斎藤さんが、京に突然現れるなんて不思議じゃないですか」

「そう？　斎藤って江戸の頃から土方さんにべったりだったから、俺は土方さんを追いかけてきたのかと思ったけど」

「そんなに、べったりなのですか？」

「いや、もう、べったり。土方さんが斎藤の左利きを誉めて以来、もうべったり」

「左利きを誉めた？」

「そう、土方さんにとっては喧嘩が強いのが一番なのさ。作法なんて関係ないってわけさ。左利きに向き合うと勝手が違ってやりにくいって言っただろう。それが土方さんにとっては使えるってところなのさ」

「そうなのですか。斎藤さんは、どちらの出身なのですか？　浪人さん……ですよね？」

「ああ、何でも明石藩出身って聞いているけど。江戸に武者修行に来ているうちに勘当されて、好き勝手しているって言っていたけどね」

（明石藩……会津藩ではないのか……）

ユキは心の中でつぶやいた。会津藩の耳目ということならば当然会津出身だと思っていた。

「でも、あまり明石のほうの訛りがないですね」

「ああ、江戸に住んでいる時間が長いからじゃないか」

「そうですか……」

「ユキ、さっきから斎藤のことばかりずいぶん聞きたがるね。もしかして、ユキは斎藤が好きなの？」

「え？　い、いえ、そんなことありません！」

「あれ？　ユキ、顔が赤いよ。図星？」

「ちっ、違います！！」

「ふうん。ま、斎藤には心に決めたヒトがいるからね。ユキが好きになっても無駄だと思うよ」

「いえ、だから、斎藤さんを好きだなんて思っていませんから！　でも、意外ですね。斎藤さんって……心に決めた女の人がいるのですか」

「女の人ってわけじゃないよ。心に決めたヒ・ト。土方さんだよ」

「え？」

「斎藤の奴、寝ても覚めても土方さんにべったりだから」

「……沖田さん、それ、ちょっと意味が違うと思いますけど……とにかく、私は斎藤さんのこと、好きでも何でもありませんので！」

「そう、それならいいけど」

「え？」

「ねえ、ユキ、団子食ったらさ、清水寺（きよみずでら）まで足を延ばさない？　ちょうどいいお天気だしさ」

「清水寺……そうですね。行ってみましょうか」

「そうしようよ。清水寺の茶店にもさ、うまい団子があるのだよ」

「え？　また、団子？」

「そ、団子のことなら俺に聞いてよ。そこら中の団子を食いまくっているからさ」

　ユキは思わず吹き出してしまった。

祇園から清水寺への坂を登っていく道すがら、ユキは沖田に浪士組の様子をいろいろと尋ねてみた。しかし、沖田の話の中で八瀬に関連のありそうなことはなかった。沖田の話を聞いていると、浪士組の人達は京で会津藩預かりになることによって京の警備を任され、それをひたすら名誉なこととして純粋に喜び日々の隊務に精を出しているようであった。沖田が剣を習った近藤の道場、試衛館の人達は特に、我こそはと思っていた剣の腕を存分に試すことができると息巻いていることが感じられた。サエキの予言した御言葉から想像するような腹黒い陰謀や、陰惨な血生臭さなど、浪士組には無縁のようであった。それに彼らは江戸の将軍を敬っていたが、京の帝のことも当然のように敬っていて、帝に害をなそうとする意図は感じられなかった。

(でもサエキ様の御言葉が外れるはずはないし。沖田さんの知らないところで何かが進んでいるのかしら。でも、沖田さんは浪士組の中心をなす人物のはずだけど)

ユキは心中さまざまに自問していた。

ふと気づくと、坂道の途中で行きつけの茶問屋の前を通りかかっていた。六花屋という店の前で、店員を見かけたユキは「いつもお世話様です」と頭を下げた。

「知り合い?」

「はい、六花屋さんといって、茶葉のお店なのです。いつもここでお菓子に使う抹茶を買わせていただいています」

「へえ、抹茶を。抹茶って飲むだけじゃないのか」

「はい、抹茶を練りきりに混ぜると、きれいな緑が出るのです。菓子は、味だけでなく、見かけも大切なのです。その季節折々に合わせる心配りも大事です。今は新緑の美しい季節ですから、菓子も抹茶で緑色に色付けするときれいです。この六花屋さんの抹茶は色がとても鮮やかで、餡の中に溶け込むと、美しい青葉色を作り出すのです」

「ユキ、君は本当に菓子作りが好きなのだね。菓子のこと話している君ってとても楽しそうだ」

「そうですね、菓子を作ったり、菓子の形や色を考えたりしていると、つい夢中になってしまって。毎日同じ菓子を作ったとしても同じものは二度とできないのです。その日のお天気や、作り手の気持ちや、材料によって、少しずつ違ってくるのです。一期一会に似ています。お茶の先生が教えてくれたのですが」

「いちごいちえ?」

「今の出会いが一生に一度の出会いと思うこと、そう思って相手と向き合うこと、そういう意味だと教わりました。一度の出会いこそ、大切にするべきだと。毎日作る菓子と私も、そういうものだと思うのです」

「そうか、ユキと菓子は、毎日毎日、切ない出会いを重ねているってわけか」

「切ないかどうかは、わかりませんけど……」

「その切ない出会いの菓子を、俺達はぺろりと食べているわけか」

「沖田さんったら」

ユキは思わず吹き出してしまった。

「でも、そんな風に思うと、この金平糖一つも大切だって気がするねえ」

そう言って沖田は金平糖を一つ懐の袋から取り出して日にかざした。

「きっと、金平糖さんも沖田さんとの出会いを喜んでいますよ」

「そうか、金平糖、君と出会えてよかったよ、さらば！」

沖田は金平糖を口に放り入れた。

「沖田さんって、ほんと、おもしろい人ですねえ」

「うん、よく言われる」

ユキは思わず笑いがこみ上げてきて、袖で口を隠した。

「でも、一期一会っていいね。俺は茶道なんてやったことないけど、その言葉は気にいったな。剣の道にも通ずる気がする」

「剣の道にも?」

「ああ。ねえ、ユキ、俺と君も一期一会ってことだね。俺達が江戸から京へやって来て、壬生に住むようになって、壬生の菓子処にユキが見習いに来た。そして、俺はユキに出会った。ユキの菓子を食すようになった。不思議なめぐり合わせで、俺と君は壬生で出会った。そしていつか……別々に道が分かれていくのだろうね。偶然に偶然が重なって二人の道が一度交差して、そしてまた一瞬の後に分かれていく……」

「沖田さん……」

「あ、ごめん、ごめん、ユキには難しい話だったよね」

「難しくなんて、ありません」

「そうか、難しくないか」

「はい。だいたい、沖田さんはいつも私のことを子供扱いしますけど、私はもう十六です」

「はいはい。俺とユキも一期一会」

「はい」

「俺と金平糖も一期一会」

「はい、まあ……」

「皆同じで、皆切ないね」

「え?」

「ユキ、さあ、団子屋についたよ。もう一本食べようか」

「沖田さんったら。さっきもお団子三本も食べたのに。それに金平糖だって。食いしん坊ですね」

「いいじゃないか、俺の仲間は辛党で誰も団子を食いたいって言っても付き合ってくれないのさ。今日はユキがいるから、大手を振って団子を腹いっぱい食えるのさ。他にも甘い物いろいろ食べたいのだなあ。何せ、女の子を連れているからっていう名目があるからねえ」

呆れるユキの傍らで沖田は茶屋に団子を四本注文した。ユキは思わず吹き出してしまい、思えば今日は幾度も沖田のおかしな様子に吹き出していると気づいた。そういえば、これほど笑ったのは久しぶりだ。浪士組の様子を探ろうとついてきたユキであったが、思いがけず楽しい外出になったことを沖田に感謝したいような気持ちであった。

団子をたいらげた後、立ち上がって沖田は言った。

「じゃあ、俺はここで。河原町のほうへ行かなきゃならないから。俺の用事に付き合ってもらって今日はありがとう。また、鶴屋へ寄らせてもらうよ、金平糖ももう少しでなくなっちゃうからさ」

「はい。お待ちしております。今日はご馳走様でした」

沖田は既にユキに背を向けて、手を上げてひらひらとさせ、河原町のほうへ歩き出していた。その背は高く、まっすぐに伸びていた。

ある朝、壬生寺に参拝にきたユキは、浪士組がいつものように朝稽古に励んでいるのを見た。しかし、今日は、いつもよりも人数が多く、沖田や斎藤だけでなく、土方まで参加して、浪士組の者達に大きな声で指示を出していた。浪士組も五十名ほどの人数に増えていた。

「ようし、ここまで！　各々、刀の点検を忘れぬよう！　研ぎが必要な刀はすぐに刀屋へ持っていくように！」

土方が大声を出す。浪士組の者達も大声で返事を返して一礼した後、解散した。

めずらしい様子にユキは目を丸くして見ていたが、やがて、沖田がユキに気づいて歩み寄ってきた。

「ユキ、おはよう。今日も壬生様にお参りかい？」

「はい、沖田さん、おはようございます。今朝はずいぶん稽古に力が入っているのですね。土方さんが朝稽古に参加するなんてめずらしいですね」

「ああ、土方さんはあれでけっこう朝に弱いからなあ。でも、もう、そんなことも言っていられないからね。大切なお役目を承ったので、稽古に励まないとね」

「大切なお役目？」

「ああ、今京に来ている公方様が大坂にいらっしゃるということで、俺達も会津藩から公方様の警護に加わるように言われたのさ」

「公方様の警護に……」

「ああ、それで近藤先生は大張り切りで。土方さんまで朝稽古に出てくる始末さ」

そう軽口をたたきながらも、沖田自身がとても嬉しそうだった。ユキは思わず、笑顔になって、

「よかったですね、皆さんの働きが認められて」

と沖田の顔を見上げた。

「ああ、本当に。近藤先生の嬉しそうな顔を見ているだけで、俺も嬉しくなってくるよ。ここでしっかりした働きを会津の人達にも見せないとね」

「総司！」

土方が沖田に声をかけつつ近寄ってきた。

「ああ、土方さん。今行きますよ。次は藁人形斬りでしょ？」

「わかっているなら、さっさと来い」

「はいはい、じゃあ、ユキ、また鶴屋に寄らせてもらうよ」

土方がユキのほうをじっと見ていた。ユキは土方に頭を下げた。土方は近くで見ると、すっ

と鼻筋の通った二重の目が美しい男だった。

「お前が鶴屋の見習いか？」

「あ、はい。ユキと申します。沖田さんにはいつもご贔屓にしていただいています」

「おう、こいつはガキの頃から甘い物に目がねえんだ。こいつが欲しいって言った菓子はとにかく渡してやってくれ。代金が足りねえことがあれば俺が払う」

「ちょっと、土方さん、俺だって菓子代くらい払えますよ！」

「生意気を言ってやがる。お前の面倒を見るのは俺の務めなんだよ」

「俺、もう二十歳ですからね」

「二十歳でも何でもお前は相変わらずガキさ」

「まあ、土方さんみたいな三十歳のおじさんに比べれば、そうでしょうよ！」

「なにい？　ガキ扱いされたくないなら、もそっと肉つけろ。いつまでも細い体をしやがって！」

沖田と土方の様子を見て、ユキは思わず笑ってしまった。

「仲がよろしいのですね、お二人は」

「腐れ縁ってやつだよ。こいつがガキだから手間かかるだけさ」

「あ、ひどいなあ」

沖田がぶつぶつ言い返したが、土方は構わず、沖田の腕を引っ張った。

「ほれ、行くぞ、総司。今日はやることがたっぷりあんだからよ、将軍様の警護を完璧にしなくちゃならねえんだからな」

「はいはい、じゃあ、ユキ、また」

「はい、お待ちしております」

ユキが頭を下げて、二人を見送っていると、壬生寺を出ていくまで二人は賑やかにあれこれ話していた。

（土方さんって、浪士組の中核で、近藤勇を支えている人って聞いていたけど。沖田さんのことはずいぶん可愛がっているみたい）

土方や沖田をはじめ、浪士組の人達は、会津藩の傘下で徳川将軍の警護に参加できることを、とても喜んでいるようだ。しかし、徳川将軍への強い思い入れが、帝への対抗に繋がっていくのだろうか？　しばらく監視している浪士組だが、これまでのところ、ユキには浪士組が帝に害をなしそうな兆しは見つけられていない。浪士組の人達も、尊攘という概念は持っていることは確かなようなのだ。

しかし、浪士組は京都の町の警護と称し、夜間町を歩き回り、たびたび不逞浪士と称される者達と戦って血生臭い事件を起こしてはいた。ただ、そこから、八瀬に害する、あるいは帝に反する行為に繋がるものは見つけられていない。

「何を嗅ぎまわっている?」

突然の声にユキは驚き振り返ると、斎藤が腕組みをしてすぐ後ろに立っていた。

「斎藤さん、おはようございます。嗅ぎまわっているって、何のことでしょう」

「とぼけるな。お前、ただの菓子屋の奉公人ではないな」

「斎藤さん、おかしなことを言わないでください」

「お前、長州の回し者か?」

「え? 長州? 何のことかさっぱりわかりません。私はただ鶴屋で菓子作りを……」

「くだらん。俺の目はごまかせんぞ。沖田の目はごまかせても、な」

「……………」

ユキは黙ってしまった。斎藤はユキがただの素性の者ではないと確信を持っているらしい。

何か特別な情報を持っているのか、あるいはいつかの夜、こっそり斎藤と沖田の後をつけたことを感づいたか。ユキは一度息を深く吸うと、斎藤の顔をきっと見返した。

「餅は餅屋、というわけですか。斎藤さん、同じ立場の者の匂いはわかるということでしょうかね」

「何？」

「斎藤さん、会津藩からの命で浪士組に入り込んでいますよね。間者(かんじゃ)、というわけですか」

「お前、なぜ、それを？」

斎藤の腕はほどかれて、刀に触れた。

「私もある方から命を受けて、浪士組の様子を探るように言われています。斎藤さんのことはその方から聞きました。しかし、我々は会津藩に敵対する者ではありません。ただ帝をお守りするために……」

「帝を？　お前、一体何者だ？」

「それを明かすことはできません。でも、斎藤さんと敵対するつもりはありません。我々の目的は帝をお守りすること。京の平和を守ること。斎藤さんと、会津藩と、敵対する立場ではありません。会津藩の殿様も、帝をお守りすることについては全力をかけるとお聞きしております」

「……………」

「お互いのために、お互いのことは口を閉ざしていたほうがいいと思います」

「お前、一体どこからの回し者だ？」

「申しましたように、それは言えません」

ユキと斎藤はじっと互いを見つめた。斎藤の視線は冷たく射るようで、ユキは視線をそらしそうになったが、ぐっとこらえて、斎藤の目を見返していた。と、斎藤が刀から手を離した。

「よかろう。お前が俺の仕事の邪魔をしないのならば、俺はお前が誰の回し者だろうとかまわん。ただし、お前が俺の仕事の障りになるならば、会津藩に害をなす者ならば、斬る。女子供だろうと容赦せぬ。もっとも間者を務めるお前ならば、死などとっくに覚悟しているだろうがな」

「むろんです」

もう一度二人は互いを凝視し、そして斎藤がふっと視線を外した。背を向けながら、斎藤が小さくつぶやいた。

「沖田は何も知らん」

ユキははっと胸をつかれた。しかし、言葉を返そうにも既に斎藤は背を向けて、すたすたと歩き去っていた。

ルリ

ルリが薩摩の侍に身請けされ、島原を離れることになった。出立は五月の末と決まった。リヨウはそのことをサエキから聞いた。

「薩摩に？　しかし、ルリの役目は島原の耳目ではなかったのでは？　島原を離れて、薩摩などに行ってしまったら、本来の務めが……」

「いや、その薩摩の侍を調べてみたのだが、薩摩内を取り仕切る者の一人であった。薩摩は帝を取り巻く運命を大きく動かす。薩摩は帝をお守りする盾になるはずじゃ。それは私が夢でしっかり捉えている。ただ、薩摩の国許の動静をもっと知りたい。薩摩の地では上層部の意見が割れているとも聞いている。それを探るために薩摩の国許の情報をもっと集めたいと思っていたところだ。ルリは薩摩で耳目の役割を果たし続ける。それにな、その侍は奥方を亡くしている。その侍はルリを薩摩の家へ連れ帰り、奥としての待遇を授けるつもりだ。ルリにもずいぶんと優しくしてくれていると聞く。ルリは島原にいるよりも、その侍に薩摩へ連れていってもらうほうが幸せだろうと思うてな」

「そうですか……」

「ルリの旅立ちの前に、あの娘にいろいろと託さねばならぬ物がある。リョウ、お前にそれを頼もう」

「はい」


ルリが薩摩へ。

遠い南の国へ行く。

リョウは心の中に寂しさがこみ上げてきたが、サエキの言う通り、島原の花魁で居続けるよりも、一人の男に身請けされたほうが幸せなのだろう。サエキもその侍のことは十分調べたであろうし、その上で決断したのだとリョウは納得しようとした。

しかし、ルリはそれで本当に納得しているのだろうか。リョウは、ルリの本心が知りたかった。


サエキに託された荷物を持って、リョウはルリ、島原の名では春野のもとを訪れた。今はもう夜ごと客の相手をする必要もない春野は、置屋の奥の一室を与えられ、静かに旅立ちの日までの日々を過ごしていた。

「小間物屋さん、よう来てくれましたなあ。最後にいろいろと頼んですんまへん。薩摩に行ったら京のもんはなかなか手に入りませんやろし」

「春野様。こちらこそえろうお世話になりました。今回はほんまにめでたい話で。よい旦那はんらしいどすなあ」

「はい。田中様はとても優しいお方です。真心をつくして、奉公していきたいと思っております」

「春野様。これはお里から用意した京小物一式です。どうぞお持ちください」

「おおきに。小間物屋さん……もう会えんのやなあ。最後にこれまでのお礼にお茶を一服さしあげたい。少しお付き合いください」

「春野様。ありがとうございます」

二人だけの部屋の中で、しゅんしゅんと湯気をたてる茶釜と、春野が茶を点てるさくさくという音だけ響いていた。花魁でなくなった春野に既にかむろはついておらず、二人は二人だけの最後の時間を過ごしていた。

「どうぞ」

春野は茶碗をリョウへ差し出した。リョウはその茶碗を受け取った。その時、二人の指がかすかに触れ合った。リョウは我慢できずに胸に秘めていた疑問を口に出してしまった。

「ルリ……本当にいいのか」

「リョウさん……」

「ルリ、薩摩へ行くと本当に納得しているのか？　サエキ様に無理強いされたのでは？　お前は八瀬のために自分を犠牲にしようと……」

「リョウさん、やめてください」

「ルリ……」

「私は八瀬に生まれた女。定めに逆らうことなぞできません。私にはユキさんのような特別な能力はありません。ただ男の人に可愛がられるだけしかできません。でもそんな女でも、八瀬の役に立つというのなら、一生懸命務めます」

「ルリ。その田中という侍が好きなのか？」

「好きだなんて……そんな気持ち、私が持ってはいけない気持ちです。自分の気持ちなど、この島原に入る時に捨てました。でも、田中様はいい方です。優しい方ですから」

「ルリ……」

「リョウさん、もう、何も言わないで……」

気づけば春野、いや、ルリの瞳は涙でいっぱいだった。八瀬で二人が秘密の抱擁をもったあの夜のように、ルリの瞳は涙できらめいていた。

「ルリ、お前……」

「定めからは逃れられません……八瀬の定めからは……」

リョウはきりりと唇を噛んだ。

定め。しきたり。掟。リョウ自身、幼い頃からそういうものに縛られ、従ってきた。それが八瀬に生まれた者の務め。宿命。八瀬の平和を守るために、八瀬の一族を守るために。しかし、そのために、ルリのような女が犠牲になる。ルリだけではない、他にも何人もの女が、島原で同じような苦しさを味わってきたのだろう。自分の気持ちを押し殺して。

自分だってそうだ。耳目として各地を飛び回る日々。日々こなす役はすべて偽り。一体どれが本当の自分なのか、わからなくなるほどだ。

ただ、八瀬のために。古（いにしえ）から受け継がれてきた掟を守るために。帝を守るために。しかし、そうやって命がけで、個を殺して務めを果たして、いったい自分達は何なのだろう。八瀬の人々は掟の奴隷のようだ。定めだと、その一言ですべてを諦め、心を捨てる。

リョウの心の中に、これまで感じたことのないどす黒い疑問が広がってきた。いや、しばらく前から、この疑問は心の奥底に芽吹いていたのだ。ただ、それに気づかぬふりをしていただけだ。

「ルリ」

リョウはルリの手をいきなり取った。ルリは驚いてリョウの顔を見る。

「ルリ、逃げよう。俺と一緒に。薩摩なんて行く必要はない。俺と逃げよう。八瀬から、京から」

「ルリ、俺はお前が好きだ」

「リョウさん、何言って……」

「え……」

「俺はルリが好きだ。あの夜から……ずっと俺はルリが好きだ。他の男になんか渡さねえ」

「リョウさん……」

「定めとか掟とか、もうそんなもの、うんざりなんだ。たまたま八瀬の地に生まれてきたからって、何もかも諦めるなんて、そんな定めのほうがおかしい」

「リョウさん、そんなことを言ってはいけないわ。私のことを憐れんでいるのなら、いいのよ、無理しなくて、私は最初から諦めているし、リョウさんはユキさんのこと……」

「ユキはただの幼馴染だ！」

「リョウさん……」

「ルリ、俺が自分の気持ちに気づくのが遅かったのだ。すまん、ルリ。島原にルリを何年も置いておいて……ルリ、逃げよう俺と！　それともお前は俺のことが嫌いか？　こんな風にお前を何年も放っておいた俺のことが嫌いか？」

「リョウ……さん……そんなこと……私はずっと、リョウさんのこと…小さい時からずっと……リョウさんだけが好きで……」

「ルリ！」

　リョウはルリを抱きしめた。

「でも、リョウさん、私みたいな汚れた女……島原で客の相手をしていた女……」

「ルリは汚れてなんかいない！　お前はあの夜のままだ。あの……八瀬の蛍の舞う夜のこと、憶えているか？　あの夜のままだ、お前は。汚れているのは俺だよ。俺の手は血にまみれている。夜の闇にしか生きられない奴さ。でも、お前が好きだ。ルリ、こんな汚れた俺でも許してくれるなら、俺と一緒に逃げてくれ！」

「リョウさん！」

　二人は共に涙を流しながら、互いを抱きしめていた。

「ルリ。夜が更けてから逃げよう。支度しておいてくれ」

「リョウさん……本当にいいの？」

「ルリ。俺が必ずお前を守る。二人で京を逃げ出そう。俺が逃げる先を見当つけておく。戌の刻に厠に行け。そこで手引きする。荷物は持つな。俺が着替えを用意しておく」

急いでルリに逃げる手はずを教えたリョウは、小間物屋に戻って部屋を出ていった。

その夜、リョウに教えられた通り厠に行ったルリはその裏に潜んでいたリョウに連れられ、鍵屋の裏口から抜け出した。裏口には見張りの男衆が倒れている。

「リョウさん、あの人達……」

「死んでないよ。眠り薬さ。しばらく目を覚まさん」

リョウはルリに男物の着物を着せ、ルリの髪を商人風に結い直した。

「ルリ、しばらくの辛抱だ。お前みたいなべっぴんに申し訳ないが、商家の若旦那のふりをしていてくれよ。いいか、口をきくな。大股で歩け。いいな?」

「はい、リョウさん……本当に……」

突然、リョウはルリの口を吸った。

「ルリ、俺の心は決まっている。お前の心はどうだ? 迷いがあるか?」

「いいえ! いいえ、リョウさん、迷いなんてありません、たとえ死んでも、悔いはありません」

「死ぬなんて、縁起でもないぜ。俺の言う通りにしていれば大丈夫だ。行くぜ」

リョウはルリと連れ立ち、商家の若旦那の島原遊びという風に、千鳥歩きになりながら、島原の出口、大門をくぐった。そのまま、しばらく歩いた後、ルリを背負う。

「リョウさん、大丈夫？」

「このほうが早い。このまま丹波まで向かう。ルリ……お前、軽いな」

二歳年上のルリは、背負えば嘘のように軽かった。島原の務めは相当つらいものだったに違いない。リョウはルリの軽さに無性に腹が立った。

（この女は、もっと幸せに生きることもできたのだ。八瀬に生まれさえしなければ。好きな男のもとに嫁いで、子をなして。静かな幸せな日々を送れたはずだ。そういう日々が似合う女なのに。八瀬にさえ生まれなければ……）

リョウはルリを背負いながら、丹波を目指すべく、鞍馬山へ向かっていった。


鞍馬山を越えて、丹波の地に入った時、もう大丈夫だろうとリョウは一息ついた。既に夜が明け、ルリが鍵屋を抜け出したことは知れ渡っているだろう。

八瀬から送り込まれたルリが薩摩行きを前にして行方不明ということで、薩摩の侍にも、八瀬の長老達にも知らせが届いているだろう。しかし、ルリがリョウと一緒だとはしばらくは思うまい。リョウとルリの関係を知っている者は誰もいない。ルリが薩摩に行くのを嫌がり、一人で逃げ出したと思っているだろう。まずは京の周辺を探索するだろう。まさか、丹波の地までたった一日で逃げてきているとは思うまい。


リョウはひとまず小さな山小屋にルリを休ませ、食事を取らせた。リョウが普段持ち歩いている米を固めた保存食だが、とりあえず栄養を摂ることができる。

「大丈夫か、ルリ。ここまでくれば大丈夫だ。水を汲んできてやる」

リョウは近くの小川に水を汲みに行った。小川に竹筒を浸していると、かさりという足音が耳に入った。千里耳という遠方の音を聞き分けられる能力を持つリョウは、一里ほど先に三名の足音を聞いた。旅人の足音ではない。忍びの者のように、音がしないようつま先立ちで歩く音だ。

（これは、八瀬の守門（しゅもん）の足音……）

八瀬の里の中で、特に剣術に優れた者は守門と呼ばれ、八瀬のために戦う役割を担っていた。普段は八瀬で農民として暮らしているが、日ごろから戦闘能力や武器の使用を鍛錬し、いざという時には力を行使した。特に優れた視力の能力を持つ者や、筋力が秀でている者が守門の役目に選ばれることが多かった。

（守門がなぜ……。俺達を追ってきたのか……）

リョウはすぐにルリを置いている山小屋に引き返した。

「ルリ！」

「リョウさん？　どうしたの？」

「八瀬から追手が来ているらしい。ルリ、すぐにここを発とう」

「追手が？」

「守門だと思う。お前を取り戻しに追ってきたのだろう。なに、まだ一里も後方だ。急げば大丈夫だ。あいつらの気配は俺の千里耳ですぐわかる。ただ、丹波の先に急ごう。しばらく丹波の山に隠れていようと思っていたが、追手が来たなら安心できない。一足飛びに海を渡ろう」

「海を渡る？　この国を出ると？」

「そうだ、もともと大陸へ渡るつもりだった。大陸にまで守門は追ってこないさ」

「リョウさん、でも……」

「ルリは嫌か？　この国を出るのは」

「いいえ、いいえ、私はリョウさんと一緒なら、どこだって構わない。でも、追手がかかって……もし、リョウさんにもしものことがあったら……」

「ルリ、俺の心配などするな。それよりもお前だ。守門に連れ戻されれば、今度こそ薩摩に連れ去られる。俺はそんなことは許さん」

「リョウさん……」

「ルリ」

リョウはルリの細く小さな手を取って力を込めて握った。

「二年前のあの夜……俺は子供で、どうしようもなく子供で。お前に何も言えなかった。お前を守ってやることもできなかった。ただお前を抱くことしか……。でも、今は違う。俺は十分大人になった。お前を受けとめることができる。守ってやることもできる。お前を妻として……抱くこともできる」

「リョウさん……嬉しい……」

「泣くな、ルリ。すべてはこれからだ。険しい山道を抜けなければならないが、もう少し頑張ってくれ」

「ええ、リョウさん、ええ……」

八瀬の掟など、捨ててやる。遠い昔からの決まり事に縛られ、ただ八瀬の里を守ることに汲々として。一人一人の幸せはすべて犠牲にしろと強いられる。あんなことで、生きているっていえるか！

リョウの心はいいようのない怒りに煮えたぎっていた。


三日をかけて、千里耳の能力を持つリョウは守門の様子を聞きわけながら、慎重に道を選び、丹波の奥地を抜け海岸までたどり着いた。ルリの体調を慮りながらだったが、ルリは気丈に弱音を吐かず、ひたすらリョウに付き従い慣れない山道を懸命に歩いた。リョウと違いめったに外を歩いたこともないルリの両足は、あちこちに傷がつき血豆ができていたが、気遣うリョウに対し、ルリはこんな痛みは何でもないと微笑んでみせた。

「この痛みは、リョウさんと一緒にいられる痛み。全然気にならないわ。この痛みは私が本当に生きているってことだもの」

そう笑みを浮かべて言うルリに、リョウの心の底から熱いものがこみ上げてきた。

（これが、人を愛しいと思う気持ちか……）

権謀術数と偽りだらけだったリョウの人生。八瀬で過ごした子供時代は別にして、リョウが耳目として過ごしてきた日々はすべてが偽りに覆われていた。八瀬の掟に盲目的に従ってきた。疑問を持つこともなかった。誰かを気に掛けることもなかった。だが、今は違う。目の前にいるルリは、リョウが全身全霊をかけて守るべき存在となっていた。守りたいと心より願う存在になっていた。

「ルリ、今夜はここで休もう。明日の朝になったら船を手当してくる。この国を出て、大陸へ渡ろう。大陸まで渡ってしまえば、八瀬の奴らも追ってこまい。よく頑張ったな、ルリ」

リョウは海岸の網置き小屋の中で、ルリの傷ついた足に薬を塗ってやった。

「リョウさん、ありがとう。本当にありがとう」

「馬鹿。礼など言うな。そんな必要はない。俺が望んだことだ」

リョウはルリの瞳をきっと見返した。ルリの瞳には涙が浮かんでいた。闇夜の中で、きらきらと涙が揺らめいていた。

「ルリ……」

「リョウ……さん……」

二人は互いを思いっきり抱きしめた。

どちらからともなく唇を重ねて、むさぼった。そのまま二人は互いの着物をはがして、生まれたままの体を絡ませ合った。

押し寄せる歓喜の中、リョウはルリの名を何度も呼んだ。体も心も完全に一つに溶け合い、その夜、二人は夫婦になった。

まだ夜が明けきらないうちにリョウは網小屋を抜け出し、船の調達に向かった。

近くの入江に数艘の漁船が停泊していることは昨夜のうちに確認していた。激情を吐き出すように抱いたルリは、昨夜の疲れでまだ眠っている。

日が昇らないうちにこの海岸から船出したほうがいいとリョウは考えていた。入江へと向かおうと歩き出したリョウは、すぐに体を強張らせた。

リョウの耳にこちらへ向かっている数名の足音が届いた。

（三人……いや、四人か……）

（ちっ、撒いたと思ったが……）

足音は八瀬からの追手、守門の者達に違いない。と、リョウのすぐ背後で声がした。

「リョウ、観念しろ」

はっとふりむいたリョウの目に映ったのは、守門の頭を務めているキリの姿であった。

「なっ！　なぜ……音が何もしなかったのに……」

「リョウ、俺は雲走りだ。俺の技を持ってすれば、お前に気づかれずに、お前達に追いつくなど造作もない」

「……ルリを取り戻しにきたのか……」

「リョウ。ルリは八瀬の里にとって貴重なのだ。薩摩に行ってもらわねばならぬ。薩摩側はまだこのことを知らない。早くルリを戻さなければならぬ」

「……ルリは渡さぬ」

「リョウ。一体どうしたというのだ？　優秀な耳目だったお前が。サエキ様も驚いていたぞ。ルリの色香に迷ったのか？　ルリには大切な役目があるのだ。八瀬の掟を忘れたわけではあるまい？」

「何が八瀬の掟だ！　そんなものが何だっていうのだ！」

「リョウ……お前はまだ若い。女などどルリ以外に幾らでもいる。ルリは諦めろ。サエキ様も今回のことは大目に見ると言ってらっしゃる。俺の手下達はあと半刻もすればここへ来るぞ。その前にかたをつけようと、俺は先回りしてきたのだ。ルリさえ戻れば、お前の罪は軽いものに……」

「うるさいっ！　お前に何がわかる！」

キリは細い目を一層細めた。

「わかるさ、リョウ。すべてがわかるさ。リョウ、ルリはな、犠牲になるわけでもないさ。薩摩に行き大切にされるだろう。あの田中という武士は心底ルリに惚れているからな。さあ、大人しくルリを渡せ。それですべてが丸く収まる」

「何を……」

「キリ！」

突然の声に、キリとリョウは声のほうへ顔を向けた。ルリが立っていた。普段の柔らかな物腰とは違い、背筋をまっすぐに伸ばして砂浜に立っていた。

「ルリ……」

「キリ、私が戻れば本当にリョウさんは許されるのね？」

「ああ、リョウは優秀な耳目だ。失うには惜しい。それに今回のことは……リョウがお前のことを心配してのことだとサエキ様もわかっておられる。決して八瀬の里に背こうとしたわけではないと」

「わかりました、キリ。リョウさんには手を出さないで。リョウさんは私にそそのかされただけなの。私に薩摩みたいな遠国に行きたくないから連れて逃げてと、頼まれただけなの。リョウさんを利用したりして悪かったわ。私、戻ります。薩摩へ行って役目をしかと務めます。だからリョウさんに手を出さないと約束してください。そうでなければ、私、この場で自害します」

いつの間にか、ルリは右手に短刀を持っていた。その短刀を自分の首の頸動脈の所に押し当てた。

「ルリ、やめろ！」

リョウは慌ててルリの傍へ行こうとする。

「リョウさん、来ないで！　私はあなたを騙して、利用していただけなの。薩摩なんて田舎に行きたくなくて、リョウさんを巻き込んだだけなの。悪かったわね、リョウさん」

「ルリ……何言って……」

「遊女の常よ。客を利用して自分の目的を果たすの。リョウさんは遊女の手練手管にひっかかったってわけ。でも、もう、いいわ。キリ、私を鍵屋へ連れていって。でも、リョウさんには手を出さないでよ。あなたの言う通り、リョウさんは八瀬の役に立つ人間よ。殺すには惜しいはずよ。八瀬の大事には、必ずリョウさんは役にたつはずよ」

「お前に言われるまでもない。お前さえ無事に戻って、薩摩に行ってくれれば、リョウに危害は加えぬ」

「ルリ！　お前、何を言ってる！」

「リョウさん、もういいの。あなたは私に利用されていただけ。遊女に騙されたのよ」

「馬鹿野郎！」

リョウはルリに駆け寄り、両肩をきつく揺すった。

「お前のそんな嘘に騙される俺だと思っているのか！　ルリ、お前の本音がわからない俺だと思っているのか！　お前を抱いて……お前の本心がわからない俺だと思っているのか！」

「リョウ……さん……」

「お前はもう俺の妻だ。そうだろう？　昨夜、それを確かめ合っただろう？」

ルリはたまらず涙を溢れさせた。

「リョウさん、私……」

「もう、何も言うな、ルリ」

リョウはルリの体を抱きしめて、キリに言った。

「キリ、俺はルリを渡さねえ。力ずくでも渡さねえ」

「リョウ、馬鹿なことを……。俺に勝てると思っているのか。もうすぐ仲間も着くぞ」

リョウは無言で懐から短刀を取り出し構えた。

「リョウ、止めろ。命を粗末にするな。死に急ぐものじゃない」

「死に急ぐ？　そんなつもりはねえな。俺は初めて、息をしているんだ。生きているんだ。俺は、今まで耳目として八瀬の命令にひたすら従ってきた。八瀬の掟とやらのために、がんじがらめになってな。でも、それが何だっていうんだ？　もう忘れ去られた遠い昔の戒めとやらに縛られて、何百年も同じ場所で同じ暮らしを送って、それで生きているっていえるのかよ！

自分の意志なんて関係なく、長老達のいいなりになって！　そんなの、死んでいるのも同じさ！　ルリと生きる。それは俺が生まれて初めて自分の意志で選び取った生だ！　俺が生きるっていうのはそういうことさ！」

「リョウ、愚かな……」

キリは懐から吹き矢を取り出して構えた。リョウはルリを背にかばい、短刀を握り締める。

その時、リョウの耳が風を切ってこちらへ何かが飛んでくる音を捉えた。リョウはルリを自分の体の中に抱きこんだ。その背中に矢が刺さる。

「うっ……」

「リョウさん！」

「待て！　タキ、早まるな！」

キリが大声を出す。守門の一人、タキが跳躍しながらリョウの背に吹き矢を突き立てたのだ。

「キリ、リョウは掟破りだ。容赦する必要はねえ。ニトリソウの毒が塗ってある。すぐに意識がなくなるさ。その後ゆっくり料理すりゃいい」

タキはもう一度吹き矢を吹くために竹笛を構えた。リョウは背に刺さった吹き矢をすぐに抜いたが、背中から体が麻痺していくのを感じて歯ぎしりした。

「安心しな、リョウ。すぐには死なねえよ」

そう言ってタキが吹いた二番目の矢は、今度はリョウの右腕に当たった。リョウは思わず膝をつく。

「タキ、もうそれでいい。もうリョウは動けん」

キリがタキを制した。

「リョウさん！　リョウさん！」

ルリが泣き叫ぶ。

「ルリ……逃げ…ろ……俺がここで……奴らをくいとめる……」

リョウは息を切らしながらも短刀を構えてキリとタキに向かい合う。

「リョウさん……」

ルリはぐっと唇を噛みしめた。

次の瞬間、持っていた短刀を自分の胸に突き刺した。

「ルリッ！」

リョウが叫ぶ。

「馬鹿な！　何ということを！！」

キリも叫ぶ。タキはあんぐりと口を開けている。

崩れ落ちるルリをリョウは必死に支えた。

「ルリ、ルリ、お前、なぜ……」

「リョウさん、私、あなたの妻なのでしょう？　それ以外の者になるつもりはもうないの。私も、生まれて初めて……自分で自分の人生を選び取ったの。私の望みはあなたの妻。小さい頃からリョウさんが好きだった。リョウさんの妻になることだけが私の夢だった。リョウさんはそれを叶えてくれた……ありがとう……だから、夢のままで…このままで……」

「ルリ……すまない……お前をこんな目に遭わせて……」

「リョウさん、謝らないで。私、今、一番幸せです……リョウさんの妻になれたのだもの……ありがとう……」

「ルリ！」

リョウはルリの体を抱きしめた。ルリの体から命の火が消えていくのがわかった。

ルリが彼岸に旅立った後も、ルリの顔にはやさしい笑顔が浮かんでいた。

「リョウ……」

キリがリョウに一歩近づいた。

「てめえら！！」

リョウは、命を失ったルリの体を抱きしめながら、短刀をキリ達に向けた。怒りで目が真っ赤になっている。しかし、吹き矢の毒が体に回って意識を保っていることは難しかった。

「リョウ……こんなことになって俺も残念だ。ルリを死なせたくなぞなかった……」

キリがつぶやくようにそう言ったのを聞いたのが、リョウの意識の最後だった。

椿

いつものように鶴屋で菓子を買い込んでいた沖田が、ユキに話しかけた。

「この桃色の菓子は何？」

「これは練り切りといって、あんこに色をつけて季節にあった色や形を作る菓子なのです。これは桜を象（かたど）ってみたのです。白あんに薄く紅を混ぜて、桜の五弁の花びらを表してみました」

「へえ、これ、ユキが作ったのかい？」

「はい。最近は私も練り切りは作らせてもらえるようになりました」

「すごいなあ。それにしても、うまそうな桜だなあ」

「まあ、沖田さんったら！」

「いや、だって、どうせ、食べちゃうわけだろう？」

「まあ、それはそうですけどね」

「しかし、菓子ってただ食うためだけのものだと思っていたけれど、こんな風にきれいに形作るのだねえ」

「はい。菓子作りは奥深いですよ。お茶の先生に教わったのですけれど、菓子一つで、いろいろなことを表現できますし、伝えたいことを表すこともできます。このお菓子は桜の美しさだけでなく、桜の儚さも表してみようと作ってみたのです」

「へえ。ユキは偉いなあ。いろいろ学んでいて」

「い、いえ、偉くなんてありません……そうだ、今度、沖田さんに合う菓子を作ってみますよ」

「俺に合う菓子？」

「はい。沖田さんを表現できるようなお菓子です。そうですね、沖田さんは背が高くて、いつも風を切って歩いているような気がしますから、すっきりした色が合いますね」

「ユキは俺を菓子で表そうっていうわけ？」

「はい。この前お団子をご馳走になりましたので、そのお礼に。沖田さんらしいお菓子を頑張って作ってみます」

「いやあ、悪いなあ」

「いえいえ、これも私の修業の内ですし。それに沖田さんは甘い物がお好きですから、作り甲斐があります」

「でも、せっかくユキが作ってくれても、俺、きっと一口で食っちゃうよ」

「ふふふ。そうでしょうねえ。いいのです、沖田さんのお菓子ですから、沖田さんがおいしいと思ってくれたら」

「ふうん」

「さて、どんなお菓子にしましょうかね。考えるのが楽しみです」

「ユキ、君って本当に菓子作りが好きなのだねえ」

「好きですよ、すごく作り甲斐がありますもの。小さい頃から、菓子作りが得意だったのです、サエキ様からも……」

「え?」

「あ、いえ、私、親を小さい頃亡くして……親戚のおばあさんが私を引き取ってくれたのですが、そのおばあさんからも、菓子作りだけは誉められましたから。私の唯一の取り柄なのです」

「唯一の取り柄だなんて。ずいぶん遠慮深いなあ、ユキは。そんなに可愛いのに」

「え?」

沖田の言葉にユキは思わず赤面してしまった。言った本人は別に気にする素振りもない。ユキは自分だけが反応していてはおかしいと気持ちを鎮めた。

「では、楽しみにしていてください。沖田さんを象ったお菓子を作ってみますから」

「よろしく頼むよ」

沖田はにっこりとユキに微笑んだ。

（こんな風に笑う人が、浪士組随一の剣士だなんて……）

ユキは沖田の笑顔を見ながら、複雑な思いを抱いた。


八瀬の里を出て壬生の鶴屋で暮らすようになって以来、耳目としての務めを果たそうとさまざまな情報を見聞きして、ユキなりにその意味を考えてみた。

ユキ自身では集めた情報を解きほぐすことはなかなかできなかったが、ユキの集めた情報はリョウに伝えられ、サエキのもとへ運ばれているはずだ。リョウを通してサエキからさまざまな指示を受けていた。緊張を解くことのできない日々の中で、ユキは人の言動は必ずしもそのまま受け取れるものでもなく、外見だけで人を判断することは難しいと痛感していた。そして京の地を包んでいる空気が、次第に不穏なものになりつつあることも肌で感じていた。夜ともなれば、さまざまな影が京の通りを行き交い、それが時代をどこか得体の知れない所へ引っ張っていこうとしているようで、時々ユキは夜寝付けないことがあった。

自分は八瀬の里の暮らしを保ち、帝をお守りすることを第一義として、耳目として浪士組の様子を探っている。彼らの行動を監視し、帝に害をなすような行為がないかどうか、京の治安を乱すようなことがないか、神経をとがらせて日々探っているとはいえ、浪士組にそのような敵対行為を見つけることはできなかった。萌芽のようなものもなかった。第一、浪士組は会津藩から命じられて京都の治安を守る役目をしている。むしろ八瀬の人々の守ろうとしているものと同じではないのかと、時々ユキは首をかしげることがあった。

唯一違うとすれば、八瀬の者と違い、浪士組が第一に敬っているのは江戸の徳川将軍であり、八瀬にとっては京の帝であるということだ。しかし、だからといって浪士組が帝を敬っていないかといえばそうではない。最近武士や富裕な商人達の間で、朝廷を敬う尊王という概念が急速に浸透していた。これまで日本の人々の間に柔らかく認識されていた朝廷信仰が新たに強められ、過激色を伴い、尊王という新思想として時代の流行りとなっていたのだ。浪士組の者達にも、徳川将軍と並んで京都の朝廷も尊ぶべきものであるという認識は十分にあった。彼らが話している内容には「尊王」「帝を敬う」等の言葉が頻繁に出てきていた。

それから数日後。

「沖田さん、今お時間ありますか？」

壬生寺で朝稽古を終えた沖田の所に、ユキが小さな包みを持って近寄ってきた。

「ああ、ユキ、おはよう。どうしたの？」

「沖田さんのお菓子ができたのです。それでお見せしようと思って」

「へえ、本当に作ってくれたのか」

「もちろんですよ、約束したでしょう」

ユキは包みをほどいて、小さな盆に置かれた菓子を沖田に見せた。開きかけた椿の蕾の形をしたその菓子は、青緑から薄紅に、色が変化していた。

「これ、蕾……」

「はい。椿の蕾です。花弁が少し開きかけている様子を表してみました」

「これが俺？　意外だなあ」

「椿は春を告げる花なのです。その花が開きかけている。沖田さんを表すとしたら、開きかけの椿だと思いました。近づいてくる春の気配に、真っ先に気づいて花を開こうとしている。いつも空に気をはっている椿は一番に春の気配に気づくのです。凛として、気品のある花です。沖田さんに椿がよく合うと思いまして……」

「ユキ、ありがとう。椿ねえ。俺、自分のことをそんな風に思ったことはないけど。女の子って不思議なことを考えるのだねえ。でも、すごくうまそうだ」

「気に入っていただければ嬉しいです」

「でも、こんなきれいな菓子、もったいなくて食べられないなあ」

ユキはくすくすと笑った。

「気にしないでください。これは沖田さんのためのお菓子ですから。どうぞ遠慮なく召し上がってください。作り方は書き留めてありますから、これからは何個でも同じ物を作れますから」

「そうかい。じゃあ、遠慮なく頂くよ。でも今はこの通り手が真っ黒だからね。八木さんの所で手を洗ってから、大事に頂くことにしよう」

「はい。どうぞ」

沖田はさっと手を手拭いで拭いて、ユキから菓子の置かれた盆を受け取った。もう一度じっと椿の菓子を見る。

「春を告げる花ねえ」

「はい。沖田さんって、浪士組の方々の中でも春なのだと思いましたし」

「俺が春？」

「はい。近藤さんは黙って降る雪の重みにも耐えていけるようで冬という感じです。土方さんは、きりきり照りつける日みたいで夏。沖田さんはお二人の間で蕾をほころばせる春の花という感じがします」

「ははは、土方さんがきりきり照りつける夏っていうのはいいねえ！　近藤さんはその通りだし……。ユキ、君ってわりと人をよく見ているのだねえ。間者になれるよ」

沖田の言葉にユキは一瞬身をすくませたが、沖田に他意はないようだ。にこにこしながら、菓子を眺めている。

「とにかく……沖田さんに気に入っていただけたなら嬉しいです」

「あれ、なんか紙が入っているけど」

そう言って沖田は盆の隅に置かれていた小さな和紙をつまんで、ひらひらさせた。

「それはそのお菓子の名前です。新しいお菓子を作ったら、それに名前をつけるのです。そのお菓子の名前は『春在一枝中（はるはいっしのうちにあり）』と名付けました」

「春は一枝の中に在り……」

その言葉がその小さな和紙に書かれていた。

「ユキ、ずいぶん難しい言葉を知っているのだなあ」

「その言葉はお茶の先生に教わったのです。一つの枝の花の中に、春のすべてが詰まっている……。すごく小さいものでも、すべてのものが詰まっているように思える……。そういうことを表現する言葉だそうです。あれもこれもとたくさんの物を欲しがるのではない。たった一つの物に万感の思いを込めることこそ幸せである。そういう禅の教えだそうです」

「へえ……。すごいなあ」

「まあ、名前は忘れてくださってもいいのです。とにかく、沖田さんがおいしいって思って召し上がってくだされば、それが菓子を作る者にとっては一番嬉しいものなのです」

「うん、絶対うまいよ、これ」

沖田はユキにぺこりと頭を下げた。

「ありがとう」

「あ、いえ、そんな、沖田さん。これはこの前、お団子をご馳走していただいたお礼ですから。それに、お菓子作りは私の修業のためでもありますから、お気になさらず」

「うん、でも、やっぱり、嬉しいから」

沖田はユキを見つめた。そのままじっとユキを見つめている。いつもさざ波が寄せているように揺らめいている沖田の二つの瞳が、今は平らな水面の湖のように落ち着いて、じっとユキの顔に注がれている。ユキは何だか落ち着かない気持ちになって、慌てて言葉をついだ。

「さ、それじゃあ、私、いつものように壬生様にお参りしていきますから。沖田さん、今日もお仕事頑張ってください」

そう言って沖田の視線を避けるように背中を向けると、本殿に向かっていった。

「ありがとう！　ユキ」

沖田はもう一度ユキの背に礼を言って、地続きの八木家のほうへ歩き去っていった。

「総司、お前、また菓子を食っているのか」

縁側でユキからもらった椿の菓子をじっと眺めていた沖田に、土方が声をかけた。

「お前、もそっと力になるような物を食わねえと、すばしっこくなれねえぞ。まったくお前ときたら菓子だの、餅だの、甘い物ばかり食べやがる。ガキの頃からちっとも成長してやがらねえ」

(俺を菓子好きにしたのは土方さんだと思うけどなあ)

沖田はそう心の中でつぶやきつつ、土方に説明した。

「これはユキが俺を表すってことで作ってくれた菓子なのですよ。団子を馳走した礼だってことで。どうです？　きれいでしょう？　咲きかけの椿だそうです。それが俺にふさわしいって言われたのですけどね」

「ほう。咲きかけの椿……」

土方は沖田の横に座り、その菓子をしげしげと見つめた。

「春在一枝中。そういう名前なのです」

「春は……」

「春は一枝の中に在り。春は一つの枝の中に詰まっている。そういう意味だそうです。椿は一番に春の気配を感じ取る花なのですって。どうです、土方さん。俺って、椿に似ていますかね？」

土方は菓子と沖田の顔を交互に見ていたが、やがて言った。

「ああ、似ているな。特に咲きかけってところがな。どっちもまだ青いってことよ。ガキってことだよ」

「あ、土方さん、ひどいなあ」

「うるせえ。それにお前の頭の中はどう考えても春だろ。年がら年中、めでてえ出来だぜ」

「そうかなあ。土方さんだって、相当頭はめでたい出来だと思うけどなあ」

「何を！　このガキ、さっさと菓子でも何でも食いやがれ。食って、入ったばかりの奴らに稽古つけてやれ」

「はいはい。そうですね。わかりました」

沖田は土方の憎まれ口を受け流して、ユキからもらった菓子を口に運んだ。

「うーん。甘いなあ」

「当たり前だろうが！　菓子は甘いものだろう」

「はい、そうですね。でも、うまいや」

菓子を頬張っている沖田を見ていた土方は、ふっと目を庭にそらせた。沖田を咲きかけの椿に見立てたユキの気持ちに、本当は思いっきり共鳴したい自分の思いを押し隠すように、庭を見ていた。


「おい、ユキ坊」

「あ、土方さん。いらっしゃいませ」

鶴屋に入ってきたのは、めずらしいことに土方歳三であった。沖田は甘い物に目がないから、日をあけず鶴屋に菓子を買いに立ち寄っていたが、土方が甘い物が好きだとは聞いていない。めずらしいと思いながら、ユキは土方に頭を下げた。

「土方さん、お菓子ですか？　めずらしいですね。甘い物を召し上がるとは」

「俺は菓子を好かん。だが、総司の奴がここの菓子はうめえうめえっていうから、一度試してみるかと思っただけさ。京の菓子ってもんを、江戸の物と比べてみるのも悪くねえと思ったのさ」

「はい。ありがとうございます。どのようなお菓子がいいでしょう」

「総司がいつも食っているやつをもらおうか」

「ああ、沖田さんの好物でしたら、金平糖ですね。すごく気に入られたようですよ」

「そうか。そいじゃ、その金平糖とやらをもらおうか」

「はい。沖田さん、これは長持ちするからいいっておっしゃっていました」

「長持ち？」

「はい。金平糖は飴のようなものですから、噛まずになめていれば、けっこう長持ちするので……」

そう言って、ユキは途中でぷっと吹き出してしまった。金平糖を初めて買いにきた時の沖田の様子を思い出して、おかしくなってしまったのだ。

「おい、何を一人で笑っている？」

「いえ、すみません。長持ちするお菓子がいいなんて、沖田さん、変わっているなあって思いまして」

「ふん。あいつが言いそうなことだぜ」

ユキは金平糖を一掴み、和紙に包んで土方に差し出した。

「三文になります」

「あいよ」

土方は金をユキに渡しながら、ユキの顔をじっと見た。ユキは土方の視線に気づいて、怪訝そうに視線を返す。

「何か？」

「俺達の仕事は、夜中路地を歩き回ったり、物陰でじっと潜んでいることも多い。そういう時、金平糖とやらをなめていれば、気分が落ち着くのだろう。総司の奴はなにせ口ばっかり達者で、いつもくだらんことをしゃべっているからな。しかし、仕事中はぺらぺらしゃべってもいられねえ。あいつはしゃべる代わりに金平糖をなめているんだろうよ」

「そうなのですか……」

ユキは、昼間金平糖をにこにこと口の中で転がしている沖田が、夜の闇の中でひっそりと敵の様子を警戒しつつ、剣を片手に持っている様子を思い描いた。昼間の姿とはまったく異なる、剣士としての浪士組の隊士としての姿。沖田にとって、金平糖はただの楽しみだけではないのかもしれない。

「だから、総司の奴が金平糖を買いにきたら、せいぜい大盛りにしてやってくれ。あいつには必要なのさ、そういうものがな」

「はい。承知しました。沖田さんはこのお店にとってもお得意様ですから」

「それと……お前、総司に菓子を作ってやったそうだな、椿の」

「あ、はい。私はお菓子作りの修業をしていまして……いろいろな形や味のお菓子を作る練習をしているのですが。沖田さんを見立てたお菓子を作らせていただきました」

「そうか。礼を言う」

「いえ、お礼なんて。もともと私が沖田さんにお団子をご馳走になりまして、そのお礼ですから」

「俺の礼っていうのは、総司を椿に見立てたことだよ」

「え？」

「邪魔したな」

土方は唐突に背を向けて、店を出ていった。


「椿か……」

鶴屋を出た後、土方はつぶやいた。

沖田の剣を花にたとえるなら椿。

沖田のすがすがしいまでの剣さばきは、雪の中春を告げて真紅の花びらを開きかけた椿。

土方は常にそう思っていた。自分と同じように、沖田を椿に見立てたユキに、土方は感謝したい思いだった。

姉小路公知の暗殺

背の高い男が刀を持っている。

長い髪を背にたらし、細い腰をして、まるで女のようであった。しかし、その顔は彫が深く、男のものだった。その男は持っていた刀を地面に置いた。

置かれたその刀の周りの地面に、どす黒い物が広がっていく。

（血だ……）

ユキはぞっとしたが、どす黒い血はどんどん地面に広がっていく。

その血が広がっていく先を目で追っていくと、一人の男が倒れていた。身に着けている物からして公家らしい。地面につけた顔は激しい怒りと憎しみに歪み、恐ろしい形相だった。そして、その横にもう一人倒れている。それは、土方だった。地面に顔を伏せているから表情はわからなかったが、土方の周囲も血だらけだった。

ユキはおもわず声を上げた。ふと下を見ると、血はユキの足の下まで広がっている。恐怖で悲鳴を上げようとしたユキの手を誰かが横から引っ張った。

「沖田さん！」

ユキの手を引っ張ったのは沖田だった。

沖田はユキを自分の胸に抱きとめ、心配げにユキの顔を覗き込む。しかし、次の瞬間、土方が倒れているのを見つけた沖田は、体を強張らせユキを突き放した。

沖田は土方に駆け寄り、彼を抱き起こす。そして次の瞬間、ぎらぎらとした目でユキを睨んだ。憎しみに溢れた目だった。

「沖田さん……」

ユキは沖田に歩み寄ろうとするが、沖田は一層憎しみの表情を強め、土方を抱き起こしてその場を去っていこうとする。

「沖田さん！」

ユキは沖田を呼び止めようとするが、沖田の背はユキの声を拒否するように、そのまま振り向かなかった。

「沖田さん！　待って！」

その時、刀を置いた背の高い男が、青白い光を発した。そして、にやりと笑みを浮かべる。

青白い光に照らされ、ユキは目を瞑らざるを得なかった。

「はっ！」

ユキは布団から起き上がった。ものすごい汗をかいている。

「夢……」

不気味で、悲しい夢だった。しかし、これは先夢だろうか？　八瀬の里を示すような物はなかった。土方と沖田に関係のある先夢なのだろうか。あの背の高い男は誰なのか。

（サエキ様にお話ししたほうがよいのでは……これが先夢だとすれば、サエキ様なら意味がわかるかも……）

しかし、すぐに沖田の憎しみに溢れた視線を思い出した。

（もしかすると……私の不安が夢に出たのかも……）

ユキが八瀬の耳目として素性を隠して壬生浪士組の様子を探っていることを、これまで沖田が気づいた素振りはない。しかし、沖田に知られる日は来るかもしれない。斎藤一には、八瀬とまでは知られていないが、間者であることは知られてしまっている。

ユキの正体を沖田が知ったら、彼はどうするだろう。ユキに対して剣を向けるだろうか。怒るだろうか。ユキは自分がそんな不安を最近抱えていることに気づいていた。

（私の不安が夢になっただけかもしれない……）

沖田さんに嫌われたくない。

その思いがユキの心を揺さぶるようになっていた。

耳目としての役目が終われば、鶴屋を去って壬生から姿を消さなければならない。それはわかっている。でも、沖田と過ごした時間はそのまま手つかずにしておきたかった。間者であることが知られなければ、ただ修業を終えて里に帰ったということにできる。二度と会うことはできないだろうが、沖田の思い出の中のユキは、鶴屋のユキとして残ることができる。

(きっとそんなことを考えていたから、あんな夢を見たのだ……)

ユキはそう自分に言い聞かせて、サエキには何も伝えないことにした。もしサエキに告げてしまうと、今見た夢が現実になってしまうのではないかと恐ろしかった。

京の夷川通(えびすがわどおり)から細い路地に入った所にある小さな町屋に、一人の背の高い女が入っていき、奥の間に寝転がっている大柄な男に声をかけた。

「新兵衛様。兄からよい酒を頂きました。今宵は月を愛でつつ、いかがですか」

「おう、さより。酒とはありがたいのう。お前の兄者の下さる酒はすこぶるうまい」

「新兵衛様に気に入っていただけて嬉しいですわ」

さよりは切れ長の目を妖しくうるませて、新兵衛の横に寄り添った。その手を新兵衛の胸にあてて、自分の胸を新兵衛に押し付けた。さよりの体から漂う甘い香りが新兵衛の鼻をくすぐる。新兵衛を見上げるさよりの唇が赤く濡れている。新兵衛はその唇に吸い込まれるように自分の口を重ねた。さよりは切ない声を上げて、その両腕を新兵衛の首に巻きつけた。

「新兵衛様、さよりを先に召し上がりますか」

「さより、お前はかわいい女子じゃのう」

新兵衛はさよりの胸元に顔を寄せた。さよりは新兵衛の体を両腕で引き寄せるようにして、その両足を自ら新兵衛の体に絡ませた。

「新兵衛様、お慕いしております……」

切ない声を上げて、さよりは自ら帯を解いた。

さよりの体を満喫し、酒をしこたま飲んだ新兵衛は、心地よい疲れの中で深い眠りに落ちていった。規則的な寝息をたてる新兵衛の姿をじっと見ていたさよりだったが、しばらくして布団から抜け出し、枕元に置いてある新兵衛の刀を取り上げ、そっと部屋を出た。

後ろ手に障子を閉めると、さよりはにやりと口を歪ませた。そして刀を持ったまま屋敷の外に抜け出し、通りを歩いていた虚無僧にその刀を渡した。

「万事抜かりないか」

「はい。すべてご指示通りに」

「よし。お前の役目は終わった。戻ってくるようにとの指示だ」

「ああ、助かりました。やっとあの薩摩の田舎侍から離れられるってわけですね」

「ふふ。お前の正体も知らずに、あいつも呑気なものだな」

「田舎侍なんてあんなもんですよ」

さよりは陰惨なほど美しい笑みを浮かべて、ふんと鼻を鳴らした。

「では、これで」

さよりはそのまま、夜の闇の中に消えた。虚無僧は刀を腰に差して、もと来た道を歩き始めた。


五月二十日の夜の更けた頃、御所を出た姉小路公知（あねがこうじきんとも）は二人の供を連れて猿が辻と呼ばれる御所周りの東北の隅を通って自宅へと急いでいた。

日増しに騒々しくなる世情を論じて、今夜の宮中の会議は予想以上に長引き、帰宅が深夜となったのだった。

姉小路公知は国事参政の職になり、同職の三条実美と共に、御所での政談の主軸となっていた。姉小路と三条はまだ歳は若いが、長州藩の後押しを受け、豊富な運動資金を元に、公家達の意見を反幕府へ引っ張っていこうとしていた。二人は帝に徳川幕府の越権ぶりを激しく批判し、尊攘の何たるかを徳川家に示すべしと強く主張していた。二人は共に帝と皇室を崇拝することに炎のような信念を抱いていて、若い年齢特有の情熱を滾(たぎ)らせながら、朝廷の権威と本来有するべき権利を取り戻したいと思いつめていた。

姉小路が帰宅の道を急いでいたところ、突然塀際から何者かが飛び出してきて彼に斬りつけてきた。

「何者！」

姉小路は公家とはいえ、その猛る胸の想いに沿うように、武芸もよく学んでいた。中啓で振り下ろされた刀を受け流し、応戦しようと太刀持ちに向かって、

「太刀を！」

と叫んだ。しかし太刀持ちは突然の襲撃に驚いて、太刀を抱えたまま主人を置いて一目散に逃げ出してしまっていた。曲者は姉小路の背中を切りつけた。従者の吉村左京が、自分の刀を抜いて主人を守ろうと駆け寄った。

「公知様！」

吉村は二人の曲者に斬りかかっていった。しかし、黒尽くめの襲撃者達は、吉村の刀をひょいとかわして、背を向けて逃げ出した。

「待てっ！」

吉村は襲撃者の後を追おうとしたが、今は主人の怪我の手当てのほうが先だと思い、主人のもとに駆け寄った。

「公知様！　しっかりなさいませ！　すぐに医者を呼びますから！」

「吉村……肩を貸せ……」

「はっ」

どうにか姉小路家まで主人を運び、大騒ぎする家の者にすぐ医者を呼んでくるように言って吉村は彼を玄関に横たえた。姉小路の背は大量の血で赤く染まっていた。吉村は彼の耳に顔を寄せて、大声で呼びかけた。

「公知様、屋敷につきましたぞ！　すぐ、医者が来ます、もう少しの辛抱ですぞ！」

しかし、姉小路の命は既に消えていた。呼びかける声に答えはなかった。

姉小路公知襲撃の知らせは、またたく間に宮中と長州藩邸に広がった。家が近く、姉小路の盟友である三条実美が真っ先に駆けつけてきた。姉小路の亡骸は玄関から自室に運ばれていた。

彼の体から流れ出した大量の血が、玄関にまだ生々しく残っていた。既に変事を知って逆上していた三条は、その血を見てあまりの憤慨で気を失いそうになった。供をしてきた戸田雅楽が、三条の背を支え、屋敷の者に持ってこさせた酒を少々飲ませた。

三条が少し落ち着いたところで、吉村は戸田に声をかけ、別の部屋で今夜の惨劇の様子を話した。話を聞いた後、とにかく襲われた場所を見てみようと、戸田は吉村と灯りを持って猿が辻まで行ってみた。猿が辻には血の跡がそこら中にあり、その血の中に刀や下駄や、姉小路の中啓が散らばっていた。戸田と吉村はそれらを拾い上げ、姉小路家の屋敷に持って帰った。

その頃には、長州藩からの見舞いや、朝廷からの使いや、日頃から出入りしていた志士達が大勢屋敷に詰めかけて、今夜起こった悲劇を驚き悲しんでいた。一体誰が姉小路を襲ったのだと、志士達は激昂していた。戸田はその様子を見ながら、玄関脇に吉村を呼ぶと、小声で話しかけた。

「実は今夜、三条公も襲われかけたのです」

「え！　三条様も？」

「はい。朝廷からの帰り道、塀陰から数人の者がこちらを窺っている様子が目に入ったので、誰だと問い質すと姿を消しました。あれは恐らく、三条公を襲おうとした奴らだと。ただ、今夜は、常よりも帰りが遅くなりましたゆえ、屋敷から供回りの者を呼び寄せ数を増やしておきましたから、十名以上の者が三条公をお守りしていたのです。恐らく、それで曲者らは諦めたかと」

「なんと……三条様まで……」

「吉村さん、この落ちていた刀、姉小路様のものではありませんな？」

「いいえ、違います。太刀持ちは刀を持っていったきり行方不明です」

「では、この刀は曲者のものということでしょうな。銘は……和泉守兼定（いずみのかみかねさだ）……」

戸田はそう言って、その刀をじっと見つめた。

姉小路公知が襲われたという知らせは、姉小路家に仕えていた女中から八瀬に即座にもたらされた。その女中はカエといい、八瀬一族の出身で姉小路家と八瀬との連絡掛を務めていたのだ。知らせを聞いたサエキははっと息をのんで、その場に座り込んだ。

「こうならないよう、公知様には忠告しておいたのだが……。誰が襲ったのか、わかったのか？」

「いいえ、まだです。しかし、今夜、三条実美公も襲われそうになったとのこと。あの二人を襲うとなれば、反長州派と考えてよいかと。幕府の回し者ではないでしょうか」

「その可能性が高いであろうな……。最近の朝廷を反幕府に導いていたのは三条公と姉小路公だったことは、よく知られていたからな。しかし、幕府が直接手を下したのではあるまい。公家は帝の家臣。その公家を暗殺するとなれば、帝に反旗を翻すことになる。そのようなことを表立ってすることを幕府は避けるだろう」

「はい。間接的に手下の者を動かしたのではないでしょうか。例の浪士組にやらせたのではないですか。実は暗殺の場に、刀が落ちていまして」

「曲者の物か」

「そう思われます。その刀の銘は和泉守兼定。浪士組の者に同じ刀を持っている者がおりませんか?」

「和泉守兼定……」

サエキはカエの言葉にはっとした。

サエキは、数日前に猿が辻の地面に大量の血が流れている夢を見ていた。その夢の中に刀が出てきていたのだが、猿が辻といえば御所周りであるので、八瀬と関わりの深い姉小路家に警戒するよう知らせていたのだ。当主の公知は英邁（えいまい）ではあったが、自分の武術の腕に頼り過ぎて、それほど暴漢に襲われるような事態を恐れてはいなかった。八瀬の守門をつければよかったとサエキは今になって後悔したが、時既に遅しである。自分が見たその夢の中に、刀が大きく映し出されていた。血の海の中に何度も黒々としたその刀が出てきたが、刀の銘まではわからず、ただ業物の太い刀だった。なぜ、これほど人物や特定の場所ではなく、刀そのものが夢を支配するのか、サエキは不思議に思っていた。

（その刀がこの事件を解く鍵になるということか……。刀が決め手になるという意味の夢であったか）

「サエキ様、戸田様によれば、今宵、三条様も襲われそうになったとのことです」

カエの言葉にサエキは目の色を変えた。

「して、三条公は？」

「幸いにして、供回りも多く、曲者は諦めた様子で、三条様は無事です。今は、姉小路家にいらっしゃいます。姉小路様のことをそれはお嘆きで」

「そうであろうな。お二人は仲もよく、話も合った」

「はい、戸田様は三条様をお守りするために、八瀬の力を借りたいとおおせです」

「……わかりました。カエ、戸田様に直接話をする機会がほしいと伝えておくれ。できるだけ、早く」

「わかりました」

カエはただちに姉小路家に戻っていった。

カエが退室すると、サエキは文机の上にある土鈴を鳴らした。

「お呼びですか、サエキ様」

すぐに、守門を率いるキリが現れた。

「キリ、再びお前に厄介な仕事を頼まなければならないようだ」

「そのための守門です。どうやら、サエキ様が心配なさっていたことが現実になっているようですな」

「うむ。長らく平穏な日々が続いたのだが。八瀬もどうやら厄介な流れの中に巻き込まれそうだな。それは避けたかったのだが」

「サエキ様。すべては八瀬を守るためでございます。ご命令を」

キリはそう言って、高い背をサエキに向かって折り曲げた。


八瀬の情報網は、姉小路公知暗殺の場に残されていた和泉守兼定の刀が、壬生の浪士組の幹部の一人、土方歳三のものであると断じた。

浪士組は会津藩預かりとなっており、会津藩が、敵対する長州藩の朝廷での勢力を削ぐために、長州派と見られていた姉小路公知を暗殺し、三条実美も殺そうとした。いかにもありそうな話である。長州派を朝廷から一掃できれば、代わって会津が朝廷の議論を支配し、徳川幕府の権威を朝廷に行き渡らせることができる。
しかも八瀬を率いる巫女、サエキも、その先夢の中で刀を見ており、その刀が和泉守兼定の銘であったことで、事態の背景は明らかになったと考えられた。

ここ半年ばかりサエキが先夢を見る頻度は急激に増え、そのどれもが血にまみれていた。そしてすべてが帝を、朝廷を危うくする兆しを示していた。かつてないことだった。サエキの焦燥感は、今回姉小路公知が殺されたことで、恐ろしいほどの危機感に変わった。自分の夢は真に現実を、未来を指し示し、この京の地の平穏な日々を守ってきた八瀬の一族に深刻な危機が訪れることを警告していたのだ。
もはや、躊躇している場合ではない。迫りくる危機を防ぐべく、速やかに動く必要がある。そのためにこそ、先夢を見る能力が自分に与えられているはずだ。三条公まで殺される事態を招くことは許されない。サエキは追い詰められたように胸が苦しかった。

鶴屋に突然リョウが姿を見せた。町人の姿をしている。

「リョウ！　どうして、ここに？」

「俺は今や用無しなのさ。暇を持て余しているのでね。久しぶりにユキの顔でも見てみようかと思ってね」

「でも……シュウって人からリョウは繋ぎの役目を免じられたと聞いたけれど、一体どういうことなの？」

しかし、リョウはユキの問いには答えず、逆にユキに問いかけてきた。

「お前、土方の刀がどこにあるか知っているか？」

「え？　刀？　土方さんの？」

「土方は刀を持っていないだろう」

「リョウ、一体何を？」

「ユキ、お前、最近夢を見たか？　土方の夢を見たか？」

「見たわ、確かに土方さんに関わることだった……でも……」

「……土方の刀がどこにあるか確かめることだな」

「でも、なぜ？」

「守門の奴らが土方を殺しにくるからさ」

「え？　なぜ、そんな……」

「それがサエキの見た夢の結果だからさ」

「サエキ様が……」

「八瀬の女がなぜ先夢を見るのか、理由はわからない。ただ、古の時代からそうだった。それは八瀬の一族を守るためにある能力だと、俺達は幼い頃からそう教えられてきた。そうしてサエキの夢に縛られてきた。サエキ以上に強い先夢を見る能力者が現れなかったからな。だがな、まだ起きてもいない出来事を夢に見て、それがどれほど正確だと思う？　ユキ、先夢なぞから離れて自由になりたくないか？」

「リョウ、どうしたの？　急にそんなこと言って。私にはよくわからないわよ。それと土方さんを八瀬の人達が殺しにくるって、どういうことなの？」

「昨夜、長州派の公家、姉小路公知が殺された。その場には土方の刀が落ちていた。都合のいいことにな。サエキはそれが自分の先夢と一致したことで、土方が姉小路を殺したと断定した。壬生の奴らは会津藩のお抱えだ。会津藩は長州藩と敵対していた。長州の代弁者のような姉小路を苦々しく思っていた。辻褄が合うな。合いすぎるほどにな。八瀬の奴らは、守門を使って土方を殺そうとしている。三条や他の公家達を守るためにそうすべきだと思っているからだ。それが帝を守ることになり、ひいては八瀬の里を守ることになると。お決まりのサエキの言い分さ。八瀬の奴らはその言葉を聞くと、途端に頭を垂れる」

「そんな……」

「お前は土方が姉小路を殺したと思うか？」

「そんなこと、おかしいわよ。どうして、土方さんが……」

「とにかく、土方の刀の在り処を確かめることだな。守門の動きは速いぞ」

リョウはそう言って、茫然とするユキをその場に残して歩き去っていった。我に返ったユキが呼び止めようと思った時には、リョウの姿はどこにもなかった。

（とにかく、土方さんの刀がどこにあるか調べよう。まずは、それからだ）

ユキは一つ息を深く吸って、唇を引き結んだ。


八木家の庭に血相を変えて飛びこんできたユキを最初に見とがめたのは斎藤一だった。

「お前、ここへ何しにきた？　それに、その形相は何だ？」

「斎藤さん、沖田さんは？　沖田さんを呼んでください。いえ、土方さんは？」

「お前が、土方さんに何の用があるというのだ？」

「斎藤さん、すぐに確かめないといけないことがあるのです！　とにかく、土方さんを……」

「何、大きな声だしているのかい、ユキ」

沖田ののんびりした声がした。壬生寺での稽古帰りか、稽古着で竹刀を持っている。

ユキは沖田の無邪気な顔を見て、なぜか涙がこぼれそうになった。リョウの話の内容は容易なものではない。もしかすると沖田達が八瀬の里と敵対することになるのかもしれない。しかし時間がない。ユキは躊躇している時間など一刻もないのだと、自分に言い聞かせた。

「沖田さん、土方さんは？　土方さんはいますか？」

「土方さん？　今は出かけているけど。ユキ、どうしたの？　こんな朝早くから」

「では、土方さんの刀は？　刀はどこにありますか？」

「え？　土方さんの刀？　三日ほど前から研ぎに出しているけど。今は、いつもとは違う刀を差しているよ。どうしてユキがそんなこと、気にするのだい？」

「じゃあ、土方さんの刀は今ないのですね？　土方さんも今いないのですね？　土方さんはどこに行っているのです？」

「おい、おい、ユキ、どうしちゃったのさ？」

沖田はユキの様子が尋常でないことに戸惑った。斎藤がただならぬ事態になっていることを察し、ユキの肩をつかんだ。

「おい、ここではまずい。こっちへ来い。お前、何か知っているのだな。話を聞かせろ」

斎藤はユキを引っ張って、壬生寺の隅に連れていった。沖田も怪訝そうな顔でついてくる。

ユキの頭の中にはさまざまな思いが駆け巡り、ふと、自分が昨夜見た夢の意味がわかった気がした。沖田が自分を突き放して遠くへ去っていく夢。これだったのだ、と思った。今からする話で、ユキがただの菓子屋の娘ではないことを沖田は知ることになる。八瀬とはわからぬまでも、間者かそれに近い者だと知るだろう。斎藤もそのことを沖田に告げるだろう。沖田は自分を軽蔑するだろう。嘘つきだと嫌うだろう。それを暗示していた夢だったのだ。

そんな先夢など、見ても哀しいだけなのに。夢でそんな未来を知らされても、なす術など自分にはないのに。ユキは心の底に穴が開いたような気持ちになったが、とにかく今は土方を襲おうとしている事態を何とかするのが先だと、その心の穴に無理やり蓋をした。

「沖田さん、土方さんが刀を研ぎに出した店を教えてください。それから、土方さんが今どこにいるかも」

「ユキ、一体、どういうわけなんだい？」

「土方さんの身が危ないかもしれないのです」

「え？」

「斎藤さん、力を貸してください。私一人では対処しきれないかもしれません」

斎藤はじっとユキを睨むように見ていたが、無言でうなずいた。

長州派の公家、姉小路公知が殺されたこと、その場に和泉守兼定の刀が落ちていたことにより、土方がその下手人と疑われ、命を狙われていること、だからすぐに土方を探し出して、土方の和泉守兼定がどこにあるのか確認しなければならないこと。それらを一挙にユキは沖田と斎藤の二人に話した。

最初は訳がわからないという顔をしていた沖田だったが、話を聞くうちに、ユキの本性が菓子屋の奉公人などではないことを悟り、表情を険しくした。しかし、今は、土方に命の危険が迫っていることのほうが重要である。そのことのみで沖田は心を埋め尽くした。斎藤は表情を変えないまま、じっとユキの話を聞いていたが、ユキが話し終わると、厳しい口調でユキへ聞いた。

「土方さんの命を狙っている奴らとは何者か？　姉小路の手の者か？　長州の者か？」

「いえ……」

ユキはその問いを恐れていた。しばし、地面を見た後、ぐいっと斎藤の顔を見て言った。

「土方さんの命を狙っているのは、長州の者ではありません。姉小路の家の者でもないです。だからこそ危ないのです。彼らは武辺の者達です。ですが……その者達の名を告げることはお許しください。ただ彼らは陰ながら帝に仕える者です。彼らなりの役割を負っています」

「お前はその者達に繋がる者というわけか」

斎藤の言葉は問いというよりも、確認であった。ユキは何も言わずに、斎藤の顔を見返していた。沖田がそこに言葉を挟む。

「とにかく、土方さんを探さないと。斎藤、お前は土方さんの刀を頼む。河原町の和泉屋だ。そこにいつも土方さんは刀を研ぎに出していた。俺は土方さんを捜しに行く。土方さん、きっと女の所だ。あの人は最近、気に入りの女がいて……」

沖田は言葉の途中で、壬生寺を出ていった。

ユキへは一言も言葉はなかった。ユキも沖田のほうを見ることはできなかった。

沖田が去った後、斎藤はぼそりと言った。

「お前は八瀬の間者だったか」

「斎藤さん、なぜ……」

「八瀬の者が昔から朝廷に陰で仕えていることは知っている。朝廷は武力を持たない。八瀬がその代わりを務めていたというわけか」

「……斎藤さん、今回のことは何かの誤解なのです。何かおかしいです。八瀬の者達は何か誤解しているのです。斎藤さんも、土方さんが姉小路家の当主を殺すなんて、ありえないと思うでしょう?」

「それについては疑う余地もない。土方さんが姉小路家に手を出すわけはない。もしも公家を暗殺するようなことがあれば、それは上の筋からの依頼ということになる。俺達が単独で朝廷の人間を暗殺するなどありえない。しかし、上の筋からの依頼もありえない。それは俺が一番よくわかっている」

斎藤はそこで言葉を止めた。会津藩から壬生浪士組に遣わされた者であることを、斎藤の言葉は肯定していたが、ユキには今そのことに拘っている暇はなかった。

「そう思うなら、斎藤さん、私に協力してください」

「お前に協力するつもりはない。しかし、土方さんが窮地に陥っているのなら、救い出す。当然のことだ。第一、土方さんが自分の刀を置き去りにするわけがない。刀を残してくるなんて、わざわざ自分の仕業だといわんばかりではないか。夜襲をかける意味もなくなる」

「その通りですね。斎藤さん、私に土方さんの刀の確認をさせてください。和泉屋って沖田さん、言っていましたよね、私が行ってきます」

「いや、和泉屋やへは俺が行く」

「では、一緒に行きます」

「勝手にしろ。とにかく、急ぐのだろう」

「はい！」

河原町の和泉屋へ着くと、二人は主人に矢継ぎ早に土方の刀について質問を浴びせた。勢いに押された主人は口ごもりながらも、土方の愛刀、和泉守兼定は確かに和泉屋で預かっており、現在研ぎ師が研いでいるところだという。その研ぎ師に刀を持ってこさせろという斎藤の命に、訳がわからないながらも主人は従って、奥の作業場に入っていった。

じりじりする思いで主人の戻りを待っていた斎藤とユキのもとに、真っ青な顔色に変わった主人が大慌てで戻ってきた。

「斎藤さん、すみません、研ぎ師がおりません！　土方さんの刀ごと……」

「なにっ！　どういうことだ、それは！」

「どういうことか、私にもさっぱり……土方さんの刀の研ぎを任せていたのは、うちに長年勤めている美代吉という男で……土方さんの刀は美代吉がいつも研がせていただいておりましたんで……ところがその美代吉が、いなくなってしまいました。土方さんの刀もありません」

「……おい、その美代吉とやらはいつからいないのだ？」

「へえ、今日の朝はおりました。他の奴らが言うには、いつのまにか姿が見えなくなっていたと……」

「美代吉はお前の店に長く務めていたと言ったな」

「へえ、もう十年にもなります。一体どういうことなのか……第一、土方さんの刀がなぜなくなっているのか……どう、土方さんにお詫びすればいいやら……斎藤さんは土方さんのお言いつけで刀を受け取りにいらしたので?」

「いや……」

斎藤は言葉を濁して、眉をぐっとしかめた。

「斎藤さん……土方さんの刀はやはり盗まれていたのですね……」

ユキが消え入りそうに小さい声でつぶやいた。

ユキにはやっとリョウの話の意味がわかった。何者かが土方の刀を盗み出し、姉小路公知を殺し、その場に刀をあえて残してきたのだ。土方の仕業だと思わせるために。姉小路家は長州派の公家であり、幕府側の土方達が暗殺するという筋書は無理がない。納得感がある。現実には土方の属する壬生浪士組の立場はそれほど単純なものではないのだが、長州と会津が激しく政治的に対立しているこの京で、多くの者は土方が姉小路公知を殺したといわれれば容易に受け入れるだろう。八瀬の者もその中に含まれる。確か、リョウはサエキも先夢でそのような事態を見たと言っていた。八瀬の者達は、土方を公家を暗殺した男、ひいては朝廷に害をなす者、帝の立場を危うくする者として、排除しようとするだろう。

(でも、土方さんがそんなことをするはずがない……)

俺達は幼い頃から、サエキの夢に縛られてきた。
まだ起きてもいない出来事を夢に見て、それがどれほど正確だと思う?

ユキの胸の中にリョウの言葉が甦ってきた。
今までサエキの指示の通り、ユキは動いてきた。サエキの先夢が、八瀬の里を守っていると信じてきた。サエキの先夢は未来の危機を事前に防ぐことができる。そう。八瀬の者は信じてきた。

しかし、今回はサエキの夢は間違っているとユキは確信していた。八瀬の中にいた時にはわからなかったが、今のユキは土方歳三という男を知っていると思う。実際に会って、言葉も交わした。沖田を通じて土方がどういう人間か、何回も聞いている。だから、わかる。ユキにとって土方は夢の中に出てきたものではなく、一人の人間として現実に知っている相手なのだ。サエキの先夢も、全部正しいわけではないのかもしれない。先夢の解き方に間違いが生じることがあるかもしれない。ユキの中にその疑問が次第に大きく広がっていった。

「俺は黒谷へ行く」
斎藤は一言そう告げると走り去っていった。

ユキは和泉屋の前に一人残された。

（どうしたらいい……どうしたら……。このままでは土方さんを守門達が襲ってしまう。今すぐ、土方さんに知らせないと……）

と、ユキの手を誰かがぐいと引っ張って、路地に引きずり込んだ。

「なっ……あ、リョウ！」

「守門は動き出したぞ。土方ははめられたのさ」

「でも……何のために……一体誰が……」

「それは俺にもはっきりわからない。土方を姉小路公知暗殺の下手人とすれば得をする奴らがいる、ということだろうな。壬生の奴らが邪魔なのか、会津が邪魔なのか……」

「でも、そのために姉小路様を殺したの？　おかしいよ、そんなの……」

「うむ……姉小路を葬るのが本当の目的だったのだろうな。しかし、その下手人が必要だった……それを土方にすると都合がよい奴がいるというわけだな」

「リョウ、一体どういうことなのか、私にはもう……とにかく、土方さんは本当の下手人ではないと八瀬に知らせないと」

「ユキ、八瀬の奴らがお前のいうことを信じるか？」

「だって、土方さんの刀は和泉屋から盗まれたのよ！　それを誰かが姉小路様の暗殺の場に置いたのよ！」

「しかし、サエキが見た先夢を八瀬の奴らは信じているぜ。お前の言葉よりも、サエキの言葉を信じるだろうよ」

「だって、その夢は偽りよ！　このままじゃ、八瀬は無実の土方さんを殺してしまうことになるわ！」

「八瀬が無実の人間を殺すことは、何もこれが初めてじゃないさ」

「え……」

「俺達は八瀬の民を守るため、帝を守るためという名目で、多くの人間の命を奪ってきた。その中には罪もない人間もいたさ。サエキの先夢は完全じゃない。第一、自分達が平穏に暮らしていくためなら、他の人間は、邪魔する奴らは、殺してもいいっていうのかよ」

「リョウ……。やめて、よくわからない。わからないよ……。私が今わかるのは、土方さんを八瀬が殺すのを防がないといけないってことよ。土方さんが姉小路様を殺していないって伝えないと」

リョウはユキの顔を睨むように見ていたが、やがて口を開いた。

「好きにするがいい。土方は堀川の女の家に昨夜はいた。その堀川に守門は向かっている。キリが来るだろう。あいつにこれを渡せ」

リョウは懐から小さな金属の欠片を取り出した。

「なにこれ?」

「これは青銅板だ。これをキリに渡せ。姉小路を襲った奴らの一人が持っていたものだ」

「え?　なぜ、リョウがそんなことを……」

「そいつらの動きを追っていたからな。それを渡せばキリにはわかる。その青銅板は出雲の物だ。浪人達はその青銅板に操られていた。浪人達の隠れ家が、先斗町裏通りの南屋の二階にあるとキリに伝えろ」

「出雲?　リョウ、私、本当にもう何がなんだかわからない……リョウは初めから知っていたのね?　土方さんが姉小路様を殺していないって。下手人は別にいるって。どうして、それを八瀬の人達に、サエキ様に言わないの?　そうすれば誤解は解けるし、リョウから出雲のことも話してくれれば……私が話すよりも、きっと……」

「何のために?　俺は土方を救いたいなんて思ってねえよ。第一、俺はもう八瀬の人間じゃねえ」

「え?　リョウ、どういうこと?」

「俺は八瀬に、サエキに仕えるなんて、もう真っ平さ。ただ、お前に……お前にわからせたかったのさ。八瀬の掟なんて、守る必要もないってことをな。さあ、ユキ、行きたいなら行け。

事は一刻を争うぜ」

「うん、わかった。いろいろ聞きたいことがあるけれど……でも、今は、とにかく土方さんを助けないと。私、行くね！」

ユキはリョウから渡された青銅板を懐に入れて、通りを駆けていった。

ユキの後ろ姿を見送ったリョウの顔には、苦悶のような表情が浮かんでいた。


沖田は、堀川通を北へ走った。

最近土方と出かけると、用があるといって堀河通りの横の路地へ消えていくことがあった。昔からの付き合いで、土方のその物言いは女絡みだとぴんときた沖田だったが、土方も息抜きしたい時があるのだろうと、その時は気にも留めなかった。

しかし、今となっては自分の勘が当たっていることを祈るように、沖田は堀川通を走っていた。

と、沖田の鼻が血の匂いを捉えた。そして殺気も。それも一人二人ではない。大勢のぞっとするような殺気だ。沖田は堀川通を東にそれた。小さな十字の路地に、土方がうずくまっていた。

沖田ははっと息をのみ、「土方さん！」と大声を出して刀を抜きながら駆け寄った。

土方は守門の放った矢が右肩に刺さり、すぐに矢を抜いたが傷口からしびれ薬が効き始め、右腕の自由を失っていた。土方の前を囲むように、黒い着物に身を包んだ者達が五人いる。しかし、見えない所に更に何人か隠れているようだ。思わず右腕をかばってうずくまった土方の前に、刀を構えた沖田が立ちふさがり声をかける。

「土方さん、大丈夫ですか？」

「な、わけねえだろ！　利き腕だぜ。こいつら、矢に変な薬を塗ってあるぜ。気をつけろ、総司」

「俺は大丈夫ですよ、誰かさんと違って機敏だから」

沖田はにやりとして、土方の顔を振り返って見た。土方も痛みに眉をしかめながらも、にやりとした。しかし、右腕には矢を引き抜いた傷口がぐにゃりと肉を見せ、血が流れていた。矢はけっこう深く刺さったらしい。

「……土方さん、もうすぐ永倉さん達が来ます。それまで少し辛抱していてください」

「ふん、別にこんな傷で死ぬわけねえよ、ただ痛えんだよ、傷口がな」

「嫌だなあ、痛いのくらい我慢してくださいよ」

「うるせえ、痛いもんは痛いんだよ」

「はいはい、土方さんは昔から痛がりだから」

「うるせえ、少し黙っていろ」

沖田は土方をじっと見つめた。土方も沖田を見つめ返した。二人の視線が強く絡まった。

沖田は再びにやりとして、黒服の者達に向き合い剣を構えた。黒服の者達が矢を構える。


そこに、ユキが飛び込んできて、沖田と守門の間に入った。

「やめてください！　これは誤解です！　土方さんや沖田さんは我らの敵ではないのです！」

守門を率いるキリは無言でユキをじろりと見た。沖田はユキの顔をじっと見た後、その剣先をユキへ向けた。

「沖田さん……」

「ユキ。君が誰のために、何のために間者をしているのか俺は知らない。知る必要もない。しかし、土方さんを傷つけるなら……君は俺の敵だ。ユキ、君を斬ることを俺は躊躇しない」

そう言って沖田は刀を握る手に力を込めた。

「沖田さん、土方さんを傷つけるつもりなんてなかったのです、ただ……」

「ユキ、言っただろう？　君の事情なんて俺は知る必要はないと。しかし、君が間者だったとはね。すっかり騙されたよ。君は間者としてはなかなか優秀だ。すべてが嘘だったとはね」

「沖田さん……」

「まあ、仕方ないよ。こういう世の中だからね。こういうこともあるさ。騙されるほうが悪いってね。だけどね、ユキ、これ以上土方さんに害をなしたら、俺は君を斬る」

ユキは深い絶望の中で言うべき言葉がなかった。しかし、沖田が怒るのも無理はないのだ。

八瀬の者が現に土方さんを傷つけてしまっている。

「ユキ、誤解とはどういうことだ？」

キリがユキに問い質した。ユキは心を奮い立たせて、キリをまっすぐ見た。

「土方さんが姉小路様を襲ったわけではありません。その証拠を私が持っています。それから土方さんや壬生浪士達が帝に害をなそうとしているのも事実ではありません。サエキ様にそのことを話そうと思っていたところなのです」

「解せないことをいう……。証拠なら幾らでもあがっているが」

「それは偽りの証拠です。出雲の人達が……。キリ、後で詳しく話しますから、ここからすぐ立ち去りましょう。この青銅板を見てください。これは姉小路様を殺した本当の下手人が持っていたものです。もうすぐ他の壬生浪士組の人達が来ます。騒ぎが大きくなるのはまずいです」

「出雲だと……ユキ、なぜ、お前がそんなものを持っているのだ。いいかげんなことを言っているわけではないな？」

「もちろんです。私はサエキ様に仕える者ですよ」

キリはユキから手渡された青銅板をじっと見ていたが、やがて口を開いた。

「これをどこから手に入れた？」

「リョウです」

そう答えつつユキはキリに近寄り、その耳にリョウから聞いた話を伝えた。キリはそれを聞いて小さく眉を寄せた。

「……承知した。ユキ、サエキ様の所へ来い」

キリは今一度ユキの顔を凝視してから、腕を上げて周囲に合図をすると姿を消した。守門達全員が一瞬で姿を消し、周囲にみなぎっていた殺気はすべて消えた。


ユキは安堵の息を吐いて、沖田を振り返った。沖田は剣を構えたまま、厳しく冷たい目をユキに向けている。

「土方さんを傷つけてしまって、すみません。私達も、騙されていたのです」

ユキは懐から小さな箱を取り出して、地面に置いた。

「これは毒消しの薬です。土方さんの矢傷に効くはずです」

沖田はちらりと薬のほうを見た。

「それでは、沖田さん、失礼します。騙していたこと、すみませんでした。もう、お会いすることもないと思います。鶴屋での奉公は終わりましたから……」

「それがいいよ、ユキ。二度と俺の前に姿を見せるな」

沖田の突き放した言葉がユキの胸に刺さった。ぎゅっと手を握って、沖田に無言で頭を下げる。そして、守門達の後を追った。


「お前、島原へ行けって俺がいつも言っているだろう」

ユキ達が去った後もしばらく無言で剣を構えたままの沖田に、土方が声をかけた。

「は？　何を言っているのです、こんな時に」

「お前が女をちっともわからねえからだよ。だから俺は女の勉強のために島原くらい行けって言っていただろう」

「土方さん、毒が頭に回りましたか？　変なこと言って」

「お前はほんと困った奴だよ」

「……………」

沖田は剣を納め、土方の体を支えた。

「困った奴なのは土方さんですよ。一人きりで外出したりするから狙われるんです」

その時、大勢で駆けつけてくる足音が聞こえてきた。

「あ、永倉さん達だ、きっと」

複数の浅葱色の羽織がこちらへ向かってくるのが見えた。沖田は土方の右肩を担いで立たせた。

「さあ、すぐ傷の手当てをしましょう」

「おい、ユキの置いていった薬を持っていかないのか」

「あれが、薬かどうかわかりません。毒かもしれませんし」

「いいから、あれも持っていけ。俺のための薬だぞ。俺が好きにする」

「はいはい、本当に困った人ですね」

沖田はユキが残していった薬を拾って懐に入れた。ほんのり温かく、ユキの熱がまだこの薬に残っているような気がした。しかし、そのぬくもりが今の沖田は憎かった。先ほどのユキの顔を思い出す。静かで、何かを諦めたような表情だった。普段沖田が鶴屋の奉公人として見知っていた少女の顔ではなかった。大人びてさえいた。騙されたと腹を立てるよりも、沖田がこれまでユキだと思っていた少女が掻き消えてしまったようで、それが苦々しかった。悔しかった。そして、ユキとその仲間が、土方を傷つけたことが許せなかった。

壬生の八木家の一室で横になっていた土方のもとに、斎藤一が心配そうな顔でやって来た。

「土方さん、傷はどうですか」

「おう、たいしたことはないぜ。痛えことは痛えがな。しばらく休めば塞がるような傷さ」

「申し訳ありませんでした。俺が駆けつけるのが遅れて」

「お前が謝ることじゃないぜ。お前、黒谷に行っていたんだろう。俺があの公家を殺した下手人じゃないってことを会津のお偉方に説明するためにさ」

「土方さん……」

「お前の機転は間違っていなかったぜ。俺がやったのじゃねえってことは、会津藩からも口添えがあったと聞いた。お前のおかげさ」

「土方さん、俺はあなたに話しておかなければいけないことがあります。俺は……」

「会津藩から派遣されたってことか?」

「知っていたのですか?」

「今回のことがあるまではっきりわからなかったさ。しかし、お前が、京にひょっこり現れて壬生に来た時に、何かあるなと思ったさ。江戸にいたお前が突然京に来るなんてな。お前、明石出身と言っていたが、会津にゆかりのある者だろう?」

「……俺の母方の祖父が会津藩士でした。祖父の知り合いが江戸にいて、その者が京都守護職の任を会津が賜ったときに、京に来ていまして……」

「そうか。それでここへ送り込まれたってことか」

「土方さん、でも、それは俺の意志でもあったのです。俺は、あんたのもとで働きたかった。それは本当です。だから、会津から話があった時、俺は喜んだ。俺があんた達と会津の架け橋になれるのではないかと」

「その通りだったじゃねえか」

「土方さん……俺のこと、怒ってないのですか？」

「なぜ、怒る必要がある？　お前は、ずいぶん会津の事情や京都の政情に詳しかった。一介の明石浪人にしてはずいぶんと情報が豊富だった。何か裏があると思ったが、お前は一度として俺達に背くようなことはしていねえじゃないか。むしろ、今回のように、俺達を助けてくれた。鴨の野郎だけが、俺達と会津藩のつながりだと、まずいことになると俺は思っていた。お前に感謝こそすれ、なぜ怒る必要がある？」

「しかし、俺はあんたに嘘をついていた……」

「おいおい、一、お互いガキじゃねえんだからよ。すべての嘘が悪だとは思わねえぜ。お前は、時々苦しそうだった。俺に何か言いたそうにしていた。自分が会津から送り込まれていることを俺に言いたかったのじゃねえか？」

「土方さん、あんたはすべてわかっていたのですか……」

「すべてじゃねえさ。ただ、俺は斎藤一って人間をわかっているつもりさ」

「土方さん、俺……」

斎藤は胸が熱くなってきて思わずうつむいた。土方はそんな斎藤を見て、ふっと笑いながら言葉を続けた。

「とにかく、今回の件じゃ、世話になったな。迷惑かけて悪かった」

「いや、元々土方さんは下手人ではないわけですから……」

「しかし、誰が俺をはめたのだろうな。お前、知っているのか」

「いえ、詳しくは。ただ、土方さんを襲った奴らのことはある程度わかりました」

「それは誰だ？」

「八瀬ですね」

「八瀬？」

「はい。京は古い都です。大昔の習わしや理（ことわり）が生きている場所です。後醍醐天皇が鎌倉幕府に対して反乱を起こした時、八瀬の民は後醍醐天皇側につき、京からの逃走を助けたと聞いています。その時の功により租税を免除や労役を免除されているそうです。その代わり、朝廷に陰ながら尽くしていると聞きました。その役目は、表向きは医薬だそうですが、裏では朝廷のために情報を集めることも担っているらしいです。しかし、今回のことから察して、武力も駆使するようですな。姉小路公が襲われたと聞き、朝廷に敵対した行為だと、その下手人を探し出し抹殺しようとしたということでしょうね。しかし、会津のほうでも八瀬のことはよくわからないらしい。所詮、会津は東夷。幕府側の人間ですから、京の朝廷の古い歴史に関わる部分はつまびらかにはされません」

そこで斎藤は一度口を閉じた。しばしの沈黙の後、小さい声で続けた。

「あの娘は……ユキは八瀬の者だったのですな。どうも、ただの菓子屋の娘には見えないと思っていましたが」

「ああ、しかし、ユキのおかげで助かったよ」

「ええ。あの娘、必死でした。土方さんを助けようと。しかし、本当に助けたかったのは土方さんではなく……」

「総司か」

「……土方さんを傷つければ、総司も傷つく。土方さんのために総司が何をするかわからない。あの娘はそう思ったのでしょう」

「斎藤、お前、知っていたのか、ユキが間者だと」

「ご報告しなくて申し訳ありませんでした。間者か何かだとは思っていたのですが、どの組織の者かはわかりませんでした。しかし、長州や薩摩の関わりの者ではないと見受けられましたし、どうも間者にしては幼すぎるといいますか、間者特有の抜け目のなさというものがなく、どういう関わりの者かいぶかしんではおりました。いざという時には俺が斬ればいいと思っていましたので……」

「おいおい、お前も物騒なことを言うなあ」

「俺も、総司と同じ気持ちです。ユキだろうと、何だろうと、土方さんを傷つけるような奴がいれば斬る！」

「斎藤、気持ちは嬉しいが、そう斬る斬ると言うものじゃねえぜ」

「俺にはそれしかありません」

「とんでもねえ、お前には斬ること以外に幾らでもやることあるぜ」

「他に？」

「ああ。まずは、そこの薬をとってくれ」

「わかりました」

斎藤は土方に薬を手渡した。

「これはな、ユキが俺の傷につけろと置いていった薬だ。石田膏薬をつけようと思ったんだが、せっかくユキが残してくれた薬だからな。塗ってみたらよく効いたぜ。なあ、斎藤。俺はユキをけっこう気に入っていたぜ」

「……そうですか」

土方は自分で傷口に薬を塗り始めた。

「総司のやつ、俺の敵（かたき）でもとるつもりらしい。しきりに監察方に俺を襲った奴らのことを探らせてる。お前、総司に今の話をしてやってくれねえか」

「それは構いませんが。総司がそれを聞いて納得するとも思いませんが」

「ああ。だが、話してやってくれ。俺よりも、お前から聞いたほうがあいつは冷静に聞くはずだ。今のあいつは頭に血が上っている。俺の傷を見ながら話すと、余計かっとするらしい」

「わかりました」

土方は、いつか壬生寺で見かけた光景を思い出していた。総司とユキが朝の境内で笑いながら話していた。何の話をしているのだろうか。二人とも大口を開けて笑っていた。そのうち総司が腹を抱えて笑い出した。

（呑気な奴だ。何がそんなにおかしいのか）

その時はそう思った土方だったが、今となってはその呑気な光景がたまらなく懐かしく思われるのだった。

八瀬の里では、サエキのもとに、キリとユキが集まっていた。

ユキから渡された青銅板は、キリの手を経て、サエキに渡された。サエキはその青銅片をじっと見つめていたが、その目をユキに向けた。

「これをリョウから預かったのだな」

「はい。姉小路様を殺した者の一人が持っていたということです。出雲と関係があるとリョウは言っていました」

「リョウは姉小路公が殺された場にいたというのか？」

「リョウは姉小路様を襲った下手人を追っていたそうです。サエキ様の命令でリョウは動いていたのではないのですか？　リョウは変なことを言っていました。自分はもう八瀬の人間ではないと」

サエキはキリと目を合わせた。

「ユキ、リョウはもはや耳目の役目を担っていない。リョウは、自ら八瀬を出ていったのだ」

「え？　なぜ、そんな……」

「ユキ、今はリョウのことを話している時ではない。いずれ、時がきたらリョウに何があったか、お前にも話そう。それよりも今は姉小路公を殺した奴らを捕えねばならん。三条公も狙われているのじゃ。土方が姉小路公の暗殺に関わっていないというお前の根拠を話しなさい」

ユキは土方の刀が研ぎに出されている間に盗まれていたこと、研ぎ師が行方をくらましていること、リョウがユキに話したことなどをサエキとキリに語った。

「それに、姉小路様を殺したのなら、自分の刀をその場に置いてくるなんて、土方さんらしくありません。あの人はもっと周到な人です。リョウがなぜ出雲が関係あると言ったのかわかりませんが……でも、私は壬生で土方さん達をずっと探っていたのです。土方さんがどういう人かくらいわかります。第一、今、土方さん達は会津藩から命を受けて市中の警護の任についていて、そのことをすごく喜んでいて、公家の暗殺なんてする理由がないはずです」

「しかし、会津は長州と対立している。姉小路公は長州派の公家だ。会津が土方に暗殺を命じたのかもしれぬ」

キリが冷静な口調でつぶやくように言った。

「もし、それが会津の命であったなら、なおさら土方さんが自分の刀をその場に置いてくるはずがないと思いますが」

ユキの反論に、キリは黙ってしまった。目を閉じて、考え込んでいる風である。畳み掛けるようにユキは言葉を継いだ。

「それに私の見た夢では、姉小路様を殺したのは、土方さんではありませんでした」

「何？　お前、夢を見たのか？」

サエキがユキに詰問する。

「いえ、その夢では、姉小路様のことだとわかりませんでした。私が見たのは、公家らしき恰好の男の人が倒れていて、近くに血が広がっていたこと、土方さんが倒れていること、そして刀が何度も出てきて……それから、背の高い男の人です。青白い顔の……。誰かはわかりません。私には見覚えがありません。夢を見た時はただ土方さんが危ない目に遭うという意味かと。姉小路様や八瀬に関連のあるものだとは思いませんでしたので、サエキ様にお知らせしなかったのですが……」

本当は、その夢の中には沖田も現れて、自分を突き飛ばして遠くへ去っていく様子も見ていたが、そのことは伏せておきたかった。その夢のことを先夢と認めれば、それは沖田が自分から去っていくことを認めてしまうようで、口をつぐんでいたのだ。

ユキは唇を噛んだ。自分が見た夢をサエキに伝えていれば、何かできたのかもしれない。自分には見た夢を解くことはできなかったが、サエキならできたのかもしれない。

「ユキ、私も夢を見た。しかし、その内容はお前のものとは違った」

「え？　サエキ様も今回のことを夢でご覧になったのですか？」

「うむ……お前の夢に出てきた背の高い男に、お前は見覚えがないのだな。他に何か特徴はなかったか」

「そうですね、あれは確かに男の人だったのですが、長い髪が女のように背に垂れていました。青白く、彫の深い顔立ちだったようです。しかし、顔には見覚えがありません」

その時キリの部下が戻ってきて、先ほどユキがキリに話した通り先斗町南屋の二階に浪人二人がいて、その懐に青銅板が入っていたことを確かめたと報告した。

サエキは溜息を一つついてキリへ言った。

「どうやら出雲と話をつける必要があるようだな。あやつらが青銅呪術を使って京の地で動き回っていることは掴んでいたのだが、どうもその思惑が見えないな。しかし、出雲と話をつけるとなれば、私が出ていくしかあるまい。私は少し出かける。キリはここで待機していてくれ。ユキ、お前は八瀬の里に戻ってよい。もう壬生で間者の役目は果たせんからな」

「サエキ様、私もお供したほうが……」

「出雲の総領の一族と話をつけるのは、私でなくてはならない。あやつらは私に危害は加えん。案ずるな」

立ち上がりかけたキリを制して、サエキは部屋を出ていった。

サエキは馬を引き出し、大原へ急いだ。大原に出雲の武比古の隠れ家があることは承知していた。しかし目指す場所へ行き着く前に、武比古がサエキの前を塞いだ。

「武比古、お前はまだ京にいたのか。ならば出雲で術をかけたのはお前ではないということか」

「ああ、私が出雲にいて滋比古あたりが京にいると思ったのだろう？　生憎だったな、滋比古は今京にはいない」

「では滋比古が今回の件を……青銅呪術を使ったのか」

「滋比古は優れた術者だが、やはり私よりは劣るようだ。浪人共を完全には操れなかった」

「武比古、お前は一体何をするつもりだ？　姉小路公を斬ったのは、やはりお前達が操った浪人だったのだな」

「あいつを殺した下手人は壬生浪士組の土方歳三……そういう筋書になるはずだったのだがな。どうやら、お前達が邪魔してくれたようだな」

「では壬生の奴らは関係なかったのか……武比古、すべてはお前が仕組んだことだったのだな！」

「姉小路は使える駒だった。長州派の急先鋒として、過激なことばかり言い放っていた。朝廷と徳川家の仲を悪化させることに役立っていたな。しかし、最近になって、帝の意志が幕府打倒にないことを知り、迷っていたのだ。しょせん公家は帝の守り役のようなものだ。帝に憎まれたり、疎まれたりするのは、どの公家も避けたい。だんだんと幕府と共同でこの国を治めていこうと、帝と同じ考えを持つようになっていたのさ。それどころか、我らの暗躍を帝に告げようとしていた。そんなことをされては我らは困るからな。消えてもらったのさ。壬生浪士組の奴らがやったことにすれば、筋書としては通りやすいだろう。誰もが望む筋書だ。長州派で幕府不要を唱える姉小路が、浪士組に暗殺される。浪士組は幕府京都守護職の会津藩の手下だ。これで長州と会津の対立は決定的になる。どうだ、うまい筋書だろう」

「お前達は大和朝廷に倒れてほしいのだろう。ならば、幕府側に味方するのが普通だろう。お前達のやっていることは筋が通らん」

「幕府も天皇家も我らの敵さ。この国の真の支配者は我ら出雲さ。我らが本来の支配者の地位に戻るためには、幕府も大和朝廷も邪魔なだけさ。互いに戦い、滅びればいい」

「まさか、お前達はそのために争いを大きくしようとしているのか」

「幕府も天皇家も、間違っているのだ。この国を支配してきたのはもともと我らなのだ。もともと我らのものだったこの国を、我らの支配の下に取り戻すのさ」

「そのために争いが必要だというのか」

「そうさ。秩序が失われたら、新たな秩序がいる。いや、新しいわけではないな。もともとそこにあった秩序を復活させるのさ。出雲の秩序を」

「それで多くの人が死ぬかもしれないのだぞ！」

「犠牲が必要な時もあるさ」

「武比古、お前は……この国を再び戦乱の世に戻そうというのか。古の頃のように、互いに争い、血で血を洗うむごき日々に……」

「古の頃にこそ、この国の真の秩序があった。そこへ戻るべきなのだ！」

「出雲の今の力では叶わんことだ。絵空事だ。今までも何回も陰謀を巡らしたが、悉（ことごと）く失敗しただろう。過去に執着しても、時の流れは止められないぞ」

「サエキ、お前に言われたくないな。過去に一番執着しているのは、お前だろうが」

「武比古……」

「とにかく、お前らの余計な手出しのおかげで、土方を姉小路暗殺の下手人にすることができなくなったな。なに、いいさ。次の手はもう打ってある」

「なにっ！」

「我らは朝廷と幕府が争えばいいのさ。サエキ、お前の言う通り、出雲の力だけでは朝廷を倒せないからな。幕府に朝廷を倒してもらうさ」

「武比古！」

「お前にまた夢を見られて邪魔をされると困ったことになると思って、青銅呪術を使ったのだがな。青銅呪術で操られた奴の動きはお前でも予見できない。そうだったな。私が直接術をかけたかったのだが、京にいる必要があったのでな。滋比古を出雲の地において、術をかけたのだがな。やはり滋比古は私の術には追いつけぬようだ。浪人どもにかけた術がちと弱かったらしい。三条の奴も一緒に始末する予定だったのだがな」

「武比古！　お前がどうあがこうと、出雲は朝廷には勝てんぞ！」

「ほう？　何故だ？　八瀬がついているからか？　しかし、お前は今回のことを防げなかったろう？　お前の得意な先夢とやらも、どうやら役に立たなくなってきたらしいな。サエキ、お前の能力も衰えたな。しかし、その原因はお前が自分で一番よくわかっているだろうがな」

武比古はそう言うときびすを返して、木々の間に消えていった。サエキは、自分が恐れていたことが事実だったと確認したが、だからといって事態が好転するわけではない。いや、むしろ更に事態はねじれ、悪化するかもしれない。武比古は、土方に代わる犠牲者を用意しているらしい。サエキは言いようのない疲れを感じて、馬から下りてその場に座りこんだ。

「武比古様、お呼びですか」

大原の隠れ家に戻った武比古を、一人の虚無僧が待っていた。

「邪魔が入った。克比古、さよりから刀を手に入れているだろうな。その刀を、土方の刀とすり替えろ」

「わかりました。では薩摩のほうの筋書で？」

「そうだ。どちらにしろ、我らには都合のよいことだ。さよりによくやったと伝えておけ」

「かしこまりました」

克比古と呼ばれた虚無僧は頭を下げ、歩き去っていった。


武比古はその場に立ったまま、じっと虚空をみつめていた。

大和に組み敷かれて、出雲の狭小な地に閉じ込められる屈辱の日々。もともとこの国の者ではない奴らが、この国の主のような顔をしてこの国を治めている。いや、もう、治めているともいえぬか。実質的な権力は徳川に奪われている。しかしながら、大和の帝はいまだに表舞台にいる。この国の古からの正当な血統を繋ぐ者として、敬われている。徳川でさえ、大和を滅ぼそうとしない。それどころか、最近は西の田舎者達が、大和の帝こそ、この国の本来の統率者であるなどと、愚かなことをぬかし始めた。しかし、一方で、徳川家と朝廷との対立が先鋭化し、かってなかったほどの規模の内乱がこの地に起ころうとしている。大和朝廷を打倒することを宿願として長い年月を過ごしてきた武比古にとっては好機であった。

「愚かな奴らだ……この国の真の支配者は大和などではない。古の頃よりこの地を治めていた我ら出雲だ」

武比古はつぶやいて、細長い目を一層細くした。

姉小路公知が殺されたという知らせは、彼と交流のあった志士達の間に広まり、姉小路の屋敷には続々と薩摩や長州、それに土佐の志士達が集まってきた。土佐出身の志士が下手人の物だという刀を手に取り、しばし調べた後、それが薩摩の田中新兵衛殿の物だと告げた。その真偽を確かめるため田中本人に問い質そうということになり、何人かの志士達が外へ走り出していった。

戸田が八瀬から姉小路家に戻ってきた頃には、屋敷内では半信半疑ながらも下手人は田中新兵衛ではないかと集まった人々が議論を交わしていた。何といっても田中新兵衛は薩摩出身である。姉小路家は尊王攘夷論の急先鋒公家として西南の藩の志士からの支持が厚かったが、薩摩か長州かと問われれば、やはり姉小路は長州派公家と世間からみなされていた。そして薩摩と長州は、表面では何事もなくつきあってはいるが、実態は犬猿の仲である。薩摩の田中が長州派の姉小路を殺したという説も、それなりに説得力があった。
戸田は嵐のような議論が交わされる中、いつのまにか下手人が田中新兵衛になっていること
を知って驚き、周囲の者に問い質すと、下手人が残していった刀が田中のものだという。
(おかしい……サエキ殿はあの刀は浪士組の土方歳三のものだと言ったが……)
戸田は狐につままれたような心持ちだったが、とにかく今は、田中新兵衛に問い質すことが
一番だと考えた。

その日の夕刻、八瀬に戻ってきたサエキのもとにキリが現れた。姉小路公知殺害の下手人は
薩摩の田中新兵衛らしいこと、刀が田中のものであると複数の志士達が証言していること、姉
小路家の者や長州、土佐の者達が田中を探し回っていることなどをサエキに報告した。

「そうか……。薩摩の仕業としたか……」

「田中新兵衛は人斬りと言われ、剣の使い手と言われていますから、話としては通りやすい」

「……ユキはどうしている」

「ユキは薬小屋にいます。何やらずっと薬を作っているようです。呼びますか」

「いや、いい。そのままにしておけ」

「はい」

キリはサエキのもとを下がっていった。

キリは自分の家に一度戻り、着物を着替えた。

昨夜、姉小路公の暗殺の知らせが入って以来、部下達を指揮してそこら中を走り回った。体全体が汗と汚れにまみれていた。井戸で体を洗い新たに着物を身に着けたが、片袖を通したところで思い直し、すぐに黒い忍び用の着物に着替え直した。姉小路公の暗殺の下手人が田中新兵衛ということになっても、事は一件落着とはいかないだろう。なぜ薩摩の者が姉小路公を殺したのか、それを指示したのは誰なのか、三条公も襲おうとしたのか、さまざまな追及がされるだろう。八瀬の者にも新たな指示が下るかもしれない。血生臭いことになれば、特に守門の出番となるであろう。

キリは今回事の顛末がサエキの先夢と違っていたこと、そしてユキの先夢のほうが現実を映していたことに驚いていた。そして、同時に言いようのない不安を感じていた。サエキへの不信というわけではない。サエキが八瀬の平和のために全身全霊を尽くして巫女として務めていることを、キリは疑ったことはない。ただ、最近のサエキはめっきり年を取ったように見え、明らかに疲れていた。サエキの心身の不調が、彼女の見る先夢の内容を歪ませているのではないだろうか。キリはそれが不安だった。しかし、このことをサエキに聞こうとはキリは思わなかった。サエキをこれ以上追い込んで心身の不調を更に強めると、よくない影響が出ると懸念したのだ。

それに出雲の一族の動きが気になっていた。青銅呪術を操るという出雲の一族と八瀬は表向き穏やかな関係を続けていた。出雲の一族、特に総領の一族はかなり長命と聞いているが、体が丈夫ではなく八瀬が作る薬が常に必要と聞いている。出雲の者がたびたびサエキのもとに薬を取りにくることはキリも承知していた。しかし、出雲の一族との交流は巫女であるサエキを通してのみ行われ、守門のキリも詳しい関係は聞かされていなかった。しかし、今回の事態には出雲の一族が深く関わっているようで、キリの不安が広がっていた。

そして、サエキの弟子であるユキの成長ぶりにも驚いていた。まだ幼いと思っていたが、いつのまにか堂々と自分の意見を述べるようになっている。ユキはキリ達守門を前にしても、少しもひるまず、土方の無実を主張した。

（ユキは短い間に、ずいぶん変わったな）

キリは、ユキに出雲の青銅板を託したリョウのことを思った。ルリが死んでから、リョウはまったく人が変わった。いや、ルリと共に逃げた時から、リョウは既にかつてのリョウではなかったのだろう。まだ年端もいかないうちから、リョウは間者としての才を発揮していた。武芸もよくたしなみ、もう少し年がいけば、耳目の長も務められると周囲から期待されていた。それが、道を踏み外した。それがルリのためだけとは、キリは思っていなかった。もっと複雑なものがリョウの胸の内には渦巻いていたのだろう。恐らく、何年も前から。

リョウは八瀬に連れ戻された後、口も利かず、ふさぎこむばかりで、サエキがリョウのこれまでの働きに免じてルリと逃走した罪を不問に付すと伝えた時も、表情を変えなかった。しばらくすると、リョウは八瀬の里から姿を消した。サエキはリョウをそのまま放っておけと命じた。恐らく、サエキはリョウのルリへの思いを知っていたのだろう。

(サエキ様は我の思いにも気づいていたのだろうか)

キリは、文机の上の小さな箱を開けた。その箱の中にはルリの遺髪が入っていた。ルリの遺体は、八瀬の地まで戻すことはせず、命を落とした海辺の松原に葬られた。その時、キリはルリの髪を切り取って懐にしまったのだった。キリはルリの遺髪を箱から取り出して、そっと握った。

美しい娘であった。八瀬の里にはルリに焦がれる男が多くいた。キリもその一人であった。父の跡を継いで、守門の統率者になるべく、厳しい訓練を積んでいたキリにとって、時々見かけるルリの美しく清らかな姿は、心を慰められるものであった。姿ばかりではない。ルリは心も優しい娘であった。ルリには年老いた母がいたが、その母に孝を尽くしていた。八瀬の里の幼い子達の面倒もよく見ていた。八瀬が他の村々と変わらない、どこにでもある田舎の里であれば、ルリは夫に愛され、可愛らしい子供達を産み、女としてありふれた、しかし幸せな一生を送ったに違いないのだ。

ルリの美しさは長ずるにつれ輝くまでとなり、キリはそれが不安だった。その不安が的中し、ルリは島原へ送られることになった。八瀬から代々島原に送られる間者の役目を与えられたのだ。それを知った時、キリは人に隠れた所で涙を流した。悔しかった。武芸を磨き、守門の長として皆に認められれば、ルリを妻に願い出ることも叶うのではないかと望みをかけていた。そのためにも、早く一人前の守門になろうと苦しい鍛錬を積んできた。しかし、ルリは八瀬の者としての務めを果たすべく、島原に送られてしまったのだ。

（それに……ルリの心は俺にはなかった）

ルリが島原へ旅立つその前夜、キリはルリに自分の気持ちを伝えたいと思った。そしてルリがそれを望むならば、ルリを連れて八瀬を逃げ出してもいいと思っていた。しかし、あの夜、ルリはリョウにその身をゆだねた。ルリを探して歩き回っていたキリは、夜の闇の中、蛍がかすかな光を漂わせる池のほとりで、リョウの腕に飛び込むルリを見た。そしてキリはその場を静かに立ち去った。ルリが二つ年下のリョウを慕っていたことを初めて知った夜だった。そして、結局、ルリはリョウと共に島原を抜け出し、リョウの妻として死んだ。自ら刃を突き立てて。

（助けたかった……たとえ、誰の者になろうとも、遠い薩摩に行ってしまうとしても。ルリに生きていてほしかった。八瀬の間者として島原で働くよりも、薩摩の侍のもとに嫁いだほうが幸せになると思った。あの薩摩の侍はルリに心底惚れていた。きっとルリを大切にしただろう）

たとえ自分の手で幸せにできなくとも、ルリが幸せでいてくれればそれでよいと、キリは思っていた。それが自分の愛し方だと。しかし、ルリが選んだのは命をかけてリョウと逃げることと。自分は図らずもその追手となってしまった。

キリはルリの髪にそっと唇をつけた。

（結局、自分は何もできなかった。ルリのために何もできなかった）

ルリがこの世を去った今、キリの心を縛るものは、八瀬の里を守るという守門の務めだけだった。

（八瀬のために生き、八瀬のために死ぬ）

キリはそう思い定めていた。

肩の傷を癒すため、自室で横になっている土方のもとに沖田は頻繁に出入りして、あれこれと世話を焼いていた。土方にうるさがられるほどで、周囲は土方もいい嫁をもらったと、沖田のかいがいしい看病ぶりをからかっていた。

「おい、おめえ、俺の傷はお前のせいじゃないから、そんなに気を使うことはねえよ」

「別に気を使っていませんよ。でも、土方さんを傷つけた連中を近づけたのは俺にも責任がある。罪滅ぼしですよ。後から土方さんにあれこれ言われたくないですからね」

「ふん、お前に責任なんかあるかよ」

「ありますよ。俺がユキに気を許したりしたから、あの連中につけこまれた……」

「ほう？　お前、あの小娘に気を許していたのか？」

「言葉のあやです。ただ……」

「ただ？」

「働き者のいい子だと思っていました」

「その通りじゃねえか」

「……」

「あの連中のこと、少し調べがついた。斎藤から聞いただろ？　八瀬の奴らしい。八瀬一族は昔天皇様を助けたってことで特別な待遇を与えられていると聞いた。もともとは帝へ医術をもって仕えていたらしい。しかしこの前の連中はずいぶんと乱暴者だったがな。最近じゃ八瀬の奴らは医術以外でもいろいろと動いているらしい。しかし、本当のところはよくわからねえ。どうも八瀬一族については京の奴らは話したがらないらしいな。関わりを持つのを避けてきたっていう印象だ。けどよ、今回は奴らもずいぶんと派手に動いたな。それだけ事態が深刻ってことか」

「……………」

「八瀬は帝のために動くと聞いた。あいつらはあいつらで目的があるのだろうな。ユキも八瀬の命で俺らを探っていたのだろう。しかし、帝と俺らと何の関係があるのかねえ。遠すぎて実感わかないぜ、帝なんて。俺には公方さんのほうがまだ想像できるぜ、武士の頭だからな」

「しかし、もう八瀬の人達もここに関心はないでしょう。ユキも…間者もいなくなったわけですしね」

「総司」

「何です?」

「ユキが許せないか?」

「許せませんね。土方さんを傷つけた奴らの仲間だった」

「ユキがあいつらに姉小路公を殺ったのは俺達じゃねえって言ってくれたおかげで、俺らは無事だったと、俺は思っているがね」

「ははは、土方さんも人がいい」

「ユキはあのまま俺達が殺られるのを黙って見ていることもできたはずだ。しかし、俺達をかばって飛び出してきた。正体がばれるのも承知の上でな」

「……土方さん、ユキをかばうのですか？」

「ユキが誰のために飛び出してきたのか、考えてみろよ。俺のためだけではねえだろう」

「……」

沖田は無言で桶を持って立ち上がった。

その背中に土方の声がかかる。

「お前は女心ってもんがちっともわかってねえ。だから、島原に行けって俺は言っていたのさ」

沖田が肩越しに土方を振り返った。

「それだけしゃべれるなら、土方さん、もう傷はいいのですね」

「ああ。ユキの薬はよく効いたぜ」

「じゃあ、早く起きられるようになってくださいよ。土方さんがいないとどうも隊がしまらない」

沖田はにこりとすると、部屋を出ていった。

数日後、土方の肩の傷も塞がってきて、もう起き上がっても大丈夫だろうという医者の見立てに沖田は心底ほっとした。医者が帰った後、水桶やら手拭いやらを片付けながら土方に軽口を叩いた。

「これで土方さんの看病から俺も解放されますよ。よかった、よかった。土方さんときたら寝ながらでも、怒ったり、愚痴ったり、説教したり、まったく扱いづらい病人でしたからね。明日からは起き上がって、せいぜい寝ていた間のうっぷんを晴らしてくださいよ。そうだ、あの堀川の女の人の所にも顔を出さないといけないでしょう?」

「……総司、俺はあの女とは縁を切った」

「え?」

「山崎に頼んで片付けてもらった。俺はあの女とはもう会わねえよ」

「そうですか……でも、どうして……。土方さん、けっこう気に入っていたのかと思っていました」

「総司。お前より大事な女なんて、俺にはいねえよ」

「え……」

沖田が思わず土方の顔を見ると、その沖田の顔を土方はまっすぐに見つめ返した。

「お前よりも大事な女なんているわけねえ。お前がいねえと、俺はどうにもしまらねえ。お前がへらへら俺の横で笑ってねえと、俺は俺ではいられねえ。どの女に対してもそんな心持ちにはならねえ」

「土方さん……」

「なのに、その俺がお前を傷つけ、苦しめた。俺の油断のせいだ」

「別に土方さんのせいでは……」

「俺が寝ている間、お前がじっとはりつめた顔して俺を見ていたのを知っているぞ。お前にあんな苦しそうな顔をさせるなんて、俺は断じて嫌だ。絶対に嫌だね」

「だから、もうあの女に会わないと?」

「総司、お前より、大事な女なんていねえんだよ。お前より大切なものなんてあるわけねえだろ」

「な……」

いつもは斜めに物をいう土方が、こんなにまっすぐに自分に向かって気持ちを告げたことがあったろうか。

「それは……一よりも?」

「な? ばか言ってんじゃねえ!」

土方は沖田を睨むように強く見つめた。

「お前は別格なんだよ。お前は、俺の一部っていうか、俺の血を分けた弟みたいなものっていうか……いや、弟以上だ。他人だが、お前とは血が繋がっているような気がする。俺はお前なしじゃ、歩けねえ。生きていけねえ」

「それは……」

「お前が何と言おうと、俺はお前に傍にいてもらわないと困るのさ。お前なしじゃあ、俺は困るんだよ。だがな、それは今みたいな虚ろなお前じゃねえ。へらへら笑っているお前じゃなけりゃな。お前がユキのことを気に病んでいるのはわかっている。お前をそんな風に苦しめる原因は俺が作った。すまねえ。俺はお前に笑っていてほしい。笑っているお前に傍にいてほしいのさ」

「土方さん……」

沖田は目頭が熱くなってきて、急いでそれをごまかすように軽口を叩いた。

「俺が笑っているとへらへらしているなって怒るくせに。俺の笑い顔がそんなに好きだったなんて知りませんでしたよ」

「好きだね。大好きだ」

土方はそう言って、にっこりと笑った。昔、総司が幼い頃土方からもらった味噌饅頭を頬張っている様子を見て笑っていた土方の顔そのままに。沖田の目から一筋の水がこぼれ出た。それが涙だと気づいたのは、土方が手を伸ばして、沖田の涙をぬぐった時だった。

「すまねえな、総司。お前を苦しめた」

「土方さん……」

「お前にもう一度あの笑顔を取り戻させてやりてえ。俺が今望むのはそれだけだ」

「なんか、俺って笑うことしかできねえ奴みたいだな」

「俺は笑えねえ。お前みたいに笑えねえ。だから、俺の分までお前には笑っていてもらわなけりゃならねえ」

「変てこな理屈だなあ、そりゃあ」

沖田は思わず泣き笑いの表情になる。土方はそんな沖田の顔をじっと見つめ、やがて静かに言った。

「理屈なんかいらねえよ。俺はお前と一蓮托生だと思っている。お前と俺はどこまでも一緒だと決めている。だから、俺の代わりにお前が笑ってくれりゃあそれでいい」

「土方……さん……」

土方のいつになく心の奥底を吐露した言葉に、沖田は返す言葉がなかなか見つからなかった。だが、土方が語った言葉は、そのまま沖田の気持ちでもあった。しかし、それをうまく表すことができなくて、沖田はただこくんとうなずいた。土方もこくんと一度うなずき返した。

「だから、お前にユキを憎ませたくない。俺絡みなら、なおさらだ」

「土方さん、ユキのことは……」

「お前、あのユキ坊といる時、いい顔で笑っていた。俺はお前のあの笑顔が好きだった。お前にあんな笑い顔をさせる女なら、俺は安心できる」

「でも、ユキは間者だった。土方さんを傷つけた奴らの仲間だった……」

「だが、ユキは俺を救いに駆けつけてきた。俺があの若公家を殺ったのじゃねえと。いや、俺のためじゃねえな。俺が殺されたら、お前がどうなるかわからねえからさ」

「でも……」

「ユキにはユキの忠義があったたってことさ」

「土方さんは俺にユキを許せっていうのですか」

「お前にユキを憎んだりしてほしくねえんだ。もう一度お前に前みたいに笑ってほしい。それだけさ」

「……」

「総司。お前に何も命じやしない。ただ、俺の傷を気に病んでいるのなら、もう気にするなってことだ。俺はユキを恨んでも憎んでもいやしねえ。あんなか細い娘の身で、間者を務めるなんて見上げた奴だと感心しているくらいさ。だが……」

「だが？」

「あいつ、つらかったろうな」

「え……」

「ユキ坊の奴、つらかっただろうなってことさ。役目とはいえ、お前を騙していたことがさ」

「ユキは間者です。人を騙すのは慣れているはずですよ」

「俺にはわかるのさ。お前が好きだから。お前を好きな奴のことはわかる」

「土方さん……」

「何にしろ、お前は冷静にもう一度考えてみろよ。俺はこの通り、ぴんぴんしているんだからよ……っつ！」

土方は肩をぐるぐる回そうとして、傷の痛みに顔をしかめた。

「土方さん！　大丈夫ですか？」

思わず沖田は土方に駆け寄り、その身を支えた。

「へっ、まだ完全には傷がくっついていねえようだな。なに、大事ねえ。もうすぐ刀も持てるさ」

土方はそう言って、沖田の手首を掴んだ。

「土方さん？」

「忘れるな。お前が笑っていることが、俺には一番だ。お前と俺はここで」

土方は沖田の左胸を指で突いた。

「繋がっている。俺はそう信じているからな」

「……俺だって……俺だってそう信じています……」

「なら、いい」

土方は沖田の手首を離して、立ち上がった。

「起きるのですか？　大丈夫ですか？」

「医者ももう起きていいといっただろう。こう寝てばっかりじゃ体がなまっちまう。ちょっと勇さんの所へ行ってくる」

土方は部屋を出ていった。

昔から、素直に気持ちを吐露した後は、急に恥ずかしくなるのか、すぐにその場を立ち去る癖が土方にはあった。

沖田は土方の指で突かれた自分の左胸に手を添えた。

繋がっている。

沖田もそう思っていた。言葉で表そうとすればもどかしすぎるくらい、二人の絆は当然のように、必然のように、そこに在った。前世というものがあるなら、きっと二人は一つだったに違いないと思えるほどに。

（土方さん……心配かけてすみません）

土方が自分のことをとても気にかけてくれていると痛いほどわかった。しかし、沖田はだからといってユキを許すことはできそうになかった。


朝廷の命を受け京都守護職である会津藩の手で、薩摩の田中新兵衛が捕えられたという知らせが八瀬に届いたのはそれから五日後のことであった。会津と薩摩は表向き友好関係を保っている。なるべく事を穏便にしたいと願った会津藩の者達は、新兵衛の取り調べも礼を尽くした。しかし、新兵衛が自刃することによって、この事件は意外な収束を見ることになった。

取り調べの最中、姉小路公の殺害を完全に否定していた新兵衛であったが、刀が新兵衛のものではないかと取調役に問われると、刀をよく見せてくれと言って手に取った後、ぐっと唇を噛み絞り出すように言った。

「確かに刀はおいのものでごわす。しかし、おいは姉小路公を殺してなどおりもはん。まったく覚えのないことでごわす」

そう言った直後にその刀を自分の腹に突き立て、慌てる取調役達を後目に、自ら命を絶ってしまった。

結局姉小路公知を誰が殺したのか、うやむやな形になってしまったが、田中新兵衛が最も怪しいということになり、薩摩藩が罰せられ朝廷の警備を解かれることになった。長州藩は朝廷の権勢を独占する形になり、若手や過激公家の意見を長州藩が後押しして、急激に幕府打倒の声が高まっていった。

薩摩藩は一挙に京都での勢力を失ってしまった。薩摩の者達は、田中新兵衛が姉小路公知を殺すはずがないと主張し、すべて長州の企みであると考えた。長州は長州で、いかにも人斬りといわれた新兵衛のやりそうなことだ、長州派の公家の姉小路が憎かったのだろうと、新兵衛下手人説に納得していた。長州、薩摩という大藩の間は、黒々と憎しみを重ねて、一触即発の状態にまで深刻なものになっていった。

「新兵衛が自分で死ぬとはな。もう少し言い逃れすると思ったのだが。意外だったな」

大原の隠れ家で、武比古は克比古に言った。

「はい。刀は自分の物であるが、下手人は自分ではないと言い残して自刃したそうです」

「新兵衛め、気づいたのだな。さよりにはめられたことを」

「恐らく。それで恥じて自刃したのでしょうか」

「新兵衛は意外にも薩摩武士の誇りが強かったらしいな。もっともあいつは武士の出ではないがな。ふむ。むしろ本物ではないからこそ、本物の真似をしたかったのかもしれんな」

「もう少し、狂言回しの役を演じてもらいたかったところですが。長州と薩摩の仲を徹底的に壊してしまうために、あいつに役立ってもらおうと思ったのですが。残念でした」

「ふふ、まあ、よい。既に薩摩と長州の対立はどうしようもないものになってきている。もうあと一押しだな」

「はい。薩摩が御所の警護を解かれてから、長州勢は朝廷を我が物のように振り回しております。三条の奴なぞ帝の代弁者のような顔をして威張っておりますな。今思えば、三条は殺さずに生かしておいて正解でした。姉小路の代わりに、今度は三条めがいい狂言回しの役を演じてくれています」

「ははは。愚かな奴らだ。武力に優れた薩摩を遠ざけるなど、本来朝廷がやってよいことではないというに。長州なぞ口ばかりで、武芸のほうはからきし弱いからな。これで、我らが朝廷に近づきやすくなったな。あの公家という連中は、昔帝の一族と血が繋がったことがあることだけを拠り所にしている下らぬ存在だ。存在する価値もない。しかし、我らが利用する価値はあるな。せいぜい役立ってもらおうか」

「はい、武比古様。仰せの通りに」

克比古は主人に向かって深く頭を下げた。

八瀬と出雲

紅蓮の炎が生き物のように地を這っていく。京のはずれの壬生の地から、火はぬめぬめと赤い舌を揺らすようにして、炎をまき散らしていく。初めは小さかった火が、どんどん大きくなっていく。

すぐに京の地すべてが炎で赤く染まり、焼き出された人々は逃げまどい、泣き叫んでいる。強い風が炎を更に広げている。御所も火に包まれ、帝も火の輪に取り囲まれた。なす術もなく、ただ立っている。

その時、火の海の中を、一陣の武士達が駆け寄ってくる。しかし彼らが帝の傍に行く前に、火が勢いを増して帝を包み込んでしまった。

（御上！）

サエキは夢の中で声を上げた。

もう何度も同じ夢を見ているが、その生々しい赤い炎が、夢を見るたびにサエキの胸に恐ろしさを掻き立てた。

サエキは再び声を上げ、その声で目を覚ました。冷や汗がじっとりと背を濡らしている。

床から起き上がったサエキは頭を振った。

京が焼野原になり、炎を人々が襲い、帝が火に囲まれる。

そのことは、数か月前から幾度も夢に見ている。これほど繰り返し、はっきり見る夢は先夢に間違いない。サエキは自分の見た夢と、八瀬の耳目が集めてくる情報とを照らし合わせて、先夢の指し示すものを解いた。この夢は、壬生から戦いが広がり、京に火が放たれ帝に危機が迫る。帝を襲おうとする者達がいる。そう、サエキは判断した。だからこそ、ユキを壬生の菓子屋に住み込ませ、壬生浪士組の様子を探らせ、リョウや他の者達を耳目として八瀬の外に派遣したのだ。

帝を襲う武士達は、歴史的に朝廷と対立し、特に最近その政治的衝突が多くなってきた徳川将軍家と見ていた。夢の中で、帝のもとへ迫ろうとする武士達は葵の紋がその着物についていた。帝を守ることももちろんだが、京の町を火の海にすることも防がなければならない。そのような野蛮な企てをする者達を見つけ出さなければならない。サエキはこの数か月というもの、神経をすり減らすような思いで、どうすれば自分の能力を役立てることができるか、八瀬の里は京と帝の平穏のためにいかに動くべきか、頭を悩ませていた。これまでの八瀬の歴史において最大の危機が迫りつつある。そういう懸念にサエキはさいなまれていた。

しかも、出雲の一族が、朝廷と徳川将軍家の対立を煽ろうとしている。そのことを武比古と会って確信したサエキにとって、状況は一層複雑なものになった。出雲は朝廷と徳川幕府の両方を陥れようとしていた。

（疲れているな……）

サエキは溜息をついて床から起き出た。

（もう、潮時かもしれない……我の能力にも限界が来たか……）

最近先夢の細かい点が不明瞭である。先夢を見る回数も減ってきている。

サエキは遠い昔の日々に思いを馳せた。

後醍醐天皇が鎌倉幕府に対して兵を挙げたのは、もう五百年ほど前のことだ。

後醍醐天皇は政治の主権を天皇家に取り戻そうと、王政復古を悲願とし、同じ志を持つ者達と企てを幾度も巡らした。隠岐島に配流された後も、武士達の野蛮な手からこの国の主権を取り戻すという強い意志が、この天皇の心の中に常にあり熱を発していた。

後醍醐天皇に忠誠を誓う者達も各地で倒幕運動を起こした。下野国の足利尊氏が鎌倉幕府へ反旗を翻し後醍醐天皇に味方をしたことによって、勢いは天皇側へと変わった。北条氏一族が滅び、後醍醐天皇は天皇自らが政治を執る親政を行うことを宣言した。歴史にいうところの建武の新政である。

後醍醐天皇は、これまでの悲願を果たすべく、武士の手に頼らなくても、武力を行使しなくてもよい世の中を作ろうと、次々と新しい法制度を発表し、政治を刷新していった。武力ではなく、確固とした法制度に基づく、朝廷を中心とする政治。それこそ後醍醐天皇の目指すものであり、理想であった。

しかし、めまぐるしく変わる制度に人々は戸惑った。何より、武士の力に頼らない政治は、武士達の不満を招いた。とりわけ、後醍醐天皇のために倒幕運動に参加した足利氏を始めとする武士達が、後醍醐天皇の政治を批判し始めたのだ。北条一族の生き残りが各地で打倒後醍醐天皇の兵を挙げ、後醍醐天皇は京都を脱出、吉野へ逃走しなければならなくなった。吉野へ抜ける途中、比叡山へ上る道で追いかけてきた足利の武士達から矢を射かけられ、後醍醐天皇は背に深手を負った。そんな彼を助けたのが八瀬一族であった。

後醍醐天皇に付き従っていた公家の一人、近衛公親から知らせを受けた八瀬一族は、ただちに後醍醐天皇を守るべく守門の者達を走らせた。近衛家は代々八瀬と天皇との間を取り持つ役目であった。八瀬は近衛家に代々里の者を遣わせ、従者として近衛の公家に仕えつつ、八瀬との連絡係を務めた。この時も、近衛公親に仕えていた八瀬の従者がすぐに八瀬へ走り緊急事態を里に知らせたのだが、足利軍の動きが迅速すぎた。恐らく、後醍醐天皇の傍に足利側に通じている者がいたのであろう。

傷ついた後醍醐天皇を護衛しながら、守門達は何とか足利軍を撒き、後醍醐天皇と数人の側近だけを八瀬の里に運び込んだ。残りの従者達は先行して吉野へ向かっていった。

八瀬の里の奥の祠には、八瀬一族に伝わる様式で蒸し風呂がしつらえられており、傷や病を治すのに効力を発揮すると言われていた。八瀬の者達は傷を負ったり、病が重くなると、この「ふたたびのかま」と呼ばれる蒸し風呂で体を癒していた。八瀬の者達は後醍醐天皇をそのかまの中に運び、背の矢傷を治癒した。

しかし、矢傷は思ったよりも深手で後醍醐天皇はなかなか回復しなかった。

後醍醐天皇は傷を癒しながら、いたずらに八瀬で足止めを食う自分に腹を立てていた。従者達が先行して吉野を目指しているとはいえ、自分も行かないことには話にならない。吉野に朝廷を開くにしても、自分なしには無理だ。それに八瀬は京の端だ。足利の追手が八瀬に踏み込んでくるかもしれない。後醍醐天皇は焦りつつ、しかし背の傷のためどうにも自由に動けず、苛立たしさをかみ殺しながら、祠の入口の石の上に座っていた。空を見上げれば、満月であった。後醍醐天皇の気持ちとは関係なく、月は冴え冴えと美しかった。

「尊治(たかはる)様……」

「サエキか……。今宵の月は美しいな……」

「はい……」

「サエキ、私は安らかな国を作りたかったのだ。月を仰ぎ、花を愛で。刀など置いて。この国の民のすべてが一日一日を大切に生きていけるように。父や母や、兄や妹を敬い、子を慈しみながら。そんな和やかな国を作りたかったのだ。それが私の使命だと。そう信じていたのだ。だからこそ、この国を古のしきたり通りに治め、秩序ある国作りを目指したのだが……」

「尊治様。まだ諦める必要はありませぬ。尊治様のその理想を実現する道はまだあります」

「サエキ、私の道は既に閉ざされたのも同然なのだ。臣下達は黙っているが、私の背に受けた傷は重いものなのだろう。治療を受けた後も痛みが治まらぬ。この体で足利の輩達と戦うのは無理だろう」

「尊治様、道はまだあります。まずはお体を治しませんと。それこそ八瀬の役目でございます」

「既にそなた達の薬師の手当てを受けた。かまにも入れてもらった。しかし、この傷は大分深手のようだな。自由に体を動かせぬ。北条の奴らが私を見つけるのも時間の問題だろう。お前達にこれ以上の迷惑をかけることもできない。明日この地を発とうと思う」

「いいえ、尊治様。その傷をきちんと治す術があります。八瀬のかまへおいでください」

「かまへ？」

「はい。私があなた様をお救い致します」

「しかし、かまにはもう入ったが……」

「尊治様。どうぞ私を信じてくださいませ。私はあなた様のお役に立ちたいのです」

戸惑う後醍醐天皇をかまのある洞窟の中へとサエキは誘った。

後醍醐天皇が背の傷を癒した蒸し風呂まで彼を導いた後、洞窟の奥に隠されていた小さな戸を開いた。

「尊治様、狭くて申し訳ありませんが、この穴を通ってくださいませ」

「ここは？　一体……」

「この先に、奥のかまがございます」

「奥の？」

「はい。特別な場合だけ、使うことが許されたかまです。八瀬でも限られた者だけしか使うことができません」

「サエキ、よいのか？　そのような所へ、私が……」

「何をおっしゃいます。あなた様は帝。八瀬は代々帝に尽くすことが務めです。それに、私は巫女としてこの奥のかまを使うことが許されています」

狭い穴をくぐり抜けると、洞が大きく開けていた。その洞の中央に、水が溜まっている。

「これは？」

「湯が湧き出ているのでございます。この湯は体によい成分をたくさん含んでおります。どうぞ、この湯にお入りください。そして……私と……」

「お前と？」

「私をどうぞお抱きください」

「サエキ？　何を言うのだ？」

「尊治様。私のような身分の低い者をお抱きになるのは気に沿わないと思いますが、そこはどうぞ我慢してくださいませ。八瀬の巫女を抱くと、抱いた者には力が宿ります。この湯の中で、巫女と交わることで、あなた様のお体はきっとよくなります」

「しかし、サエキ。それではお前が……。いや、私にはできない。お前のような汚れなき娘を自分の傷を治すために抱くなど」

「尊治様。よいのです。私なら構いません。それに、これは私の望みでもあります。私は……

あなた様をお慕いしております。畏れ多いことながら、私は、あなた様を……」

「サエキ……」

その夜、サエキは初めて男の腕の中で過ごした。

尊治様、尊治様と、後醍醐天皇の名前を幾度も呼んだ。後醍醐天皇のサエキを愛撫する手は限りなく優しかった。サエキはただ彼を愛おしいと、癒したいと、その気持ちだけで体がいっぱいになったように、後醍醐天皇の愛撫に応えた。


情熱を共にした後、後醍醐の腕の中に抱かれながら、湯につかっていたサエキは、上気させた頬を後醍醐に向けた。

「尊治様。お体は大丈夫でございますか」

「サエキ。お前のほうこそ、大丈夫か。……初めてであったろう?」

「私のほうは心配ございません。私は……幸せでございます」

「サエキ……」

後醍醐はサエキを強く抱きしめた。サエキの裸の胸が後醍醐のたくましい胸に押し付けられる。

「あ……」
「サエキ……もう一度、抱いてもよいか？」
「はい、尊治様、私は、あなた様のものでございます……」
「サエキ、愛しい娘じゃ、お前は……」

サエキを抱くたび、後醍醐の体の内に力がみなぎっていくようであった。自分のどこにそれほどの気力が残っていたのかと不思議なほど、サエキの体を離したくなかった。傷の痛みもきれいに消えて、ただサエキの体の熱だけを感じていた。

夜が明ける頃、サエキはかまの湯につかってまどろんでいる後醍醐を残して、洞を出た。体が石のように重かった。初めての抱擁に疲労したというだけでは収まらない体の重さだった。サエキは自分が後醍醐のために力を使いきったことを自覚した。しかし、悔いはない。

サエキはかまの洞の近くを流れている小川で顔を洗った。水面に自分の顔が映る。それは、もう昨夜のサエキの顔ではなかった。三十歳を超えているといってもおかしくない、成熟した女の顔であった。サエキは手を自分の頬に這わせた。一挙に十は歳を取ったようだ。自分の精力を後醍醐に与えたことで、逆にサエキは老いをその体に呼び込んでしまった。そして、同時に、後醍醐から愛されたことが、サエキの顔を大人びたものにしていた。

（悔いはない……）

サエキは八瀬の巫女として、帝を守るという義務を果たしたのだ。そして、女として愛する人に抱かれるという悦びを得たのだ。サエキの与えた力で、後醍醐は傷を完全に癒し、臣下の待っている吉野へ向かうことができるだろう。

（これでいいのだ。尊治様をお救いすることができたのだから）

サエキは川面に向かって、微笑んだ。

祈祷所の自分の部屋へ戻ったサエキは、身を清めて衣服を着替えた。髪を結い直し、後ろで結んだ。鏡台に映る自分が、自分でも驚くほど変わっていた。この変容ぶりを周囲にあまり知られないほうがよいだろうと、髪留めを取り、両頬に長い髪をたらして被り物をすることにした。その時、後ろに人の気配を感じ身を強張らせた。

「サエキ、尊治はどこだ？　青月剣を持ってきたぞ」

背の高い男が大剣を手にそこに立っていた。

「武比古殿、相変わらず礼儀知らずですね。案内もなく、突然巫女の部屋に入ってくるなぞ」

「何を悠長なことを。鎌倉の奴らはすぐにここに来るぞ」

「わかっています……尊治様はかまで傷を癒しておいでです。まもなくお目覚めでしょう」

「まだ傷が治らぬか。あいつ、もう駄目かもしれんな」

「武比古殿！　そのようなことを口にするものではありません！　あの方は大丈夫です」

「サエキ、お前……」

　武比古がサエキに近づいて、彼女の顔を覗きこんだ。サエキはそれを避けるように顔を横にそむけた。武比古はサエキの顎を掴んで、正面を向かせた。武比古の目が驚愕で大きく見開かれた。

「サエキ、お前、その顔……歳を取ったな？　どういうことだ？」

「あなたには関係ないことです」

「お前、まさかあいつに抱かれたのか？　馬鹿なことを……何ということをしたのだ！　お前は……お前は命を縮めたのだぞ！　せっかく私が与えた命を！　病で失われるところだったお前の命を救ったのは私だぞ！」

「あなたは自分のためにその力を使っただけ！　私の先夢の力を利用したかっただけでしょう！　私は……私は八瀬の巫女として自分のすべきことをしたのです！」

「お前……あいつに惚れたのか？」

「………」

「お前、あいつのために歳を取ることを承知で力を使ったのか？」

「帝をお助けすることは、八瀬の者の務めです。あなただって、帝をお助けするために青月剣を持ってきたのでしょう？」

「私は別にあいつを助けようとしているのではない。あいつが鎌倉の奴らを倒すのを助けるために手を貸してやろうとしているだけだ」

「同じことでしょう」

武比古はもう一度サエキの顔をじっと見た。

「サエキ、お前の務めは、八瀬の里を導き、同胞を守ることではなかったのか。お前がその力を使ったことでお前は月日の流れに逆らえなくなるのだぞ。私の剣の光を浴びたからには、その流れは緩いものになるだろうが、それでも流れを止めることはできぬ。年老いて死んでいくことになるのだぞ。ばかな奴だ」

「私達は永遠に生きることはできません。いつかは死んでいくのです。私の務めは、次の世代の者が引き継いでくれます」

「ばかな奴だ」

武比古はもう一度同じ言葉を繰り返して、サエキに背を向けた。

「あいつはかまにいるのだな?」
「はい。武比古殿、まさか、あの方に……」
「ふん。うぬぼれるな。お前があいつとどうしようと私は構わぬ。私はこの国から武士とかいう野蛮な奴らを一掃したいのだ。そのためにあいつの力がいる。あいつは私の目的のために利用する駒に過ぎぬ」

背を向けたまま、武比古はそう言って、サエキの部屋から出ていった。

後醍醐が八瀬の里を出て、武比古達出雲の者と共に吉野へ向かったのはその次の日のことであった。先行した臣下達が吉野で味方を集めているはずであった。吉野で勢力を大きくした後、再び京へ攻め入り、同時に鎌倉でも兵を挙げる計画であった。しかし、後醍醐達を見送ったサエキにとって、その日が彼を見た最後となった。

あれから数百年。サエキにとっては永遠とも思える時間が流れた。

後醍醐が吉野の地でこの世を去ったと聞いて以来、サエキの心は氷のように固まったまま二度と柔らかくなることがなかった。かつて出雲の武比古の青銅呪術の力を浴びたために、サエキの時間はほとんど止まったようであったが、普段はあえて更に年をとってみえるよう化粧をして、髪を白く染めていた。この数百年の間、周囲の者が次々とその命を終えていく中で、サエキだけは生き続けなければならなかった。サエキは化粧や外見を変えることで、通常の人間と同じように年をとっていくように装っていたが、七十年もたてばこの世を去ったとしてしばらく姿を隠し、再び娘の姿で八瀬の里に現れ、その卓越した能力で巫女の座につき、八瀬の里を導き続けてきた。サエキの秘密を知っているのは、出雲の武比古のみであった。武比古もまた、サエキと同様長い時間の中を生きている。八瀬の里の者の中にはサエキの長命を怪しむ者もいたが、あえて追及しなかった。八瀬の里の秘密は、秘密のままにしておいたほうがよいという不文律の決まりが、八瀬の皆の心に強くあったのだ。八瀬の者の中にたびたび現れる異能を外の者に知られぬためにも、八瀬の中の秘密は口には出さないというしきたりになっていた。

八瀬の一族がかつて出雲の地に住んでいた頃、一族の者が有する異能、特に先のことを予見する夢を見る先夢の能力をねたみ、あるいは利用しようとする他の地の者が後を絶たなかった。他の一族が無理やり八瀬の者を連れ去ろうとしたり、捕えて自分の繁栄のために酷使しようとする者達がいた。そんな八瀬の一族を守ろうとしたのは出雲の総領の一族であった。出雲の地を治めていた一族は、自分達も青銅呪術によって寿命を延ばすことができる異能を有していたこともあり、異能を持つ民に寛容であった。また、青銅呪術を使うがゆえか、出雲の総領一族は頭痛に悩む者が多く、八瀬の民が作る薬が頭痛治めによく効いたことも、八瀬の一族を守る理由になっていた。

しかし、出雲一族は青銅器を武器や呪術器に作り替え、自分達が持っていた特殊な能力を駆使し大和の一族と対立していた。その対立は、大和の一族が京に朝廷を置いて、国を支配する頃になっても続けられていた。出雲の一族は、表向き大和朝廷に従属するふりをしながら、大和の一族を倒す試みを陰で続けていたのだ。八瀬の民は、大和朝廷とあくまでも対立を続ける出雲の一族とは袂を分かつことになり、出雲の地を去った後、京の山奥の盆地に隠れ住むことにした。八瀬の民が移り住んだ地は、いつのまにか八瀬と呼ばれるようになり、ひっそりとその盆地で一族の秘密を守りながら暮らしていた。ただ、出雲の総領の一族に薬を提供することは綿々と続けられていた。

ところが数百年前、出雲は青銅器祭祀の中核であった青銅の大剣、青月剣を、後醍醐天皇が起こした乱の混乱の中で失ってしまい、それ以来青銅器祭祀の力が弱まってしまっていた。その青月剣は大和朝廷が隠し持っていると信じている出雲の長である千家武比古は、青月剣を取り戻そうと、大和朝廷に対し憎悪の炎を燃やし続けているのだ。

その武比古とサエキの縁は長い。数百年前、後醍醐天皇が吉野に逃走する事変が起きる数年前、一族を率いていた巫女トリが亡くなった。トリの跡を継いだサエキは巫女としての重責を担うことになった。ところが、そのサエキが疱瘡(ほうそう)にかかってしまったのだ。重体に陥ったサエキを救ったのが武比古であった。出雲の一族は青銅器を使った呪術により寿命を延ばしていたが、出雲の秘術は出雲の血が流れている者でなければ効かないとされていた。しかし、武比古がサエキに自ら秘術を施してみようと申し出たのであった。青銅剣を敷き詰めた床の上にサエキを横たえさせて三日三晩出雲の秘術を武比古が施した結果、サエキの命は救われた。そして武比古の秘術を施されたことにより、サエキの体の中の時間の流れはほとんど止まってしまったのだ。出雲の一族の中でも武比古の青銅呪術の力は飛び抜けて強いとされており、そんな武比古だからこそ、異なる一族のサエキの寿命を延ばすことができたのだろう。

ところが、出雲の一族と八瀬の一族は、大和朝廷への立場を巡って意見を対立させることになっていった。特に八瀬が後醍醐天皇の綸旨を受け朝廷から租税、労役免除の待遇を得るようになってからは、二つの民はその交流を絶っていくことになった。出雲の一族が抱える特有の頭痛を鎮めるための薬の提供は依然八瀬からされていたが、出雲の一族との行き交いは八瀬の巫女を通してのみ行われるようになった。サエキは武比古に命を助けられたわけだが、二人の間にも大きな溝ができていった。サエキが後醍醐の傷を癒すために自らの体を差し出したことを知ってからは、二人の距離は更に遠く離れた。

姉小路を殺した下手人が薩摩の田中新兵衛と判明したことにより、薩摩藩は難しい立場に追い込まれた。朝廷警護の務めを解かれ、参内も禁止された。薩摩は豊富な資金を公家達や京の町にばらまき、屈強な護衛の武士達を抱え、京での評判は高かった。しかし、姉小路暗殺事件により、大きな挫折を味わうことになった。

一方で、長州は自分達の味方であった姉小路公を殺されたとして、薩摩の非を声を大にして責め、朝廷の意見をより過激な倒幕の方向へ引っ張っていった。先鋭過ぎる長州の意見は、京都守護職として京と朝廷の警護を担当している会津藩には警戒すべきものであった。長州はともすれば幕府打倒、徳川不要を唱え、朝廷の権威を回復すべしと叫んでいた。会津藩ももちろん朝廷を敬う気持ちは長州に劣るものではなかったが、徳川家を敬う心も強く持っていた。そして、長州よりも現実が見えていた。

また、孝明天皇は、国難を乗り切るためには徳川幕府と朝廷が結束していかなくてはならないという良識を持っていた。そのことを孝明天皇と交流を深めていた会津藩主、松平容保はよくわかっていた。ただ、天皇というのは立場上、公家達や幕府にあれこれ命令することができず、自由に動き回ることもできない。長州や長州派の公家達に意見したくとも、その機会を捉えることができずにいた。悩んだ孝明天皇はある日の朝議の後、側近の一人近衛貞麿を呼び止め、茶の相手をするよう申し付けた。御所の茶室で近衛と差し向かいになった孝明天皇は、自分の胸の内を明かし、八瀬につなぎをつけるよう依頼した。近衛家は代々朝廷における八瀬への連絡掛であったのだ。長州の暴走を止めるには、薩摩と会津という強力な武力を持つ二つの藩の協力が必要である。田中新兵衛という姉小路公殺害の下手人は許しがたいことだが、あの事件が薩摩藩全体の意図であったとも思えない。それが孝明天皇の考えであった。天皇の意図を受けて、近衛は八瀬と相談し、長州の力を削ぎ、幕府と朝廷が協力し合える方向へ持っていくための策謀を巡らせた。

近衛から連絡を受けたサエキは、天皇の意向に沿うべく、手配の者達に指示を与えた。一方、出雲は長州を倒幕に暴発させる方向へ引っ張っていこうと画策していた。これからサエキ達が行おうとしていることは、出雲と真正面から対立することになる。しかし、サエキに迷いはなかった。これ以上の争いを避けるために、帝は正しい方向へ朝廷を導こうとしている。サエキはそう確信した。

八瀬は、会津藩にも薩摩藩にも間者を送り込んでいた。サエキの命により各方面に散った守門や耳目の者達が互いに連絡を取り合い、会津と薩摩の者が話し合う機会を設けることに成功した。

「土方さん、少しいいですか」

その日の夜、会津藩と共に出陣するための準備を自室で考えていた土方のもとに、斎藤一がやって来た。

「一、どうした？　明日から、いろいろ忙しくなるぞ」

「はい。会津のほうも陣を整えるのに大忙しです。しかし、今回の御所警護には他の思惑もあるようです」

「他の思惑？」

「はい。帝は長州をお近くから遠ざけることに決め、薩摩と会津にお頼りになることに決めたということです。ですから、今回の御所警護は、長州を御所から追い落とすためのものであり、まさかの場合に備えての処置だと」

「長州が武力を行使した場合に備えてってことか？」

「はい。それに……」

「それに？」

「今回の帝の御決断の裏には、八瀬からの働きかけがあったと」

「八瀬の？」

「はい。八瀬は長州の策略を見抜き、それを防ぐべくさまざまな手を打とうとしたようです。

姉小路公の暗殺の件も、下手人は薩摩の者とされましたが……。真実は違うということで、帝にあの件の真相を伝えたのは八瀬だということです。会津の上のほうも、八瀬の者が帝の代弁者ということで送り込まれてきたので、薩摩と協力する気になったと聞いています」

「そうなのか」

「あの時、土方さんが姉小路公を殺したのではないと八瀬の者達に告げたのはユキでした。あの後、薩摩の者が本当の下手人とされましたが、それも何者かの謀略で、八瀬は誰があの件をしかけたのか、わかっているらしいです。そいつらに対抗するためにも、会津と薩摩が手を結ぶべきであると、朝廷に説いたようです。八瀬は、自由に行動できない帝の代わりに、陰で動く役割を担っているようですね。今、黒谷のほうにも、八瀬とのつなぎ役として、娘が一人遣わされてきています。思えば、ユキも八瀬から我々のもとに遣わされ、動向を見守る役割を担っていたのでしょうね」

「あの小娘がなあ。しかし、いろいろ動き出してきやがったな……」

「八瀬のこと、総司に話そうと思いますが」

「ああ……そうだな。そうしてやってくれるか」

「はい」

「――」

「はい？」

「気を使わせちまってすまないな」

「気など使っていませんよ。ただ、総司の奴がふてくされていると、土方さんが迷惑しますからね。総司は相変わらず、でしょう」

「ああ、あいつはけっこう頑固でなあ」

「土方さんの心を煩わせていると、総司の奴も自覚をもっと持ってほしいものですな」

「ははは、あいつは鈍いのさ」

「困った奴ですよ、総司は」

（だが、うらやましい奴だ。ここまで土方さんに気にかけてもらって……）

斎藤はそう自分の胸の内でつぶやいた。


壬生寺の境内にはいつも多くの参拝者がいるが、夕刻ともなると人もまばらになる。沖田は薄暗くなってきた境内で一人木刀を振るっていた。そこに土方が近づいてくるのが目に入った。

「土方さん」

木刀を下ろして、土方に声をかける。

「総司、精が出るな。お前、さっき、巡察から帰ってきたばかりだろうに」

「天子様をお守りするためにも、もっと鍛えておかないと」

「そうか……総司、お前、一から話を聞いただろう？　八瀬は朝廷に仕えているのだな。ユキの忠義の相手っていうのは、天子様ってわけだ」

「……確かに、一から話を聞きました。でも、八瀬の一族には謎が多いですね。京の地は歴史が古すぎて、得体が知れない」

「そうだな。だが、そんなこと俺達には関係ないさ。俺達はただ将軍様に忠義を尽くす。天子様ももちろん敬う。俺達が、今やらなきゃならねえことは、はっきりしている。今度の朝廷警護の務めを立派に果たして、俺達のことを会津藩に認めさせる。まず、それだ。この京の地に俺達がとどまる理由を作るのさ」

「はは、土方さんは、現実主義者だなあ。でも、そうですね。俺も土方さんに同感です」

「八瀬の奴らが、朝廷警護の任に俺達を会津藩に推してくれたってことだぜ」

「へえ……そうですか」

「文が来たぜ」

「え？」

「ユキ坊から俺に文がさ。俺の部屋の文机の上に置いてあった。切り傷によく効くっていう塗り薬も置いてあった」

「……何と書いてあったのです?」

「傷の具合はどうかとか、鶴屋の者は何も知らないから責めないでくれとか、お前に鶴屋の金平糖を買ってやってくれとか、お前は大福も好きだとか」

「な……」

「ユキ坊はお前の姉さんみたいだなあ」

「土方さん! ユキは俺よりも年下ですよ!」

「ははは、お前がそれだけ頼りねえってことさ。それにな、黒幕がいると書いてあったぜ、姉小路公の暗殺には。詳しいことは書けないってことだが、あの一件をしかけた奴らは、薩摩藩とか長州藩とかではなく、もっと得体の知れない奴らしい」

「あの事件の裏にはもっと裏があるってことですか」

「そうらしいな。おい、総司」

土方は懐から小さな袋を取り出して、沖田に渡した。

「ほれ、鶴屋の金平糖だ。食え」

「これ、土方さんが買ったのですか?」

「ああ、ユキ坊の頼みだからな。それに、お前にはこれが必要だろ」

沖田は金平糖の袋を受け取りつつ聞いた。

「ユキは……今どこにいるのですか?」

「さあな。里に帰ったのじゃねえか。知りたいか?」

「別に知りたいってわけじゃ……それに、今は、朝廷警護の務めが最優先です」

土方は、沖田の顔を見て、ふっと笑った。

「あ、何ですか、その笑いは」

「お前はまだまだガキだねえ」

「な、土方さん! どういう意味です?」

「どういう意味って、そういう意味だよ」

「だから、どういう意味です!」

「そういう意味だよ!」

土方は沖田に背を向けて、歩き去っていった。その場には、むくれた沖田だけが残された。

それから数日後のことだった。

沖田は壬生寺の階段に腰かけながら、袂から菓子袋を取り出した。境内で遊んでいた近所の子供達がわっと沖田の傍へ走り寄ってくる。子供達の笑顔に沖田も笑顔を返しながら、

「ちょっと待ちなさい、たくさんあるから、慌てなくて大丈夫だよ」

と声をかける。子供達はわいわい言いながら、沖田を取り囲んでいた。境内の大きな樫の木の陰で、ユキはその様子を切ない思いで見つめていた。

沖田は暇があると、近所の子供達と壬生寺で遊んでいた。自分には弟も妹もいないから、小さい子供達と遊んでいると弟妹ができたみたいで楽しいと言っていた。ユキがまだ鶴屋の奉公人として壬生にいた頃の話だ。

その後の姉小路公の暗殺事件によりユキが間者であることが沖田達にわかり、誤った情報に踊らされたとはいえ、土方を八瀬の者が襲って傷つけてしまうという事件が起こった今、ユキはもう沖田の傍にいることはできない。しかし、昨夜見た夢があまりにも不吉で、ユキは沖田の様子を確かめずにはいられなかった。サエキには先夢に見た場所を確かめたいからと言い訳し、八瀬の地から外に出ることを許してもらった。

昨夜ユキの見た夢では、いつか夢に出てきた背の高い青白い顔をした男が、御所に向かってしきりに矢を放っていた。止めようとする武士達を後目に、その男に加勢する武士達が加わり、嵐のような矢が帝がおわす御所へ降り注いだ。御所が火に包まれる。そこに沖田や土方、浪士組の男達が駆けつけ、火の中に飛び込んでいった。たちまち彼らを火の波が襲う。

「危ない！」

ユキは大声を上げた。そこで、目を覚ましたのだ。

ユキはサエキに夢のことを話し、夢に出てきた場所を確かめたいと言って八瀬から出てきた。サエキには言わなかったが、ユキは沖田が火に包まれる様子があまりにも現実感があって、彼の無事を確認しないではいられなかったのだ。

しかし、沖田は何事もない様子で、壬生寺で子供達と遊んでいた。ユキはほっと胸をなでおろした。沖田と子供達の見慣れた、心温まる情景がそこにあった。

沖田は一番幼い子にかがみこんで、飴玉を手渡ししようとしていた。

その背に、子供の一人が近寄り、袂から出した小刀を取り出した。小刀の放った光が、ユキの目を一瞬射る。

「沖田さん！　後ろ！」

ユキは叫びつつ、その子供に駆け寄った。沖田はユキの叫びに振り返ったが、相手が年端もいかぬ娘だと見て一瞬躊躇した。娘は小刀を沖田に突き刺そうとし、その間にユキは自分の体を差し込んだ。娘の小刀はユキの脇腹に刺さった。ユキは力を振り絞って、娘を突き飛ばし、その場にうずくまった。

「あうっ……」

「ユキっ！」

突然の出来事に驚き、子供達はぱっと逃げ散っていった。

突き飛ばされた娘は立ち上がり、再び小刀を沖田に向けた。

「この娘……っ！」

「沖田さん、その子は操られています！」

「なにっ？」

沖田は娘の腕を叩いて、小刀を落とさせた。しかし、娘はすぐに小刀を拾おうとする。

「沖田さん！　その子を押さえてください！」

娘は沖田にはがいじめにされて、地面に押し付けられながらも、逃れようと激しく暴れている。

ユキは傷をかばいながら沖田のもとへ近寄っていき、暴れる娘の懐に手を差し込んで、薄い板を取り出した。青銅板だった。

「やっぱり……」

ユキはつぶやいて、その青銅板を遠くへ放った。娘は嘘のように静かになり気を失った。

「沖田さん、この子は操られていたのです……その青銅板で……この子は悪くありません」

「ユキ、お前、刺されただろう！　傷は？　見せてみろ！」

「大丈夫です……」

ユキは傷口を押さえながら、沖田のほうを見ようとしたが、目がかすんで、沖田の顔がぼんやりとしか見えなかった。

（毒が……塗ってあったのか……）

刀に毒を塗って敵を襲うのは、八瀬や出雲の一族がよく使う手だった。青銅器文化の民にとって、鉄製武器に対抗するには青銅武器は脆い。その脆さを補うために毒を塗り、敵に刀が刺さりさえすれば死に至らしめられるように、毒の開発に力を注いできた。土方を守門達が襲った時も、守門の矢や刀には毒が塗ってあった。

（結局、自分達のしたことの報いが返ってきたということね……）

諦めにも似た哀しみがユキの心に広がった。しかし、すぐに手足に力が入らなくなって、考えることも難しくなった。その場に崩れ落ちたユキを沖田が抱え起こした。ユキの脇腹の傷に、懐の手拭いをあてた。

「ユキ、しっかりしろ！　お前、どうして、ここに……あの娘は一体……」

「沖田さん、傷に触らないでください……刀には毒が塗ってありましたから……触れると危ない……」

「毒？」

「土方さんを傷つけた報いですね……」

「とにかく、黙っていろ、すぐに医者を……」

「沖田さん、いいのです、これは私達、八瀬の者が受けるべき罰です、きっと……」

「……とにかく、傷の手当てをしないと」

「沖田さんが無事でよかった……」

「ユキ……」

「申し訳ありませんでした……沖田さん、私達の争いに沖田さんを巻き込んでしまって……」

「いいから、ユキ、もう話すな」

ユキの意識は毒のためか、出血のためか、次第に遠のいていった。

「おい、ユキはこちらで請け負う」

沖田の後ろで男の声がした。振り向くと、一人の町人が立っている。

「お前は？」

「俺は八瀬の者だ。その毒を消すには八瀬の解毒薬がいる。ユキは俺が連れていって手当てする」

その男は沖田から奪うようにユキを抱き取った。

「八瀬の……」

「俺はリョウ。ユキは俺の幼馴染だ。できるだけのことはする」

「しかし……ユキが……」

「八瀬の一族には古いしきたりがある。古すぎて役に立たないくらいのな。お前達、江戸の者達が関わり合うようなことではない。ユキは、お前達を、お前を知って、悩んでいた。八瀬の外の世界を知ったからだ。八瀬の掟だけがすべてではないと知ったからだ」

リョウはユキの傷を調べて、素早く血止めをすると背に負った。ユキは既に意識を失っていた。

「傷が深い。急いで毒抜きをする必要がある」

「待ってくれ、ユキをどこへ連れていく気だ？　俺も一緒に……」

「お前が来てもユキの命を救う役には立たないよ。それよりも急ぐ。邪魔するな。それがユキのためだ」

そう言われて沖田はリョウがユキを連れ去るのを黙って見送るしかなかった。リョウはユキを背負ったまま、小走りに去っていった。

騒ぎを聞きつけた浪士組の者達が壬生寺に駆けつけてきた。

「総司！　どうした！」

斎藤が一番に駆けつけてきた。めざとくユキが流した血の跡を地面に見つけて、眉をひそめた。

「怪我したのか？　総司」

「俺じゃない、ユキの血だ」

「ユキ？　あの娘がなぜ……」

「俺をかばって……」

沖田は唇を噛んだ。斎藤はそんな沖田をじっと見つめた。

「何があったのか知らんが、とにかく土方さんに報告せねば。そこに倒れている子供はどうした？」

「その子が俺を襲おうとした。小刀を取り出して……」

「なに、この子供が？」

「ユキが言うには操られていたのだと。一、その近くに青銅板が落ちていないか？」

「青銅板？」

「そう、いつかの夜、俺達が浪人達に襲われた時、その浪人達の懐に入っていた物と同じだと思う」

斎藤はそう言われて、近くの地面から薄い金属の板を拾い上げた。

「同じだな……〆の印がついている」

「その子供が俺を襲おうとしたのをユキがかばって刺された」

「ユキが……それでユキはどこに?」

「八瀬の者だっていう男がユキを連れ去っていった」

「八瀬の?」

「ああ。小刀には毒が塗ってあったらしい。毒消しには八瀬の薬が必要だと。俺、言われるまま、見送るしかなかったよ……」

「………」

斎藤は黙ったまま、青銅板と沖田を交互に見つめていた。

「とんだ再会だった……」

「え?」

「ユキは、自分が刺されたのは、土方さんを傷つけた報いだと言っていた……」

「八瀬の仲間が同じように毒を塗った矢で土方さんを襲ったからか」

「一、八瀬って何なのだ? ユキが八瀬の娘だってことはわかったけれど、あの娘は一体何を背負っているのだ? 八瀬は陰で朝廷をずっと支えてきたという話だが、間者の役割も担っているのか?」

「総司、俺にも全部がわかっているわけではない」

斎藤は気を失っている娘を抱き上げた。

「とにかく、八木家に戻ろう。この娘から何があったのか聞かねば」

「ああ。そうだな」

沖田はリョウがユキを連れ去った方向をじっと見たまま返事をした。


目を覚ました娘は、何も覚えていないと怯えながら言うだけであった。娘の家は河原町の近くにあったが、家の前で遊んでいたところで記憶が途切れていた。目を覚ましたら、八木家で浪士組の面々に囲まれていて驚いた次第であった。まだ十歳くらいの子供だ。土方や斎藤の厳しい顔で睨まれて泣き出していた。

「では、お前、本当に何も覚えていないのだな？　この板のことも何も知らないのだな？」

娘は首を激しく横に振るだけである。多くの怖い顔をした男達に取り囲まれ、怯えきっている。

「土方さん、ユキの言う通り、この子は操られていたということですかね」

「この板で？　そんなことできるのかね？　よくわからんが、確かにこの娘、何にも知らないらしいな。とにかく、こう怯えちゃあ口も利けないぞ」

「まずはこの娘を家に連れていきましょう。そこで背景を探ってみましょう」

「そうだな。島田と一緒に行ってくれ」

「はい」

斎藤は娘の手を引いて、部屋から出ていった。残された土方はじっと青銅板を見つめていた。


その日の夜、遠慮がちに土方の部屋の戸を叩く音がした。

「総司か、入れよ」

土方は障子に映った背の高い影を見て、それが沖田だとわかった。沖田が神妙な顔で入ってくる。

「いつもは戸なんて叩きゃせず、いきなり開けるくせに。らしくねえな、総司」

沖田はそう言われても無言のまま、土方の前に正座した。そのまま畳を見つめて黙っている。

「なんだよ。用があったから来たのじゃねえのか」

土方が促す。

「はい……土方さん、今日久しぶりにユキに会いました」

「知っているよ、一から聞いた」

「でも、俺、ユキに何も言えませんでした。それどころではなかったし、まだユキを許せなかったし……。すぐに八瀬の男がユキを連れ去っていきました。ユキの傷は俺のせいです。俺をかばって、あんなことに……」

「それも、知っているぜ、総司」

「はい……土方さん、ユキは言っていました。自分の傷は八瀬が受けるべき報いだと。ユキが受けた傷は、八瀬が土方さんを傷つけた報いだと」

「そりゃあ……聞いていねえな」

「ユキは俺のことなんか、なぜかばったりしたのだ……」

沖田は小さくつぶやいて、再び畳に視線を落とした。膝の上で拳を握りしめている。その様子をじっと見ていた土方は、大きく溜息をついた。

「まったく……お前は本当にガキだな。ユキがお前をなぜかばったのか、わからんっていうのか？」

「土方さんはわかるのですか？」

「わかるさ。俺だって、その場にいたらユキと同じことをしたからな」

「え……」

「お前が危ないって思えば、体が自然に動くさ、お前を助けるためにさ」

土方のその言葉に、沖田が昔日野の川辺でやくざ者に襲われた時、自分をかばって土方が傷を負ったことを思い出した。

「……でも、土方さん、ユキは土方さんとは違いますよ。ユキは間者の役目を果たすために俺に近づいたのだし、それを知った俺はユキを憎んだ、遠ざけた……それはユキもわかっているはずだ」

「総司。相手がどう思っているかとか、関係ねえよ。とにかく、ユキはお前を助けたかった。それだけさ。ユキは確かに八瀬の回し者だった。あいつはあいつなりの仕事があった。しかし、それとこれとは関係ないだろ。ユキはお前を助けなくてはいられなかったのさ。それが惚れるってことさ」

「惚れる……」

「お前はガキだから、そんなこともわからないのさ。惚れるってことは、理屈を飛び越えるのさ。頭の中で考えていることとまったく別もんなのさ」

「土方さん……」

「ま、とにかく、今は、ユキが無事であることを願うしかないな」

「土方さん、ユキを連れ去ったあの男……ユキの幼馴染だと言っていましたが。大丈夫でしょうか」

「さあな。ユキが今八瀬にいるとしてもだ。八瀬の里にはよそ者は入れないらしい。境界みたいなものがあるらしいな。八瀬に入るには、八瀬の者に渡りをつけてからでなけりゃだめらしい。俺達が八瀬に近づけないなら、八瀬のもんが俺達に近づくのを待つしかないな。そのユキの幼馴染とかいう男が、ユキを助けることを信じるしかないだろう」

「そうですね……。俺、何もできなかった。ユキが俺をかばって刺されたっていうのに、気が動転しちまって……。情けねえ」

沖田の膝の上の拳がぶるぶると震えていた。土方はそんな沖田をじっと見つめて、静かに言葉を継いだ。

「とにかく今は、ユキの傷が治ることを祈るだけだな」

「……土方さん、ユキの……八瀬の役目って何なのですか。帝をお守りするっていうけど」

「俺にもよくわからねえ。八瀬の歴史はびっくりするくらい古いらしいぜ。しかし、どうやら、俺達の敵ってわけでもないらしいな。八瀬の者達はただ天子様に忠義を尽くしているってことらしい。しかし、俺を襲った奴らは相当な手練れに見えたな。まあ、八瀬の奴らと敵対するようなことがこの先ないことを願うぜ。相当手ごわい相手だからな」

「土方さん……ユキはまだ年端もいかない娘だ。それなのに、間者なんて過酷な務めを果たさないといけない。八瀬は生きやすい場所ではないと思います」

「じゃあ、お前が引き取りに行くのかい?」

「い、いえ、そういうことを言っているわけではないですが……」

「へっ、お前はな、あれこれ考えずに、務めを果たしていろよ」

土方はそう言いながら、沖田の顔をじっと見た。

(こいつもやっと、中身も大人になったのかもしれねえな)

そう思いつつ、土方は文机の上の箱の中から袋を取り出して、沖田に渡した。

「何です？」

袋を受け取りながら、沖田が土方に問う。

「饅頭だよ、鶴屋の。お前はこれでも食って寝ろ」

「土方さんったら、嫌だなあ。昔からすぐ俺に菓子を食え食えって……」

沖田は苦笑した。

「お前が昔と全然変わらずガキだからだよ」

土方は憎まれ口を返しながら、沖田を優しく見つめていた。


ユキが目を開けた時、古くきしんだ天井の木目が見えた。雨の音がしている。湿った土の匂いが、ユキの鼻をくすぐった。次第にはっきりしてきた意識で、周囲を見回すと、粗末な山小屋のような所に寝かされていることがわかった。脇腹の傷口に手を当てると、さらしが巻かれている。誰かが治療してくれたらしい。

(まさか、沖田さんが?……)

自分が沖田の腕の中で意識を失ったことまでは覚えている。

(でも、ここは八木家ではない……どこだろう……)

ユキはゆっくりと上半身を起こした。その時、小屋の戸が開いて、男が入ってきた。

「あ、リョウ……」

「目が覚めたか。毒は抜けたはずだ。だが傷が深かった。しばらく動かないほうがいい」

町人姿のリョウは、笠を脱いで、背の荷物を下ろした。

「リョウが助けてくれたの? 私、壬生寺で……」

「そう、お前は壬生寺で沖田をかばって小娘に刺された。俺がお前をここまで運んで、毒抜きをしたのさ。ここは俺の隠れ家の一つだ」

「どうして、リョウが壬生に……」

「俺はもう八瀬とは縁を切った。しかし、思うところがあってな、出雲の奴らの動きを見張っていた。そうしたら壬生までたどりついたのさ。お前があんな無茶をしなけりゃ、出雲があの小娘を使って何をしようとしているのか、見極められたのだがな。まったく余計なことをしてくれたよ。わかっているのか? お前、死ぬところだったぞ」

「うん……リョウが助けてくれなかったら、死んでいただろうね。ありがとう、リョウ」

「ふん、幼馴染に目の前で死なれちゃ、寝覚めが悪いからな。待っていろ、今、粥を作る。少し食べたほうがいい。二日間、まるまる眠っていたからな」

「二日も……。リョウ、沖田さんは……」

「あいつは無事だよ、お前のおかげでな」

「そう、よかった……」

リョウはユキの顔をしばらく見つめていたが、そのまま黙って、囲炉裏に火を起こして鍋をかけた。粥を作りつつ、リョウが静かにユキに聞いた。

「お前、死んでもいいと思ったのか？」

「え？」

「沖田をかばって、死んでもいいと思ったのか？」

「私……よくわからないけれど、とにかく体が動いたの、あれこれ考える前に。あの娘は、出雲に操られていたのでしょう？　八瀬と出雲の争いに、沖田さんを巻き込んではいけないと思ったの。もう既に、土方さんを傷つけているし……」

リョウは粥を椀に盛り、ユキの枕元に運んできた。

「ありがとう、リョウ」

ユキは起き上がって、粥を少しずつ口に入れた。

しばらく無言で囲炉裏の火を見つめていたリョウは、ユキに背を向けたまま再び口を開いた。

「薩摩藩と会津藩が手を結ぶことになった。これで朝廷の警護は万全になった。長州藩は朝廷から遠ざけられ、御所に上がることも許されない。ともすれば暴力に訴えようとする長州藩の奴らを、帝は本当のところ憎んでいたってことだ。八瀬の者達が帝の意をくんで、薩摩藩と会津藩の間を帝の密書をもって幾度も往復したそうだ。これで、帝が望んだ通り、朝廷と幕府と手を取り合って政を進めていくってことだ」

「八瀬が……。では、もうこの地の揉め事はなくなるのね？」

ユキがリョウの背に問う。

「そう簡単な話ではないさ。長州藩は怒り狂っている。御所の門をくぐることさえ許されないからな。このままでは、会津と薩摩が朝廷と仲良くやっていくってことになる。幕府と朝廷も仲良くってことになるだろうな。長州の出番はまったくなくなるぜ。しかし、あいつらがこのまま大人しくしているとは思えんな。それに出雲の奴らが動き回っている。奴らは長州を焚き付け、朝廷と幕府との間に戦を起こそうとしている。それを八瀬に阻まれ、思惑がはずれて焦っているようだ。何とか、幕府と朝廷の仲を悪化させようとやっきになっている。沖田を襲わせたのも、その一環かもしれんな。あいつらは会津の一派だからな」

「そんな……あの娘はまだ幼かったわ。とても人を殺せるような子じゃないってすぐわかるわよ」

「あの娘の家は河原町で帯締めを商っている。相当古い商家でな。朝廷にも帯締めを納めている。そこらへんから話を作るつもりだったのだろうよ。それに、あの青銅板……あれで娘を操っておけば、言わせたいことを言わせることもできるって踏んだんだろう」

「そんな……リョウ、あの青銅板は、それほど人の言動を自由に操れるの？」

「そうらしい。だが、出雲の奴らしかあの術は使えない。昔からやっていることらしいな。他の奴が青銅板を使っても人なんか操ることはできない。しかし、出雲の奴らが特別な呪術をかけると青銅板が人の心を支配できるらしい。出雲の奴らは俺達のような能力はないらしいが、青銅を使うと人を操れるらしい。俺は幾度か、出雲の奴らが浪士達を操って騒ぎを起こすのを見た。サエキに言われて、出雲にも数回使いにも行ったが、得体の知れない奴らだな。やたら青白い顔をしていてな。だが、俺にも本当のところはよくわからねえ。八瀬で出雲の正体を知っているのは、サエキだけだろうよ」

「サエキ様……。リョウ、サエキ様は出雲と繋がりがあるの？」

「サエキは、出雲の一族の総領と昔なじみらしいな。八瀬は昔出雲に庇護されていたらしい。大昔、八瀬は出雲の地に住んでいたって言い伝えがあるだろう」

「ええ。それは、知っているわ。昔は八瀬と出雲は仲がよかったと。今でも、サエキ様のもとに出雲からの使いがたびたび来ていたわ。サエキ様は昔から八瀬の巫女は出雲の総領一族に薬を提供するしきたりになっていると言っていたけれど。でも、青銅呪術のことはまったく知らなかった……」

「遠い昔のことだがな。今となっては本当のところなんてわからねえ」

リョウはユキのほうを振り向いて、その顔をじっと見てから再び口を開いた。

「ユキ、八瀬の歴史と俺達が知っていること、八瀬の一族が守るべきこととして代々受け継いでいる掟、理、すべてが、サエキや長老達から俺達が聞いたことだ。俺達はそれが本当のことと思い込んできた。八瀬の掟を守ることこそ、八瀬の者の務めだと。しかし、俺はもうそんなことは信じねえ」

「リョウ……」

「俺は八瀬の掟も、サエキも、長老も、全部信じねえ」

「そんな……リョウ、どうして、そんなことを……。一体何があったの？　あんなにサエキ様に期待されていたのに」

「何にもないさ。ただ、俺は、生きるっていうのがどういうことかわかった。それだけさ」

「生きる……ということ？」

「そうだ。俺は、俺だ。八瀬の掟に縛られるつもりはもうない。サエキの言葉や夢に操られるつもりもない。ユキ、お前もサエキの嘘に気づいているのではないか？」

「そんな……」

ユキはリョウに反論しようとしたが、その先の言葉が継げなかった。

サエキが嘘をついていると疑っているわけではない。ただ、サエキの教えに、八瀬の教えに、ほころびのようなものができているのではないかという思いがユキの心に生まれていた。それが刺し傷のようにユキの心をちくちくと痛ませ、今まで自分が信じてきた世界がすべて正しいとは限らない、いや、正しいか否かは、見る側によって変わってくるのではないかと思わせていた。

八瀬の一族は、八瀬のためによかれと思い、帝を守ることになると思い、土方を襲った。しかし、土方達は、徳川将軍を守るために、ただ忠義を尽くそうとしていただけで、帝に害する意図などない。世の中はきっと白と黒にくっきり二色に分けられるものではないのだ。

ユキは自分の考えていること、感じていることを、リョウに伝えたかったが、うまく言葉にできなかった。ただ、サエキはサエキで自分の信じていることのために一生懸命で、決して嘘をついているわけではないのだと、リョウに伝えたいとそれを言葉にしてみた。

「リョウ、私も本当のことはよくわからないの。わからなくなっちゃった。でも……サエキ様はいつも八瀬のことを第一に考えてくださっていると思うわ。サエキ様がしていることは、すべて、私達八瀬の者を守るためにしていることだと思う」

「そのために、沖田を殺すことになってもか」

「え？」

「八瀬を守るためなら、サエキがそう命じたら、お前、沖田を殺せるのか？」

「な……リョウ、何を言っているの……」

「お前は、八瀬のためということならば、自分の心を殺せるのかって聞いている」

「私の心……」

「お前、沖田が好きなのだろう？　でも、サエキの命ならば、沖田を殺せるっていうのか？サエキが沖田を消す必要のある夢を見たら、お前は沖田を殺せるのか？」

「そんな……私は……」

「お前の心は、お前が生きている証だぜ。心なくして、生きているっていえるのかよ。八瀬の、サエキの命令だからって、お前は自分の好きな男を殺せるのかよ？」

「リョウ……何を言っているのよ。サエキ様がそんなこと命じるはずない……」

「わからないぞ。八瀬のためというお題目で、サエキは沖田を消せと命じるかもしれない。現に土方は守門に殺されそうになっただろうが」

「あれは……誤解だったのよ。出雲の人達が仕掛けた罠で……」

「サエキも先夢に見たっていうじゃないか。だから土方を消そうと守門を差し向けた」

「でも、あれは……」

ユキは頭が混乱してきて、思わず両手で頭を押さえた。

「サエキが見るっていう先夢。口走る御言葉って奴。そんなものが正しいなんて、どうして信じられる？　昔からそうだったといったって、なぜ、今生きている俺達が、それに従わなければならない？　俺達は、自分で考えて、自分で感じて、自分で動いている。お前はお前なんだぜ、ユキ。八瀬の何とかではない」

「リョウ、でも……」

「ユキ……とにかく、今は傷を治すことだ。お前がこれからどうするかは、まず傷を治してからだ」

ユキは無言で粥の椀をみつめた。小屋の中に、囲炉裏の火がはねる音だけが響く。リョウはそのまま口を閉ざし、しばらくすると食料を調達に行くと言って小屋の外に出ていった。

リョウの言葉がユキの胸の中で繰り返される。

「サエキの命ならば、お前は好きな男を殺せるのか？　自分の心を殺せるのか？」

好きな男……。

ユキはリョウの言葉に、今更ながら自分の沖田への気持ちを自覚した。

(そう、私、沖田さんが好きだ……)

壬生の鶴屋に奉公人として暮らしていた頃。沖田との触れ合いの中で、彼の優しさ、力強さ、近藤や土方への思い、勇ましさを知った。沖田と時間を共にするにつれ、自然に気持ちが寄り添っていった。八瀬の耳目という役目も忘れるほど、沖田との交流が楽しく、心を弾ませた。

土方が八瀬の守門に襲われた時、沖田からは絶縁ともいうべき言葉を告げられて、心が張り裂けるかと思った。しかし、沖田を慕う気持ちに変わりはなかった。沖田が自分を憎む気持ちは当然だとも思った。

だから沖田が出雲に操られた娘に襲われた時、自分の身を投げ出すことに躊躇はなかった。沖田が無事でいてくれて、心から嬉しかった。自分が沖田のために、何かをできたことが嬉しかった。

ぽとりとユキの手に温かい何かが落ちた。涙だった。

誰かを好きだという気持ち。この涙のように温かい気持ち。でも、切ない。

(私にできることは何だろう。私はこれからどうしたらいいのだろう)

ユキは流れるままに涙を落とした。これほど涙を流したのは、両親が亡くなった時以来だと思った。

「ユキは無事。毒は抜けた。順調に回復。心配無用」

土方の部屋に投げ込まれた文には、そう簡単に書かれていた。

それを見せられた沖田は安堵の息をもらした。

「ユキを連れ去っていった男、ユキの幼馴染と言っていたが。言葉通りユキを助けてくれたんだな」

沖田はそうつぶやいた。

「とりあえず、よかったな。ユキ坊が無事で」

「ええ。しかし、傷は相当深いように見えたので、完治するにはまだ時間がかかるだろうな」

「八瀬の男の所にいるなら大丈夫だろう。八瀬は医術にたけた一族だと聞くからな」

「ええ。そうですね。ユキは今八瀬にいるのでしょうか？」

「さあな。そうじゃないか。文には何も書いてねえが、八瀬の里にいると考えるのが普通だろう」

「そうですよね、やっぱり」

「ユキに会いにいきてえってか」

「なっ……。そういうわけじゃありませんよ。ただ、ユキが傷を負ったのは俺のせいだから。ユキが無事だと、自分の目で確かめたいと思っただけです。でも……いいのです。とにかく、ユキが助かったのなら。今は、俺にはもっと大事なことがある。俺がやらなきゃならないことは他にある。土方さん……いよいよ、ですよね？」

「ああ。総司。いよいよだな」

土方と沖田は黙って見つめ合った。沖田が九つ、土方が十九の時から、共に過ごしてきた二人だ。言葉を交わさなくとも、思いを伝え合うことができる。二人は京都御所警備という重大な役割を前に気を引き締めた。

火。

初めは小さかった火が、どんどん広がっていく。京の地をなめるようにして火が広がっていく。

その火はやがて御所を取り囲んだ。火に囲まれて逃げまどう人々。

しかし、一人、その火の中、静かに立っている背の高い男がいる。すっくと火の海の中、平然と立っている。長い髪を火の風に吹かれながら、その男は微笑み、右腕を高々と天に突き上げた。突き上げたその手の先から、青白い光が立ち昇る。またたく間に火の世界は青白く照らされた。

そして、一頭の馬が駆けてくる。馬の背には誰かが乗っている。しかし気を失っているのか、馬の首に体を倒したままだ。身に着けている衣服からしてどうやら帝らしい。駆けてくる馬に向かって、背の高い男が手を振り向ける。その男の手を誰かが掴んだ。武士らしい。その間に馬は背に帝を乗せたまま、駆け去っていった。

ユキはその馬を止めようと、何とか馬の手綱を掴もうとするが、そのユキの手を誰かがそっと押しとどめた。

「いいのだ、行かせよ。過ぎ去らせよ。過ぎゆくものは過ぎ去らしめ、流れるものは流れしめよ」

誰が話しているのかと、ユキは振り向こうとする。しかし、言葉を発した者の姿は真っ白な光に包まれ、まぶしく、直視できなかった。

その瞬間、目が覚めた。

「夢？　……ただの夢？　それとも、これは先夢？」

ユキは今しがた見た夢が、何を示しているのか、あるいは何も示していないのか、起き上がってじっと考えていた。

まだ小屋の中は真っ暗だ。夜明けには遠い時刻らしい。リョウはユキに粥を食べさせた後、どこかへ出かけてしまった。今、小屋の中にはユキ一人だ。

先夢だとすると、夢の中で言葉が語られるのは初めてだ。先夢では言葉は語られないとされてきた。だからこそ、巫女の夢解きが必要なのだとサエキから教えられた。だからこそ、サエキが口走る御言葉が重要だとされてきた。しかし、今の夢の中でユキははっきりと言葉を聞いた。

「行かせよ。過ぎ去らせよ。過ぎゆくものは過ぎ去らしめ、流れるものは流れしめよ」

(あれは、誰の言葉だったのだろう。先夢で言葉を聞くのは初めてだけど、それだけ重要ということだろうか)


ユキはその後も同じ夢を何回も見た。結局先夢のことはサエキに尋ねなければわからないだろう。八瀬に居た頃、ユキは先夢を見る兆しのようなものを見せたが、これほど頻繁に先夢を見るのは初めての経験だ。そして、ユキの先夢によく姿を現す青白い背の高い男。あの男からは、禍々しい、恐ろしい気配が立ち上っていた。外側は限りなく美しいのだが、黒く重いものがその体の中で渦巻いているような不気味さを感じた。ユキはあの男が、出雲の主ではないかと思うようになっていた。サエキの話や、出雲に幾度か行ったことのあるリョウの話から、ユキの中ではそのような確信が生まれていた。

でも、先夢の中で言葉を発した者は出雲の者とも思えず、眩しい光に包まれていて、その姿は何回夢に見てもぼんやりしていた。

(やはり、サエキ様に相談しないとだめだろうか)

ユキはじっと考え込んでいた。

それから三日、ユキの傷口もだいぶ塞がってきた。

傷の様子を見て、リョウは薬を再度塗り、十回は替えたさらしをもう一度新しい物にした。

「もうそろそろ動けるな。体に痺れは残ってないな?」

「うん、大丈夫。ありがとう。リョウのおかげで毒は消えたみたい」

「あと二日もしたら傷口は完全に塞がる。だが、完全に自由に動けるようになるにはまだひと月は見たほうがいい。傷を腐らせないよう、この薬を毎日塗りこめ。それから肉を食べたほうがいい。傷口を早く塞ぐのに効く。今日は雉肉があるからそれを食べろ」

「リョウ、何から何までありがとう。本当に感謝しているわ。でも、私、ひと月もじっとしていられないよ。サエキ様も私がどうしたのか心配しているだろうし。沖田さんにも……」

「沖田に無事だと伝えたいか？」

「うん、自分のせいで私が傷を負ったと思っているだろうから、無事だと伝えたほうが……」

「沖田にはお前の命に別状はないことは知らせておいた」

「え？　本当？」

「ああ、文をやった。お前が、まず、そう言うだろうと思ったからな」

「リョウ……」

「だが、沖田は別にお前のことを気にしていないと思うぜ。あいつら、それどころじゃないからな、今。あいつら、新選組と名乗るようになったぞ。長州追い落としの際、御所の警護によく働いたということで会津藩から正式に所属を認められた。会津の殿様から、新しく選ばれた組ってことで、新選組という名前をもらってあいつら大騒ぎさ。沖田も有頂天だろうよ」

「新選組……そう、よかった……やっと沖田さん達の働きが認められたのね」

「それにな、サエキの所にも文をやってある。だがな、サエキ達も、お前の心配などしている暇はなさそうだけどな」

「どういうこと？」

「長州の奴らが御所から追い払われて、逆上しているのさ。それに、出雲の連中も、何かよからぬことを画策しているらしい。八瀬の耳目達が総動員であちこちに遣わされている」

「出雲……会津と薩摩が協力することになって、平和になると思ったのに……リョウ、私、やっぱり、休んでいられないわ。サエキ様の所に行って……」

「サエキの所に行って、八瀬の手助けでもするのか？」

「え？」

「サエキの手下になって、サエキの見るいいかげんな夢のままに、人を騙したり、殺したりするのか？」

「そんなつもりは……ただ、私、いろいろ考えて、サエキ様と話してみるべきだと思ったの」

「話すって何を？」

「先夢は完璧じゃないってことよ。私も先夢を時々見るけど、あやふやで、はっきりしたことは夢解きをサエキ様にしてもらわないとわからない。私は、それは私の力が至らないからで、サエキ様のように修行を積めば先夢の意味を解いて、八瀬の役に立つと思っていた。でも、違うと思うの。私は、リョウみたいにサエキ様の御言葉を完全に否定するつもりはないわ。でも、先夢はもともと不確かなものだと思うの。先夢に頼り過ぎるのは危険なのよ。それはもっと準備っていうか……備えのために使うべきであって、誰かを攻撃したり対決するために使うためではないと思うの。それに、先夢は八瀬のためだけではなくて、他の人達のためにも使うべきだと思うの」

「お前、それをサエキに言うつもりか?」

「ええ。私の先夢と、サエキ様の先夢も、内容が違っていた。それはきっと能力の差ではなくて、未来は確定していないってことじゃないかな。未来はそれだけ移ろいやすいものだと思うの。だから、先夢を役立てようとするのはいいけれど、頼り過ぎるのは危ないって思うの。リョウの言った通り、姉小路様の事件は、土方さんは関係なかったのだもの。土方さんは巻き込まれただけだった。サエキ様の先夢は間違っていなかったかもしれないけれど、その意味の解き方は間違っていたわ。サエキ様だって間違うことがあるのよ」

「そうお前に言われて、サエキがはい、そうですか、と言うはずもないだろうがね」

「うん……私、生意気なことを言っていると思うけど。今、八瀬で、先夢を見る人間って、私とサエキ様だけでしょう? だからこそ、私がサエキ様に話すべきではないかと思うの」

「まあ、お前の好きにすればいいさ」

リョウは、ユキに背を向けた。ユキはその背に向かって話しかけた。

「リョウ。一つ聞きたいことがあるの」

「何だよ?」

「リョウ、何があったの? 優秀な耳目だったリョウが、八瀬を出て、サエキ様に逆らって……何かあったのでしょう? リョウを変えてしまうくらいの何かが」

「……話したくないね。俺は確かに変わった。だが、俺は悪い方向に変わったなんて思っちゃいねえ。むしろ、目が覚めたのさ。今までの俺は、サエキや八瀬の掟に捉われて、目が見えてなかったも同然だったからな」

リョウはユキのほうを振り返って続けた。

「ユキ。お前の目も覚めたのだろう？　お前、サエキより、八瀬より、大事なものができたのではないか？」

「私……」

ユキは、リョウが何を言いたいのかわかった。確かに沖田を知ってから、今では沖田が一番大切な存在になっている。八瀬を裏切るつもりはないが、今は沖田を守りたい、傷つけたくない、という気持ちがユキを突き動かしている。

「リョウ……」

ユキは沈黙の後、思い切って口を開いた。

「リョウが八瀬にはもう戻らないというなら、私は止めない。今の私には、八瀬がすべてだと言うことはもうできないから。でも、私、サエキ様に話してみる。私にできることをしてみる」

リョウはしばらくユキの顔を見つめていた。そして言った。

「ユキ。お前が思うようにすればいいさ。だが一つ言っておく。出雲の奴らは何かどえらいことを企んでいる。俺が耳目の働きをしていた頃、サエキに命じられて何度か出雲に行ったと言っただろう。あの時、出雲の青銅板や青銅呪器を探るように言われた。だからあいつらのことは多少知っている。出雲の使う青銅呪術は侮れないぞ。術者が強力であればそれだけ、青銅を使って多くの人を操れるらしい。しかし、術者が出雲の地を離れると効かなくなるらしい。そこが出雲の弱みだな。いいか。昔はいざ知らず、今の出雲は八瀬の味方ではないぞ。むしろ敵と思ったほうがいい。それを忘れるな」

「うん、ありがとう、リョウ」

「礼を言われるようなことじゃないさ。俺はただ、八瀬の地が戦で無茶苦茶にされるような事態だけは避けたい」

そう、ルリが好きだったあの蛍の舞う池を、あの美しい夜を、誰にも穢させやしない。ルリと愛し合ったあの池の蛍が、リョウにとってはルリそのもののような気がしていた。

それから三日後、リョウはユキに背負われて、八瀬の里の入口まで届けられた。八瀬へあと一里の所で、リョウはユキを背から下ろした。

「ここからは歩いていけ」

「うん。ありがとう、リョウ。リョウ、気をつけてね。あまり無理しないで」

「俺のことより、自分のことを心配しろよ。ユキ、出雲には気をつけろよ。サエキにも気を許すな」

「リョウ、大丈夫だよ、私は」

「だといいがな」

リョウは背を向けると、あっという間に姿を消した。

ユキは八瀬への道に目を向け、大きく息を吸い込んだ。これから自分が行おうとすること、自分が直面しなければならないことを思うと、心がひるむことをどうしようもなかったが、もう一度大きく息を吸い込んだ。

（これは、八瀬に生まれた私が、先夢を見るように生まれた私が、向き合わなければならないことなのだ）

ユキは一歩を踏み出した。

八瀬の里に入ったユキは、すぐにサエキの住まいへ向かった。ユキの姿を見た里の者達が驚きの目を向けてきたが、ユキに声をかける者はいなかった。ユキがサエキの家の前に立った時、守門の一人がその前に立ちはだかった。

「何の用だ?」

「ユキです。サエキ様に話があります」

「お前は勝手に行方をくらましていたそうだな。キリ様より、お前が姿を現したら知らせるように言われている」

「私、サエキ様に大事な話があるのです、取り次いでください」

「ならぬ。まず、キリ様の所へ連れていく」

守門はユキの腕を取った。

「待ってください、キリの所にも行きますけど、まず、サエキ様に……」

「ならぬっ!」

守門はユキの腕をひっぱって、連れていこうとした。

「待て」

その時、キリが家から出てきた。感情のない瞳でユキを見下ろす。

「キリ様!」

「キリ! お願い、サエキ様に会わせて! 大切な話があるの!」

キリは黙って、ユキをじっと見つめていたが、短く「ならぬ」と言った。

「私、先夢のことでサエキ様にお話があるのです！　八瀬にとっても、みんなにとっても大切なことなのです！」

キリはそれには答えず、部下に目でユキを連れていくよう指示した。

「キリ！　本当に大事な話があるの！　サエキ様に会わせて！　サエキ様、ここにいるのでしょう？」

叫ぶユキに構わず、キリの部下はユキの腕をぐいぐいと引っ張って、守門の集う屋敷に連れていった。

サエキに会って、自分の見た夢や考えを聞いてもらおうと思っていたユキは、この事態に驚き動転した。リョウはユキが怪我して療養していたことをサエキに知らせてあると言っていたので、ユキがなぜ八瀬から姿を消していたかサエキは知っていると思っていた。この数週間、どこにいたのかと問い詰められることはあっても、まさかサエキに会えずに、座敷牢にいきなり閉じ込められるとは思いもしなかった。

「キリ！　話を聞いて！　サエキ様に会わせて！　サエキ様にユキが戻ったと知らせて！」

何度もキリの名を呼んだが、答える者はいなかった。

（どうしよう……こんなはずでは……）

ユキは自分の考えが甘すぎたことを、今更ながら思い知った。

出雲を率いる千家武比古に、異常が出始めたのは十年ほど前のことだった。

何百年という歳月を過ごしてきたにもかかわらず、武比古は青銅呪術の力を浴びて二十歳そこそこの若者の姿のままであった。これまで出雲を率いてきた総領一族の中でも、武比古の呪力は群を抜いて強いと言われていた。その顔は時が経つにつれ、青白さが増し、最近ではまるで月光のように薄白く光っているようでさえあった。それが、武比古に神々しいまでの威厳を与えていた。滋比古はそんな武比古の姿を見るのが誇りであり、彼に仕えるのが喜びであった。

しかし、武比古はこのところひどい頭痛を感じて、倒れ込むことが多くなっていた。最も滋比古が恐れたのは、頭痛の前後で武比古の記憶が途切れることであった。

(武比古様の時間は長すぎたのかもしれない……)

滋比古も青銅呪術を使って自分の寿命を延ばしていたが、それでもせいぜい百年といったところだ。武比古は数百年という命を繋いでいるはずだ。出雲でもそこまで長く命を延ばしている者は武比古以外にはいない。だからこそ出雲での武比古の地位は揺るぎないものであり、出雲一族の総領として君臨しているわけだ。しかし、最近では大和朝廷への徹底抗戦を訴え続ける武比古のやり方に異を唱える者も分家の中に出てきていた。

滋比古は毎日の薬を届けようと、武比古の部屋の前で声をかけた。

「武比古様、お薬をお持ち致しました」

しかし、武比古から返事はない。中からくぐもった声が漏れ聞こえてくる。

「武比古様、いらっしゃいますのか？　どうかされましたか？」

返事はないが、畳を擦るような音が聞こえた。滋比古は意を決して障子を開いた。

「武比古様、すみません、ご様子が……」

言いかけた滋比古の言葉は途中で呑み込まれた。武比古が畳の上で頭を抱えて倒れていたからだ。

「武比古様っ！」

急いで駆け寄った滋比古は、武比古の体を支えようと腕を伸ばしたが、その腕を武比古は激しく振り払った。そして、長い髪を振り乱して、ううと獣のような声を上げ続ける。

「武比古様、お苦しいのですね！　お薬をお飲みください！　八瀬から受け取ってきました」

滋比古の呼びかけに、武比古は髪の間から滋比古のほうを見たが、その双眼は青白く光り、眦(まなじり)は吊り上がっていた。

（人間の目とは思えん……）

武比古の目は不気味なほど光っており、そこには何の感情もなく、たぎるような狂気だけがあった。武比古は両手を頭にあてて、激しく首を振り、言葉にならない声を上げる。滋比古は武比古の腕を掴んで、薬を目の前に見せる。

「武比古様！　薬でございます！　これをお飲みください！」

しかし、武比古は、滋比古の言葉を解する様子もなく、首を激しく振っている。

滋比古は一刻の猶予もないと考え、サエキが調剤した薬を自分の口に含み、「ごめん」と声をかけて、武比古の頭を両手で強く押さえ、唇を重ねて薬を無理やり武比古の口の中に押し込んだ。そして、暴れる武比古の頭を胸に抱えて、両腕で彼の体全体を押さえ込んだ。武比古が激しく抵抗して、滋比古の体を打ち据えたが、滋比古は一層武比古を抱く両腕に力を込めた。

しばらくすると武比古は動かなくなり、そのまま意識を失った。

腕の中で気を失っている武比古の顔は静かで、いつもの冷たいまでの美しさをたたえていた。

滋比古は武比古の乱れた髪を直してやった。

(ご病気が大分進んでしまったらしい)

滋比古は武比古の顔を見つめながら、心の中に重々しい不安が広がってきた。

青銅呪術を使って寿命を延ばしているとはいえ、出雲の民は人間である。神ではない。人間としての寿命を何倍も越えて生き続けていくことは、どこかに歪みを生むのではないだろうか。

実際、出雲の一族は体があまり丈夫ではなく、一族共通の持病として頭痛を抱えている。寿命を延ばしている故か、筋力や体力があまりなく、疲れやすい体質であった。頭痛を鎮めるためには医術が優れた八瀬の一族が作る薬がよく効き、出雲の総領一族には八瀬の巫女から薬がずっと渡されてきた。出雲と八瀬が表向きは穏やかな交流を続け、互いの民を傷つけないことを不文律の掟として守ってきたのは、出雲の一族にとって八瀬の薬が必要だったからでもある。

出雲の一族の中で武比古以外に長い寿命を保った者が千家にいたが、三百年ほど生きたといわれていた。彼は青年のような若々しい容貌のまま三百年を生きたが、その最期は奇妙なものだった。ある朝突然倒れて、そのまま死んでしまったのだ。何かに驚いたような表情をして、あっという間に息を引き取ったという。滋比古はその場にいなかったが、遺体を検分した医者によると、その男の後頭部がぐにゃりと柔らかくなっていたということだった。まるで頭の中が溶けてしまい、水がつまったようだったという。その他には体に異常は見つからず、医者の見立てでは脳がおかしくなって亡くなったということだった。滋比古が気にかかったのは、その男も死ぬしばらく前から記憶が失われたり、頭痛がひどくなったと聞いていたからだ。武比古の今の異常と似ているようで、滋比古の胸は重苦しくなった。その上、武比古の父親も頭痛の病で急死したと聞いている。

武比古の異常はたいてい一人の時に現れていたが、千家に仕える者が武比古の異常をひそひそと噂し始めていることに滋比古は気づいていた。

（大事なことにならなければいいが……）

滋比古は不安を抱えたまま、武比古の顔を見つめ続けた。

武比古の闘いは長い、長いものであった。大和朝廷と戦い続け、敗れても決して諦めず、何度も陰謀を巡らし、出雲の復権を目指してきた。本来、千家の総領家の長子である武比古は妻を娶り子を残すことが求められたが、大和朝廷との戦いにすべてを賭けたいという武比古の想いは、妻子を求めることなど切り捨てていた。妻どころか、側女（そばめ）を置くこともせず、女に関心を示そうともしなかった。女を愛でることは、寿命を細長く延ばして生きている武比古にとって、歓迎すべき行為ではなかったということもある。余計な心身を使ってしまうからだ。まるで一本の剣のように、武比古の生は大和朝廷打倒のためだけに研ぎ澄まされていた。

滋比古は武比古の青白い顔を見つめながら、先ほど触れた彼の唇が氷のように冷たかったことを思い出していた。

八瀬の巫女

ユキがその次に目を開けた時、そこはもう八瀬の守門の座敷牢ではなかった。

ぱちぱちと火がはぜる音がして、そちらへ顔を向けると、リョウの姿があった。

「リョウ……」

ユキがか細い声で名を呼ぶと、リョウが枕元に寄ってきた。

「大丈夫か？　薬がちと効きすぎたらしいな」

「ううん……うん…かなり、効いたよ、あれ。けっこう苦しかった……」

「許せ。ああでもしなければ、お前をあの牢から出せなかったし、弱い薬ではキリ達に見破られたに違いないからな」

守門の座敷牢に閉じ込められたユキを救い出すため、リョウはユキに胃を悪くする薬を飲ませ、薬師の所へ運ばせたところでユキをさらったのであった。

「うん、それはそう……とにかく、ありがとう、リョウ。ここは？」

「俺の隠れ家の一つだ。お前が眠っている間にここに連れてきた」

「リョウって隠れ家、幾つ持っているの？……でも、ありがとう。助かった。八瀬に戻ってすぐ守門につかまって、あの座敷牢に入れられて」

「だから言っただろう。サエキはお前の話など聞かなかっただろう？」

「うん……聞かなかったというか、話ができなかった」

「ふん。俺の思った通りだったな。お前が守門達に閉じ込められると思っていたよ。だからあらかじめお前を連れ出す手はずを整えておいたのさ」

「リョウ、私、どうしたらいいかな。何とか、サエキ様にきちんと話したいのだけど」

「お前、まだそんなこと言っているのか？　八瀬に入れば、また座敷牢入りだぞ。お前はサエキに害することを言いふらす巫女だからな」

「別にサエキ様に害するつもりは……。ただ、先夢にすべて頼るのは危険だとわかってもらいたいと」

「サエキはな、長い間八瀬の巫女として、自分の先夢で里を守ってきたと思っている。サエキがこれまでのやり方を簡単に変えるなんて思えないな。そんなことを期待するよりも、他の手を考えたほうがいい。それより今は、出雲の動きが気になる。あいつら、何を企んでやがるのか、得体がしれない」

「ねえ、リョウは出雲に何回か行ったことがあると話していたわね？　リョウ、リョウは出雲のことに詳しいの？　出雲の人達は青銅板を使って人を操ることができるのよね？　そんなすごい力を持っているなら、なぜ出雲は徳川幕府や浪士達を使ったりするの？」

「出雲の奴らの青銅呪術にはいろいろ制限があるらしい。俺が耳目をしていた頃サエキから聞いた話では、出雲の地に術をかける者がいないとどうにも効かないっていう話だし、出雲からだと京あたりが術が効く限界らしい。それに、出雲は何回か朝廷に直接自分の手の者を送り込んで帝を暗殺しようとしたことがある。だが、結界みたいなものがあって出雲の力では無理らしい。出雲の呪術を効かなくする結界が御所には張られているってことだ」

「結界？」

「ああ。帝が御所の中に置いてある三種の神器が、出雲の呪術を跳ね返すらしい。その上、青月剣も御所の中にあるらしいが、それが三種の神器の力を増幅しているらしいな。もともとその青月剣っていうのは出雲の物だったらしいがな。出雲の青銅呪術をしかけられた者が近づくと、まるで互いにはじき返すように、術が解けてしまうってことだ。俺はサエキの命で幾度か御所に潜入した出雲の回し者を監視していたことがある。御所の中に入ると、青銅板が急に錆びつくらしい。それで術が解けて、その者は目を覚ます。術をかけられていた間のことはまったく覚えていない。出雲の者が偽って御所に入り込んでも、どうも三種の神器や青月剣と共鳴して、気を失ってしまう。皮肉なものだ。青月剣はもともと出雲の守り刀だったらしいが、今は大和朝廷の守り刀になっているってわけさ。それで武比古とやらは、青月剣を取り戻そうと必死らしいな。しかし、これまでのところ、手も足も出ないってわけさ」

「そうか。出雲にも弱点があるのね。でも、そういうことなら出雲は八瀬の敵ってことではないの？　サエキ様は出雲とこそ対決しなくてはいけないのでは？」

「そこはそれ、大人の事情ってやつさ。八瀬は出雲に恩があるからな。大昔、八瀬は出雲の地に暮らしていた頃、八瀬の者を捕えてその異能を利用しようとする他の地の奴らから守ってもらっていたらしいぜ。まあ、出雲も青銅呪術を使う異能を持つ奴らだからな。互いの秘密を守り合っていたのだろうぜ。出雲の奴らは八瀬が作る薬が必要らしいし、互いの民を害さないという掟が昔からあるらしいぜ。俺もサエキから出雲の奴らの動きを監視はしても、決して手を出さないようにきつく言われていた。それに出雲を率いる武比古とサエキは昔馴染みだ。あの二人の間には何かあるらしいぜ。第一、八瀬が出雲と対決しようとしても勝てやしない。八瀬の武力は守門の三十名だけ。俺のように、一部の者に特殊な能力があったって、出雲の青銅呪術にはかなわないさ。出雲の青銅呪術は八瀬の者にかけようと思えばかけられるのだからな」

「そうなの？　八瀬の一族も、出雲に術をかけられたことがあるの？」

「いや、あくまで、そうしようと思えばできるってことさ。俺は今までそういう例を見たことも聞いたこともねえ。互いの民に手を出さないという掟を守っているようだな。サエキと、武比古とやらの間の取り決めなのかもしれない。あいつら、古いしきたりやらには、やたらうるさいからな。あるいは出雲の奴らが八瀬の者に何かしようとすれば、サエキが先夢で察知してしまうと思っているのかもな。やっても無駄だから、やらないってことかもしれん。サエキの力は一族にも知れているからな。まあ、その力とやらは、まがい物だと俺は思っているけどな」

「サエキ様は、一体、どうするつもりなのかしら。私の先夢だって間違っているかもしれない。でも、出雲の人達がおかしな動きをしていることは事実でしょう。姉小路様の暗殺のことや、沖田さんが狙われたことや。そういう事実と、先夢の内容を照らし合わせて考えてみるべきだと思うのよ。八瀬は壬生の浪士組の人達じゃなくて、出雲に立ち向かうべきではないかしら」

「どうやって、立ち向かうのだよ？」

「うん……難しいかもしれないけど……私、沖田さん達に話してみてはどうかって。浪士組の人達の力を借りられないかなって。いえ、今は、新選組っていう名前なのよね」

「あいつらに？　あいつらは徳川側の人間だぜ」

「でも、出雲は徳川家にも害をなそうとしているのでしょう？　徳川家と朝廷を対立させようと、戦を起こそうとして。新選組の人達にとっても問題だよ」

「しかし、あいつらに八瀬を助ける義理はねえだろ」

「そう言われればそうだけど……。でも、あの人達も帝をとても敬っているわ。帝の害になるようなことを望むはずがない」

「その話を納得させるためには、八瀬の秘密をあいつらに話さないとならないぜ。ユキ、それはとてつもない掟破りになるぞ？」

「そうだね……八瀬の掟を破ることになるかな……」

「掟破りの者の成れの果ては俺だぜ」

「うん……でも……」

ユキはうつむいて、自分の手をじっと見た。

「でも……私、今の状況を何とかしたい。このまま、じっとどうなるか様子を見ているだけって、だめなんじゃないかな。私は私ができることをやってみるべきじゃないかな」

ユキは自分が見た先夢の中に出てきた神々しい人物は、人ではなく、時の流れ、あるいはこの世の理ともいった存在だったのではないかと思うようになっていた。

「過ぎ行くものは過ぎさらしめ」という言葉は、過去にいつまでも執着すべきではない、先に進め、ということを示唆しているのではないか。それがユキのあの先夢への結論だった。

時は流れていく。すべてが変わっていく。

でも、それが自然なこと。苦しみも、喜びも、時に流されていく。そのまま、受け止めればいい。あるがままに、受け止めればいい。

八瀬の一族は、巫女の先夢によって未来に起こる出来事を知ろうとし、八瀬に禍をなすことならば、それを防ごうと動いてきた。すべては八瀬の平和を保つため、帝を守るために。しかし、八瀬を守るためならば、自分達を守るためならば、他のことは、他の人達はどうでもいいのだろうか。

しかし、それは、自分が見る先夢というものの意味に疑問を投げる問いでもあった。先夢を見る巫女。自分の存在する意味はそこにあり、自分の目指していくものはそこにある。そう信じてきたのだが、それは大きな誤りだったのかもしれない。

ユキはリョウの目を見た。

「リョウ。リョウも八瀬の里を争いに巻き込みたくないって言っていたよね?」

「え?　ああ、そうだな。俺はサエキの言うことなんて信じちゃいねえが、八瀬の里を荒らされるようなことは防ぎたいさ。八瀬の里が戦いでめちゃくちゃにされるようなことにしたくない。だからこそ、出雲の奴らの動きを監視しているのだからな」

「そうだよね。私も同じ。サエキ様の言うことが全部正しいってもう思えないけど。でも、八瀬の人達が傷つくようなことは防ぎたい。だから、リョウ、協力して何とかしよう。私サエキ様に文を書くわ。文で今起こっていることをサエキ様に知らせたい」

何かできることがある。自分の力で何かできることがある。その気持ちが、ユキを突き動かしていた。

自分のためではなく、沖田や八瀬や京の人達や帝や、いろいろな人達のために動く。誰かのために何かをする。その気持ちがあると、いつもの何倍もの力と勇気が出てくる。

八瀬の里にこもり巫女の修行をしていた頃の自分とは、明らかに違う自分。でも、それは決して間違っていない自分だとユキは信じられた。

(だって、こんなに力が湧いてくる。諦められないって、気持ちが強くなる)

ユキはぎゅっと両の拳を握った。

ユキから届いた文を読んだサエキは、その文を膝の上に置き、じっと目を閉じた。

文はいつのまにかサエキの文机の上に置かれていた。恐らくリョウが置いていったものであろうとサエキは見当をつけた。

もしユキの文の内容が本当のことならば、武比古は現在出雲にいて、その地から浪人達を青銅板で操っているということになる。相当な精力を使っているはずだ。

(滋比古が武比古の頭痛がひどくなっていると言って先日も薬を受け取りに来たが、それは、

武比古が青銅呪術を使いすぎているからか）

ユキの見た先夢の中には、武比古らしき人物が京に火をつけている姿が出てきたという。しかし、ユキはまだ巫女としては未熟で、先夢もやっと見るようになったばかりである。自分とユキの先夢の内容が食い違えば、自然巫女としての実績のある自分の先夢を信じるべきであるとサエキは思っていた。

（武比古が出雲にいるならば、その手足となる滋比古を京に置いているに違いない）

サエキは大原の隠れ家にいるはずの滋比古とまずは話をしようと考えた。部屋を出て、庭の隅に作られた鳥小屋へ向かう。そこに出雲に連絡をつけたい時に使う鳩達を飼っていた。サエキは一羽の鳩の足に文を結びつけると、大原へ向かって飛び立たせた。

（滋比古がどう出てくるか……）

夜半になり、三日月が中天に昇る頃、サエキの部屋の縁側に人がいる気配がした。

「滋比古殿か?」

「はい。サエキ様、文を見て参りました」

サエキは向かっていた机から立ち上がり、障子を開けた。滋比古が縁側に正座している。

「滋比古殿、まずはこちらへ入られよ」

滋比古を自室に招き入れ、人の気配が他にないことを確かめた上でサエキは話を始めた。夜間サエキの部屋は守門が護衛していることが常だが、この夜は、滋比古が訪ねてくると見越して人払いをしていた。

「滋比古殿。出雲は下鴨の屋敷に大勢の浪人を集めているそうだな。武比古殿の指示だな。武比古殿が青銅呪術で操った者達を集め、京に火をつけようとしているのか?」

滋比古は一瞬両目を見開き肩を揺らしたが、すぐに顔から表情を消し、サエキに問い返した。

「サエキ様は先夢を見られましたか」

「私の先夢というわけではない。ただ、いろいろな知らせが耳に入ってくる。武比古殿は今出雲におるのだな」

「武比古様は確かに出雲に戻られております。……千家の総領として、いろいろお忙しい方であられますので」

「滋比古殿。京を火の海にすれば、多くの者が命を落とし、家を失い、傷つく。それはわかっていよう。武比古殿が押し進めようとしていた朝廷と徳川幕府との衝突は、無為に終わったのじゃ。今は、朝廷は強大な武力を有する会津藩と薩摩藩に厳重に守られておる。過激に走り幕府不要を唱えていた長州藩は朝廷から遠ざけられた。今更、京に火をつけてどうするつもりじゃ。出雲が復権するようなことにはならんぞ。京がたとえ焼けても、帝のお血筋が生き残れば、大和朝廷は延々と続く」

「……恐れ入ります。しかし、サエキ様、私からは何も申し上げることはできません。私は千家武比古様にお仕えする身。それだけでございます」

「滋比古殿。だからこそ、そなたに話している。武比古殿が心配ではないのか。武比古殿の頭痛は、青銅呪術の使いすぎではないのか。多くの浪人を集め、意のままに操ろうとしているのは武比古殿であろう。一人で何人も青銅呪術で動かすなど、心身ともに大きな負担がかかることだろう。武比古殿の寿命を縮めることになりかねんぞ」

「武比古様は、その青銅呪術をもってお命をいかようにも延ばすことができますゆえ。それは、サエキ様もご存じのことと」

「確かにそうじゃが、それだからこそ、危ういのではないか？　もともと百年にも満たない時間しか生きられない人間が、青銅呪術を使ってその命を細く延ばし続けていけば、不測の事態が起こるのではないか？　命を延ばしていく代わりに、失っていくものもあるのではないか」

滋比古はじっと黙っている。しばらくして口を開いた。

「サエキ様、武比古様はもう十分長くこの世におられました。確かに最近の頭痛や体のご不調は命の長さから来ているものかもしれませぬ。しかし、だからこそ、武比古様は今度こそと思い定めておられるのです。ご自分の命の残りをすべて使い果たしても構わぬと思い定めておられるのです。武比古様がそこまでお心を定めておいでなら、私にお止めする術はございません。ただ武比古様の願いが達せられるよう、お助けすることしかできませぬ」

「それでは、今進めている企みを止めるつもりはないというわけか」

「企みと申されても。私どもは私どもがすべきことを果たしているだけでございます」

「そなた達の動きは既に我らに知れた。もう既に失敗している。何をしても効果はないぞ。京に火をつけることなぞやめんか」

「サエキ様の先夢のお力を、武比古様は常に恐れておいでてでした。自分達の打とうとしている手を先にサエキ様に読まれてしまうと。ただ、青銅板を使って人を操り動かした場合は、サエキ様はその動きを先夢で見ることは難しいと思っておりましたが。心ない存在になった操り人形の動きは、サエキ様の先夢では捉えられないといわれていたのですが」

「……操り人形の心や動きが読めなくとも、それによって影響される周囲の事象ならば、先夢で捉えることができる。わかるだろう。お前達のやろうとしていることは、無駄な試みだ。無益だ。下鴨屋敷の浪人達をすぐに解放するのだ」

「サエキ様。それはできません。申し訳ございませぬ」

滋比古は頭を深く一度下げると、すばやく床を蹴って、サエキのもとに一足で近寄ると、サエキの鳩尾(みぞおち)を激しく打った。

「うっ……」

サエキが気を失い崩れ落ちるところを抱えて、サエキの着物の衿を広げた。そして滋比古は自分の袖の中から青銅板を取り出し、サエキの広げた衿からその板を帯の奥に入れ込んだ。

出雲の野望

さよりにとって、武比古は出雲の一族の総領というだけでなく、永遠の憧れであった。

さよりが幼い頃から、武比古は出雲の一族を統率するために、自分の命を細長く延ばして闘っていた。両親が病で亡くなり身寄りのなくなったさよりは、千家のために働く侍女の一人として引き取られた。やがて、そのたぐいまれな美貌を買われて、武比古に仕えるよう命じられたが、それは、いつまでたっても妻を娶らず、側女さえおかない武比古が、さよりの美貌に惹かれて側女とすることを願った周囲がしたことだった。武比古は出雲の総領家の長男でありながら、子孫を残すことにはまったく興味がなかった。このままでは千家の直系の跡取りが途絶えることを心配した周囲の者は、何とか武比古が興味を示すよう美しい出雲の女達を侍女としたが、武比古は誰にも興味を示さなかった。さよりにも同様であった。

武比古は常に何かを思いつめた表情をして、滋比古や幾人かの側近の男達と行動を共にしていた。千家の屋敷にとどまることも少なく、出雲の地を出たり入ったりしていた。さよりは武比古が女としての自分を必要としないまでも、武比古のやろうとしていることに必要とされるようになりたいと思いつめていた。ある夜、千家の屋敷の私室にいる武比古と滋比古に茶を供した時、さよりは思い切って自分の気持ちを言葉に出した。

「私でお役に立つことがあれば何なりと命じてください。武比古様のお役に立つのならば、命も捨てる覚悟でございます」

さよりは頭を深く下げながら、二人に向かってそう言うと、驚いて無言の二人を後にして部屋から出ていった。

武比古と滋比古がそれからさよりについて何を話し合ったのか、さよりにはわからない。ただ、その後すぐに滋比古に呼ばれ、間者としての心得を教えられ、護身のための武術を幾つか教わった。

「さより、お前の真年は幾つだ？」

滋比古の問いにさよりはまだ一度も寿命を延ばしたことはなく、外見通り十七歳であると答えた。出雲の民は、多くの者が寿命を延ばすための青銅呪術を自らに施しているので、本当の年齢はわかりにくい。外見は二十歳そこそこにみえても、実は七十年を既に生きているということがよくある。

真年とは自分が生まれた年から数えた経過年数のことである。

滋比古はさよりの答えを聞いて眉をひそめた。

「そなた、まだ幼いのだな」

「滋比古様、幼くなどありませぬ。たとえ、幼いとしても、役目はしっかり果たせます」

「さより。武比古様のお役に立つためには、出雲の外にたびたび出ていかねばならぬ。女子のお前には、ちと難しいこともあるだろうと思ってな」

「大丈夫です。私は武比古様のお役に立つために何でもできます！　どうぞお役目をお申し付けください」

「そう興奮するな、さより。出雲の者はいつでも冷静でおらねばならぬぞ。とりあえず、伝者の役目を学んでもらおう」

「伝者？」

「そうだ。急を要する知らせを出雲の地にもたらす仕組みだ」

滋比古は、蝋燭のような細長い棒が数本入った木箱をさよりの前に置いた。

「これは細花火という火薬棒だ。それぞれに火の色が異なる。大事な知らせを出雲にすぐにもたらしたい時、馬を駆けても間に合わぬこともある。そのような時にはあらかじめ火の色の意味を決めておき、火の伝者を走らせるのだ」

「火の伝者？」

「出雲の周囲各地に出雲の配下の者が潜んでいる。この細花火の口を切りとって地面に投げつけると、この火薬棒は爆発して花火のように細長い火を上げる。その火の色を見て、次々と配下達が細花火を上げ、すぐに出雲まで知らせが届くしくみになっている」

「それで火が伝える者と……」

「うむ。あらかじめ組む者と火の色の意味を打ち合わせしておかなければならないが。出雲の地にとって重大な事態が起こるということを知らせる場合には、この細花火を使うのだ」

滋比古はそう言って、青い紙が巻かれた細花火を取り上げた。

「これの火は青銅を多く含んで真っ青に燃え上がる。遠目からでもよく見える。まあ、この細花火を使うことなぞ、こなければいいと思うが」

さよりはその日から細花火を使って、伝者の役割を懸命に務めてきた。それも、ただひたすら、武比古に認められたいためであった。それだけがさよりの望むことであった。

滋比古に前もって命じられた通り、八瀬に向かった滋比古が白い火の細花火を上げた時、それを見たさよりはすぐに行動を開始した。白い色の火は、滋比古が八瀬の長であるサエキに青銅板を仕掛け心を操ることができた知らせだ。さよりは自分の細花火の口を切り、地面に叩きつけた。白い細い火が上がる。この火を、隣の鞍馬の地に潜む出雲の伝者が確認し、その者も同じように白い火を上げるだろう。その火は鞍馬の隣の地に潜む別の伝者が次の地の者へ繋げていく。次々と、白い細花火に火が各々の地で上がり、あっという間に出雲の地に届くだろう。そして出雲の武比古に八瀬の動きを伝える。武比古は青銅呪術を使って、青銅板を仕掛けられたサエキを操ることができる。さよりは武比古の望みを叶えるために、少しでも役に立てることが嬉しかった。

サエキに文を出してから二日が経ったが、何も動きがなかった。文への返事もない。やはり、サエキは自分の意見などに耳を傾ける気がないのであろうか。

「こうなったらやっぱり、沖田さん達の助けを借りるしかないのでは……」

ユキはリョウに相談した。

「あいつらがお前の話を信じれば、だがな」

「うん……沖田さん、私のこと怒っていると思うけど……」

最後のほうの声がかすれるユキの顔を見て、リョウは大げさに溜息をついた。

「そりゃないだろうぜ。少なくとも今はお前のことを怒っちゃいない」

「どうして、そんなことわかるの?」

「お前が傷を癒している間、あいつらの所へ文を届けたと言っただろう。その時に沖田と土方が話しているのを聞いたからさ」

「沖田さんと土方さんの？」

「ああ、あいつら、お前のことを話していた。お前が無事でよかったと沖田は言っていたぜ」

「そうなの……」

（許してもらえるのかな、沖田さんに。土方さんを傷つけたこと。許してもらえたら嬉しいけど……）

　ユキは沖田に拒絶された日から凍り付いていた気持ちが、少し柔らかくなった気がした。

「お前が壬生の奴らの助けを借りたいっていうのなら俺は止めないよ。俺だって、このまま出雲の奴らの思うままにさせてはおかない。俺は俺で動く」

「リョウはどうするつもりなの？」

「下鴨の屋敷に集められている浪人達の正気を取り戻させる。あいつら、体のどこかに青銅板を身に着けているはずだ。それを取りさえすれば正気に戻る」

「でも、大勢いるのでしょう？　私が沖田さん達に加勢を頼むまで、待っていたほうがいいよ。一人では危ない」

「はん、青銅板で操られているといっても、もともとたいした腕もない浪人どもだぜ。どうってことないさ」

「でも……」

「浪人どもより、出雲の奴らが何を考えてやがるのか……それがまだよくわからねえ」

「どうするつもり？」

「青銅板を使って浪人達を操っている奴は出雲にいるはずだ。青銅板で人を操るには術者が出雲の地にいなけりゃならねえからな。親玉は出雲にいるってわけだ。そいつが出雲にいるうちに下鴨の奴らを片づける」

「でも、一人じゃ危ないよ、リョウ」

「ユキ、俺は千里耳だぜ。お前に心配されるほど弱くねえよ。それとも、お前、俺が死ぬ先夢でも見たのかよ？」

「な！　そんな先夢見てないよ！」

「なら、大丈夫だろうぜ。俺が死ぬっていうなら、いくら薄情なお前でも先夢くらい見てくれるだろう？」

「リョウったら！　先夢なんて信じないって言ったくせに」

「八瀬の平穏とか、帝をお守りするためとか、そんな戯言の先夢なんて信じてないさ。でも、誰かのことを案じる先夢なら信じてやるよ……お前、時々、夜うなされていたな？　あれは先夢か？」

「あれが先夢かどうかははっきりしないのだけど……」

「沖田のことか?」

「え?」

「沖田の名を呼んでいたぜ。危ない、危ないって」

「あ……私、あの……」

ユキは顔が赤くなっていくのを意識せざるを得なかった。

あれが先夢かどうかはわからない。先夢だったとしても、もうユキには無意識に先夢の中身をすべて真実だと確信できない。でも、未来の何かを指し示しているのかもしれない。何かを警告しているのかもしれない。


最近、よく沖田の夢を見る。それはユキが沖田に会いたいと思っているからかもしれないが、夢がいつも同じ内容であることが気になっていた。沖田や土方達が多くの浪人達とどこかの狭い座敷の中で斬り合っているのだが、沖田が急に刀を手から落として倒れこんでしまうのだ。地面いっぱいに広がった血の中に、沖田は崩れ落ちる。そこに幾人もの浪人達が刀を振り上げて向かってくる。危ないと夢の中で声を上げようとして、でも、声が出なくてもがいている。そこで目が覚める。苦しい夢だった。しかし、出雲の企てや帝に関わりがあるようには思えなかった。

「ユキ、文を書けよ。俺がそれを沖田に届けてやる。糺の森へあいつを呼び出せ。そこから下鴨はすぐだ。俺は一足先に下鴨へ向かっている。あいつがお前の言うことを信じるなら、あいあいつらの協力はこの際ありがたい。あいつらは確かに腕が立つからな。

「うん、わかった。すぐに書くよ」

「だがな、ユキ。それを書いてしまったら、もう後には戻れないぜ。八瀬の里に二度と戻れないぞ。覚悟はいいか」

「うん。覚悟なら、もうとっくにできているよ、リョウ」

ユキがまっすぐにリョウを見る。リョウは無言でユキの瞳を見つめた後、にやりと笑って言った。

「お前もちっとは成長したようだな」

「なっ！　リョウと私は一つしか歳が違わないでしょう」

「まあな、歳はな」

ユキは一層むくれたが、それを無視してリョウは立ち上がった。

「一刻ほど出てくる。その間に文を書き上げろ」

リョウは八瀬の様子を見に行った。ユキにはああ言ったものの、サエキから何の反応もないのはおかしいと思っていたのだ。ユキの文を読んでサエキが協力すると言い出すとはリョウは思っていなかったが、何らかの動きを見せると予想していた。下鴨の屋敷を守門に見にいかせるとか、ユキをおびき出そうとするとか、何か動いてくると予想していた。しかし、ここ三日、八瀬にはまったく動きがない。リョウは、八瀬に何か異常が起きているのではないかと疑っていた。

リョウは八瀬の里に入る際、山の尾根伝いに人目を避けて入っていった。八瀬の里も表向きは農作業に精を出す普通の村だ。毎日変わらぬ暮らしを静かに営む、どこにでもある山里だった。リョウは樵の恰好をして、里の奥にある池へ向かった。

島原に発つルリを初めて抱いた池の畔。

あの夜と変わらず、その池は美しい水を湛えて、その周りに薄紫や白の花をつけた草花が優しく風にそよいでいた。いつも水が澄んでいるので、この池の底から水が湧き出ているのだろうといわれていた。あめんぼが池の面をついついと滑っていく。

リョウは池の畔に置かれた丸い石にそっと触れた。ルリの体はこの地には眠っていないが、ルリの魂はきっとこの池に還ってきていると思い、リョウがルリの墓のつもりで置いた石だった。石の周りを、薄い桃色の花が取り囲んでいる。ルリのように可憐で優しい花だ。花の名前は知らないが、ルリがきっと喜ぶと思い、リョウが石の周りに植えたものだ。この池ののどかさが、あの世のルリをきっと慰めているとリョウは思いたかった。夏になれば、再び蛍が舞い、ルリもきっとそれを見るだろう。

儚かったルリ。優しかったルリ。美しかったルリ。

（俺がもっと大人であれば……俺がもっと早くルリの気持ちに応えてやっていたら……ルリをあんな目に遭わせなかった。遭わせずに済んだ、きっと）

ルリを失う日の前の夜。夫婦として互いの体を抱きしめたあの夜。ルリが幾度も流す涙を、リョウはそのたびに、その指で、その唇で、吸い取ってやった。ルリが漏らす熱い吐息を、リョウはその唇ですべて吸い込むように深く、何度も口づけた。二人の体はまるで境界を失ったように溶け合い、絡み合った。一つの種子になったように、二人だけの世界が造られた。

（ルリ。お前はここに還ってきているよな。もうすぐ蛍が舞い始めるよ。お前の好きな蛍が見られるよ）

リョウはルリに語りかけながら、やさしくその石を幾度も撫でた。

サエキの屋敷の守りは守門の仲間に頼んで、キリは一度自分の家に戻ることにした。サエキは祈祷を驚くほど長い間続けた後、疲れたといって寝てしまった。出雲が何か企んでいるらしいのに、サエキは何もしようとしないのが不思議だった。いらだつ気持ちを抑えきれず、キリは一度自分の家に戻って、守門達を集め今後の動きを相談しようと考えた。

サエキの屋敷から自分の住まいまでは歩いて数十歩の距離だ。その道すがら、キリは殺気を感じてさっと身構え、大きな樫の木を見上げた。そこに木と一体化したようにして枝の上に座っているリョウを見つけた。

「リョウ……何の用だ。お前はもうこの里のものではないはずだが」

「その通りさ、キリ。用なんてないさ」

「では、なぜ、そこにいる?」

「キリ、守門の中に千里耳はいないのかよ」

「何?」

「千里耳がいりゃあ、この音に気づくはずだがな」

「何のことだ?」

「虫の羽振りのような嫌な音だ」

「虫の?」

「この音には覚えがある。出雲の青銅板だな」

「……出雲が何だと?」

「近くに、出雲の青銅板で操られている者がいる。八瀬と出雲は手を出し合わないという掟になっていたが、それも破られたようだな」

「なに！　リョウ、お前、何を知っている？」

「キリ。千里耳のいいのを守門に入れろよ、出雲の奴らに操られないようにな。しかし、もう手遅れかもな。どうやら既に仕掛けられたらしい」

「何を言っている？」

「ま、俺には関係ないがね。俺は確かめにきただけさ。俺のことより、サエキのところへ行ったほうがいいぜ」

リョウはそう言って、さっと跳躍して、姿を消した。キリは眉をしかめながら、今しがたまでリョウがいた枝の上を凝視した。

（出雲の青銅板で操られている者がいる）

リョウはそう言った。

（まさか……）

キリの顔がさっと青ざめた。

（まさか、サエキ様に？）

キリは今来た道を大急ぎで駆け戻った。サエキの屋敷に上がると、侍女達の制止も振り切り、サエキの寝間へ走り込んで、驚いて起き上がったサエキの着物をはいだ。

「な、何をする！」

驚くサエキの抵抗も聞かず、ご無礼をお許しくださいと言いながら、サエキの着物を剥ぎ取った。侍女達が大騒ぎでキリを止めようとする。サエキの屋敷に詰めていた守門達も、自分達の首領の思いがけない行為に驚いてどうしたらよいかわからず、ただサエキとキリを取り巻いていた。

その時、キリにより着物を剥がされたサエキの体から、チリンと小さな板のようなものが床に落ちた。その途端、サエキは意識を失い倒れた。キリはサエキを抱き留め、静かに床に横たえて、着物をその上にかけた。小さな板を拾い上げる。

（青銅板だ）

キリの眉が上がる。

（リョウはこのことを言っていたのか。まさか、サエキ様が出雲に操られていたとは！）

「皆、驚かせてすまない。サエキ様に病の元がついていたので、追い払っただけだ。サエキ様はそのうち意識を取り戻されるだろう」

キリは周りの者達にサエキについているように命じ、守門達には自分についてくるよう命じて外へ出た。

「キリ、一体、何が起こったのだ?」

守門の一人、シュリが尋ねる。

キリはそれには答えず、

「シュリ、守門の者をすべて屋敷に集めろ。八瀬の外に出ている守門は今五人だったな?」

「ああ。だが遠出している者はいない。すべて京の中だ」

「よし、すべての者を招集しろ。今すぐにだ。容易ならざる事態が起こった」

キリの緊張した声に事態が切迫していることを悟ったシュリは、黙ってすぐに行動を開始した。


キリが再びサエキの屋敷へ戻ると侍女達がせわしげに立ち働いていた。その一人を捕まえて、キリはサエキの様子を聞いた。

「先ほど目を覚まされました。ただまだ御気分がお悪いようで、床についておられます」

「うむ。私はこれから八瀬の外に出る。その前にサエキ様の様子を見ておこう」

キリはサエキの部屋の前で声をかけた。

「サエキ様。キリでございます。少々お話がございます。入ってもよろしいでしょうか」

部屋からサエキの微かな返事が聞こえた。障子を開けて、キリが部屋に入っていくと、サエキは床についたまま、顔だけキリのほうへ向けた。

「サエキ様。まだ具合が優れないということで、お大事になさってください。先ほどは失礼致しました。しかし、滋比古がサエキ様に青銅板をしかけるとは」

「キリ……お前が見破って助けてくれたそうだな。礼を言う。ちょうどお前を呼びに人をやろうとしていたところだ」

「いえ礼など……。それにサエキ様に青銅板が仕掛けられていると言ったのは実はリョウでした」

「リョウが？　八瀬に来ているのか？」

「少し前にいました。私におかしな音がすると。サエキ様を見舞ったほうがいいと言い置いて姿を消しました」

「そうか……キリ、お前には迷惑かけてすまない。滋比古がここまでやるとはな。正直、私には意外だった」

「サエキ様、とにかく滋比古はあなた様に青銅板を仕掛け、出雲の思うように操ろうとした。その目的は何です？　朝廷の転覆を企てているのですか？　あやつらの企みは防いだと思っていましたが、新たな企みを企てていたということですか？　ユキの心配していたことは正しかったということですか？」

「キリ……そこの文箱の中の文を取ってくれないか」

「は？　文ですか？」

キリはサエキが何を言おうとしているのかわからないまま、文を箱から取り出しサエキに差し出した。しかしサエキは首を振っていった。

「お前が読んでくれ。ユキからの文だ」

「ユキから？」

キリは文を開いてそこに書かれている文字を追った。途中でその眉がきつく寄せられる。読み終わってキリはサエキの顔を見た。

「サエキ様、ここに書かれていることは事実だと？」

「そうは思わなかった。しかし、どうやらユキが正しかったようだ。出雲の武比古が京に火をつけ、朝廷と徳川幕府の間に戦いを起こさせようとしている。その文が来たのは三日前だ。ユキはもう行動を起こしていると思う。今宵が祇園祭の宵宮だ。もう時間がない。ユキの文にある下鴨の屋敷に手の者を走らせてくれ」

「出雲の隠れ家は大原のあの小屋かと思っていましたが」

「大原の小屋にあいつらはもういないだろう。多くの浪人を動かすために、滋比古とその手下が動いているだろう。ユキはきっと下鴨の屋敷を見張っているだろう……ユキを見つけたら、危ないことをしないよう、八瀬に送り届けてくれないか」

「はい、それがサエキ様のご指示ならば」

「ユキの先夢の能力はどうやら私よりも上のようじゃ。八瀬の里にはユキが必要だ。ユキの先夢をもっと詳しく聞き、その能力を更に研ぎ澄まさせなければならん」

「わかりました」

「キリ。十分気をつけるのだぞ。出雲の一族は長命というだけで、その体力は弱く、武力にも優れない。しかし、青銅板を使って多くの浪人を操っているということだ。刀を振り回してくるだろう。吹き矢を多く持っていけ」

「承知致しました」

キリは一礼してサエキの前を辞し、守門の屋敷へ戻った。

先ほど読んだユキの文に書かれていた文字が、キリの心の中でぐるぐると回っているようだった。

深刻な事態が書かれていた文だった。キリは次々と心に湧いてくる疑問を止めることができなかった。今まで八瀬の絶対的な統率者として信じてきたサエキに対する疑惑まで感じていることが、キリを余計落ち着かなくさせていた。

サエキは八瀬の絶対的指導者だった。サエキの先夢はこれまで正確に未来を予見し、八瀬の里の平和と、朝廷の地位を守ってきた。そう、キリは信じてきた。サエキはすべてをなげうって、八瀬の里を守るために生涯を尽くしてきたはずだ。

しかし、サエキの先夢が間違っていて、ユキの先夢が正しかったとしたら、サエキの絶対的権威は揺るがざるを得ないし、そもそも先夢というものに対しての不信が出てくる。

だが、とにかく今は、滋比古達を止めることが最優先だ。守門の役目を果たさなければならない。自分の中に湧き起こってきた疑問は、とりあえず今は胸に秘めておこう。

キリは守門達を集めて、武器を互いに確認した後、下鴨へ向かうと告げて山道を走り出した。


糺の森の赤い鳥居の下に、ユキは立っていた。

沖田と土方が近づいてくるのに気づいて、ユキははっと身をこわばらせたが、すぐにきゅっと顔を引き締め、深々と頭を下げた。

沖田と土方がユキの目の前まで来ると、ユキは二人の顔を交互に見て、再び頭を下げた。

ユキは少し頬がこけて顔色が青白くみえたが、傷の影響も見られず、まっすぐに立っていた。

壬生にいた頃と違い、町娘の恰好をしたユキは、見知っていたユキよりも少し大人びてみえた。

沖田はユキに何と言おうかいろいろと考えながら糺の森まで来たのだが、実際に彼女の顔を見ると、何も言葉が出てこなくなり、無言でユキの顔を見ていた。その場で口火を切ったのはユキだった。

「お久しぶりです。土方さん、傷はもう大丈夫ですか？　あの時は本当にすみませんでした」

「そんな昔のことどうでもいいんだよ。ああ、そうだ、お前のくれた薬はよく効いたぜ。ありがとうよ。お前こそ、傷は大丈夫なのか？　総司をかばって刺されただろう」

「ありがとうございます。私は大丈夫です」

土方は沖田のほうを見たが、沖田は相変わらずユキの顔を見つめるばかりで口を開かないので、代わりに土方が言葉を継いだ。

「ユキ坊。お前の文を読んだ。本当なのだな、書いてあったことは」

「はい。土方さん、本当だということはすぐに土方さんの眼で確認できます。ここから出雲の下鴨の隠れ家の屋敷はすぐです」

「ふうむ、どえらいことだな。だが事前にわかってよかった。ユキ、知らせてくれて礼を言う」

「いいえ、礼など……浪士組の……いいえ、今は新選組とおっしゃるのでしたね、新選組の人達を危ない目に遭わせてしまうかもしれないのです。でも、皆さんのお力を借りるしかないと思ったのです」

「危ない目なんて、日常茶飯事だから別にそんなことお前が気にする必要なんかねえよ。俺達は帝をお守りし、将軍様をお支えするために命を捧げている。それに、会津の松平様から京の地の平和を守るようにという命を頂いているのだからな」

「はい、ありがとうございます。下鴨の屋敷には三十人ほどの浪人がいると思われます。しかし、彼らは出雲の青銅板で操られているだけだと思います。青銅板はたぶん懐の中か、帯の間に入っていると思われます。それを取り去れば、彼らは大人しくなると思います」

「大人しくねえ？　出雲に操られようがいまいが、あいつらは元々京の地で暴れ回る乱暴な浪士達だぜ。そこらへんが出雲の奴らに付け入られたのだろうよ」

「そうかもしれませんが、出雲に操られなければ、京を火の海にしようとはしないはずです。できれば取り押さえて、事情を聞くことができればと思うのですが」

「へん、ま、そこらへんは成り行き次第だな」

「屋敷には出雲の者が何人かいるはずです。出雲の人間は背が高く、青白い顔をして、鼻筋が通っていて、他の里の者と明らかに外見が違います。ですから、浪人達の中にいてもすぐに出雲の者だとわかると思います。女もいるはずです。出雲の者は体が大きいのですが、あまり武力に優れないと聞いています。ただ、青銅呪術を使うので、得体がしれません。十分気をつけてください」

「出雲の青銅呪術って、そんなにすげえのか？」

「私も出雲がどのような青銅呪術を使うのか、よくわからないことが多いのです」

「出雲と八瀬は、同族ってわけでもないのかい？」

「いえ、もともと違う一族です。ただ、昔、八瀬の一族は出雲に暮らしていたことがあって、その頃は出雲と八瀬は互いに助け合っていたと聞いています。その頃の名残で、出雲と八瀬は互いの民を傷つけないよう、掟のようなものがありました。でも、今はもう、その掟も守られているのか怪しいものです。出雲が使う青銅呪術は出雲の民だけが使えるもので、八瀬の民はまったく使えません。ただ八瀬の一部の者に異能があるだけです」

「その異能ってのが、お前が見る先夢なのか？」

「先夢を見るのは私と、私の師だけです。先夢は、これから何が起こるかを予見するということで恐れられていた能力です」

「先のことが、起こらないうちから、わかるっていうのか……。どうも、俺には信じられねえなあ」

「ええ、八瀬の外の方には奇妙に聞こえるかもしれませんね。ただ、八瀬の者達は先夢が告げる定めを信じきって参りました。実際、巫女が告げる先夢によって、帝をお守りし、八瀬の平和を守ってきました。そう……思ってきました」

「今は確かじゃねえってか？」

「土方さんを陥れたこの前の企みを、八瀬の巫女が告げる先夢は見抜けませんでした。あの時から、私は先夢を完全に信じ切ることができなくなりました。でも、先夢も役に立てることがあると思います。今回のように……」

「わかった。まずは下鴨の屋敷の奴らを捕まえよう。それからだ、どうするかは」

「はい。そうですね」

土方は、さっきから黙ったままの沖田をちらっと見て言った。

「斎藤達を下鴨神社の前に待たせてある。俺は先に行くぜ。総司、お前はユキを連れてこい」

「え？　土方さん……」

沖田が止める間もなく、土方は走り去っていった。

沖田とユキはその場に残され、沖田は困ったような顔でユキを振り返った。

「……沖田さん、あの、すみません、ご迷惑をかけて。でも、来てくださってありがたいです」

ユキの言葉に、沖田は仕方ないというように言葉を返した。

「京の町を守るためだよ」

そう言ってまた沖田は黙ってしまった。

沖田はこの糺の森に来るまで、ユキに会ったら何を言おうかずっと考えていた。自分をかばって傷を負ったユキにまずは礼を言おうと思っていた。そして、ユキが八瀬の者として帝に忠義を尽くしていることを聞いたと、壬生の鶴屋で間者を務めていたのは八瀬の命だったのだねと確認したかった。そして驚くべき出雲の企みのことも、もっと詳しく話を聞きたかった。しかし何より、ユキの無事な姿を自分の目で見たかった。

ところが、実際にユキを目の前にすると言葉が出てこなかった。土方がユキと話をしている間、じっとユキの顔を見ていることしかできなかった。

土方が去ってユキと二人きりになった今も、言葉が出てこなかった。

語るべき言葉がなかったからではない。あまりにも語るべきことが多かったからだ。

ユキに向かっていく気持ちにいろいろなものが混じりすぎて、嬉しいやら、悲しいやら、切ないやら、腹だたしいやら、相反する気持ちが沖田の舌に絡みついているようだった。

「あの、沖田さん……」

ユキが心配げに沖田を見上げていた。

ユキの瞳が揺れている。

(同じだ……)

その時、沖田は悟った。ユキも沖田と同じように、いろいろな気持ちが混じり合って言葉が上手く出てこないのだ。八瀬の間者として重い役割を負っていたユキ。しかし、傷つき、迷い、悩み、苦しんでいる。八瀬の一族の秘密を沖田達に打ち明けることを悩んだだろう。出雲の企みを知って苦しんだだろう。今回は八瀬の協力を得ることができないとユキの文に書いてあった。ユキの立場は微妙なものなのだろう。もしかすると八瀬の里にはもう帰れない身なのかもしれない。

(まだ、十五、六だろうに……)

自分は十五、六歳の頃、既に親が死んで姉夫婦のもとにもいられず、近藤の道場に内弟子として預けられていたが、近藤をはじめとして、土方や原田や山南や優しい大人達に囲まれていた。藤堂のように歳の近い仲間もいて、皆で剣術の上達に邁進していた。そんな日々を送っていた自分と、今のユキの立場は、何と違うことだろう。

ふと気づくと、ユキの肩は小刻みに震えていた。沖田は考えるより先に、腕をユキの肩に回していた。

「お、沖田さん……?」

ユキが小さな声で問いかける。

「黙って」

そう言って沖田はユキの両肩を抱く腕に力をこめた。

小さい肩だった。

肩だけではない。ユキの体は自分の体の中にすっぽりと包まれてしまうほど小さかった。

「ばかだな、ユキは」

「え？」

「でも、俺もばかだ」

「あの……沖田さん？」

ユキが沖田の顔を見上げる。微かに頬が上気している。瞳が戸惑っている。

沖田はユキの頬に手を添えた。

「もう、いいよ。ユキ。もう、何も気にしなくていい。俺ももう気にしない。君に会えたら、もうどうでもよくなった。ユキ、俺は君を傷つけたね。心だけじゃない。俺をかばって体まで傷ついた。すまなかった。許してくれ」

「そんな、沖田さん……許すだなんて……。沖田さんは私が許さないといけないことなんて何もしていません。私のほうこそ沖田さんを騙して。里の者が土方さんを傷つけて……。謝るのは私のほうです。許しを請うのは私のほうです」

ユキの瞳から涙が溢れでた。

「ユキ、もういい。事情は聞いたよ。君も闘っていたのだね、俺達と同じように」

沖田はユキの体を力いっぱい抱きしめて言った。

「俺、ユキに裏切られたと思って苦しかった。悔しかった。そして、ユキが俺をかばって刺された時、頭が真っ白になった。どうしたらいいかわからなかった。俺が君を好きだからだ」

「え……」

「ユキのことが好きだから、いろいろなことがあって気持ちがぐちゃぐちゃになった。情けないよな。もっと早く、君に伝えられればよかった。君がこうして行動を起こしてくれるまで、俺は何にもできなかった。何よりそれを君に謝りたい。すまなかった」

「沖田さん……そんな、何も沖田さんが謝ることないです……私……私……沖田さんに嫌われたと思って……でも、それも仕方ないって……」

「うん、苦しかったよな。ユキ、すまなかった」

「いいえ、いいえ、沖田さん、私……」

「ユキ、もう何も言わなくていいよ。とにかく君が無事でよかった。君にもう一度こうして会えてよかった。会いたかったから……」

「沖田さん……私も……会いたかった……です」

ユキは涙を止めることができず、一生懸命沖田に自分の言葉を伝えようとするのだが、嗚咽で言葉も途切れがちだった。沖田は左腕でユキの体を抱きしめながら、右手でユキの頭を優しくなでていた。

直接こうして会ってみれば、日向の氷のように、苦しかったものが溶けてなくなっていくようであった。離れていた間の疑心暗鬼や、互いの気持ちがわからず固くなっていた感情も、こうして二人で体を寄せ合い、互いの熱に触れていると、遠い過去の出来事に思えた。

理屈ではなかった。もっと本能的な何かが、二人の距離を縮めた。拘りやわだかまりをすべて飛び越して、二人の心同士が直接向き合ったようであった。

沖田はそっとユキを抱く腕を緩めて、ユキの涙をもう一度その指で拭った。

「さあ、ユキ。せっかく君が教えてくれた機会だ。俺達にできることをしよう。土方さんが待っている」

「はい、沖田さん。力を貸してくださって、本当にありがとうございます」

ユキはまだ涙を流しながらも、笑顔を作ろうとしていた。

「話したいことはまだあるけど、それはまた後だ。出雲の奴らを止めてからだ。ユキ、君はまたいなくなったりしないよね？」

「はい、沖田さん。鶴屋の奉公人に戻るわけにはいきませんけれど」

「ああ、そりゃそうだね。少し残念だなあ。ユキの菓子をもう食べられないのか」

「沖田さんったら。もし沖田さんが甘いものを食べたいということであれば、また菓子を作りますよ。金平糖は無理ですけど」

「よかった。また、作ってよ。俺の菓子、椿の」

「はい、沖田さんを象った菓子ですね。この戦いが終わったら、いつでも」

「うん、約束だよ」

「はい」

「必ず、だよ」

「はい、必ず」

二人は顔を見合わせて、互いに微笑みあった。

「じゃあ、行こうか」

「はい、沖田さん」

戦いが待っている。

誰も傷つけたくはないが、それは難しいかもしれない。恐らく互いに武器をとっての戦いになる。出雲も生半可な覚悟ではないはずだ。でも、何としても京を火の海にするようなことは防がなければならない。

でも、今は。

二人の見ている先が同じであることに、二人のこれから行く先が同じであることに。そのことに、二人は笑顔を浮かべることができた。

池田屋事変

下鴨神社の入口で、沖田とユキは土方達と合流した。新選組の隊士達が十人ほど集まっていた。斎藤一も来ていた。ユキは、出雲の青銅呪術について知っていることを彼らに話した。ほとんどがリョウから教えてもらったことであったが、新選組の隊士達は青銅呪術の話に、疑わしげに顔を見合わせた。その時、斎藤が口を開いた。

「俺は、実際に青銅呪術に操られた奴らを見たことがある。強いぞ。自分の身を庇うことをしないからな」

斎藤の言葉に新選組の隊士達はうなずいた。斎藤の言葉は、新選組の中では大変な重みがある。そこに土方が言葉を継いだ。

「できれば、そいつらを生け捕りにしたい。青銅呪術の仕組みを知りたいからな。二手に分かれるぞ。斎藤と沖田は裏門に回れ。俺は表門へ行く。ユキ、お前は俺と一緒に来い。ただし、お前は案内するだけだ。無理はするなよ」

「はい、わかりました。私の仲間のリョウが屋敷を見張っています。正面の……」

「俺なら、ここにいるよ」

いつのまにか、黒い着物を着たリョウが傍にいた。

「お前……」

沖田がリョウに気づく。壬生寺で傷ついたユキを運び去っていった男だ。

「屋敷の中には三十人ほど浪人がいる。それに、出雲の女が一人いる」

「女が？」

土方の問いに、リョウはちょっと眉を上げてみせた。

「出雲の女は怖いぜ。その女は出雲の総領の手下だ。気をつけな」

「ぬかせ。気の強い女は俺の好みだぜ。とにかく青銅呪術は得体がしれねえ。油断はするなよ。リョウ、お前はどうする？」

「俺は沖田と一緒に行こう」

「よし。行くぞ」

土方と沖田達は二手に分かれて、出雲の屋敷の周りを取り囲んだ。それぞれの戸の前で少し様子をうかがう。

沖田は裏口の戸を開けようと手をかけた。戸に鍵は掛かっておらず、簡単に開いた。

「沖田、ユキに会って、話をしたのか?」

リョウが沖田に小声で聞いた。

「ああ。会えてよかった」

屋敷の中の様子をうかがいながら、沖田はリョウに返事をした。

「そうか」

リョウは短く返してから言った。

「いるな。庭に集まっている。庭にいるのは十人だな」

「よくわかるな」

「俺は耳がいいのさ」

「よし。行くぞ」

沖田達は屋敷の中に足を踏み入れた。


一方、正面門に回った土方達は、表の戸をばんばんと叩いた。

「会津藩預かり、新選組である。市中警護の務めだ。屋敷を改めさせてもらう」

土方が大声を張り上げる。しかし、屋敷内から応じる気配はない。

「ま、開けろっていわれて素直に開けるような奴らじゃねえな」

土方はそう言って部下に指示した。

「塀を越えていくぞ。はしごと、縄をかけろ。まず俺が行く」

土方は率先して塀を越えて屋敷内に飛び降りた。しかし、誰の姿も見えない。急いで表門の戸の閂(かんぬき)を外して、戸を大きく開けた。新選組の隊士達に指示する。

「誰もいないぞ。俺の大声で、皆、裏門へ回ったかもな。皆、抜刀したまま裏門へ行け。屋敷内にも奴らが潜んでいるかもしれん。油断するなよ」

「土方さん、沖田さん達大丈夫でしょうか」

ユキが眉をひそめて聞く。

「沖田と斎藤の二人にかかっちゃ、出雲だろうが何だろうが太刀打ちできないさ。それより、ユキ、ここから先は危ない。お前はここで待っていろ。そこの井戸の陰に隠れていろ」

「いえ、私も行きます！」

「お前の腕じゃあ、青銅呪術で狂った奴らに勝てねえよ。足手まといだ。いいから、そこで大人しく待っていろ。お前には後で存分に働いてもらうからな。それに、お前がまた怪我を負ったりしたら、俺は総司に殺されちまうよ」

「そんなこと……」

「いいか、もし、この門から抜け出ていく者がいたら、後を追おうなんて考えるなよ。ただ、人数を数えておけ。それからどんな奴か、特徴を憶えておけ」

「わかりました」

ユキはうなずいた。

土方は隊士達を引き連れて裏門のほうへ走っていった。


裏門から入った沖田達を、すぐに浪士達が襲ってきた。刀を合わせて応じながらも、沖田は浪士達にまるで覇気がないことに気づいた。浪士達は刀をやたら振り回しているが、沖田達に向かってくるというよりも、屋敷の外へひたすら出ようとしているようであった。

「一、なんか、こいつら様子がおかしくないか?」

浪士達に対峙しながら沖田は斎藤に呼びかけた。

「おう、なんとも手応えがないな。だが、しつこい。倒してもまた向かってくるぞ」

「ああ、なんか変だな。こいつら、強いのか、弱いのか」

「これが青銅呪術に操られるってことなのか?」

「さあな。ただ、やっかいだな。遠慮なく斬り倒していいって感じの奴らじゃないな」

「ああ、とにかく、峰打ちを食らわして意識を失わせよう」

「おい、こいつ、ぶつぶつ言っているぞ」

リョウは殴り倒した浪人の一人の様子を見て、沖田に言った。

「しこくや、と言っている」

「四国屋？　三条の旅籠（はたご）のことか？」

「総司！」

その時土方達が駆けつけてきた。

「おい、もう、かたが付いちまったのか？」

倒れている浪士達を見て、土方が言う。

「土方さん、こいつら、まるで覇気（はき）がないですよ。ただ、この男、四国屋と繰り返しています」

「四国屋？　そこに行こうとしていたのか……。こいつらだけか？　屋敷内を見たが誰もいなかったが」

「もっと人数が多いと思ったが……一部逃げたのか」

「そうかもしれんな」

「おい、まだいるぞ。屋敷の中だ」

リョウが傍に寄ってきて土方に告げた。

「俺達は屋敷の中を改めながら来たんだ。だが誰もいなかったぞ」

土方がリョウに反論するが、リョウは土方を制してじっと耳をすました。

「……いるな。屋敷の中だ。いや……下だな。抜け道があるな。屋敷の下だ」

「なに⁉」

リョウの言葉に土方が慌てた。

「リョウ、お前、抜け道がどこかわかるのか？」

「待て。そう、うん……わかるな。こっちだ！」

リョウは皆を先導して屋敷へ向かって走った。

リョウは台所に駆け入った。水甕（みずがめ）の横に空いた穴を覗き込む。地下へ続く階段があった。

「これは地下道だろう。屋敷の外に続いているのかもしれん」

リョウは土方のほうを振り返った。

「どうする？　地下は狭い。刀は振り回せないぜ。ここは俺に任せたほうがいいぜ」

そう言いながらリョウは小刀を抜いた。

「小刀くらい俺だって持っているさ」

沖田が脇差を抜いてみせた。

「そうさ。狭い所での戦闘には慣れている。俺達は花街のしゃれた座敷で豪遊している報国の志士さんとやらと、ずいぶんやりあってきたからな」

土方も脇差を抜いた。

「リョウ、先頭は俺だ。お前は戦いの玄人じゃないだろう。ここは俺達新選組に任せておけ。この抜け道が外まで続いているのなら、ここにいた連中は外に出ちまったかもしれねえ。リョウ、お前、さっき男が言っていた四国屋の様子を探ってくれないか。それから表のほうの井戸の傍にユキが隠れている。ユキを連れていってくれ」

「四国屋か。この道の出口は四国屋かもしれないな。よし、ユキを連れて先に四国屋へ行こう」

リョウは階段を数歩下りて壁に耳をつけた後、上へ戻ってくると言った。

「まだ、中にいるな。十五人ほどだ。やはりこの地下道は外へ通じているらしいな。走っていく足音が聞こえる」

「へえ、リョウってやっぱり耳がいいのだな」

沖田が口を挟む。リョウは沖田のほうを見て、ちょっと眉を上げた。

「せいぜい気をつけな。この地下道の出口のだいたいの方角はわかった。俺は四国屋へ行くぜ」

リョウはさっと踵を返した。

「リョウ」

リョウの背に沖田が声をかけた。

「ユキが無茶をしないよう気をつけていてくれ」

リョウはひょいと肩を上げてみせた。

「沖田、お前にわざわざ言われるまでもないぜ」

そう言って、リョウは走り去っていった。


階段を下りきると、暗く湿った空気が頬に当たった。地下は人一人が縦列してやっと通れる幅だが、天井は高く上背のある沖田でも余裕で通れた。地下道を小走りで進みながら、土方は沖田に話しかけた。

「こんな長い地下道を作るなんて、出雲の奴らもご苦労なことだな」

「ずいぶん前から計画していたのでしょうね。この道、どこに通じているのですかね？　さっき倒した男がつぶやいていた四国屋でしょうか」

「四国屋は長州の奴らの溜まり場だぞ。どうも気に入らねえな」

そこに沖田の後ろを走っている斎藤が口を出した。

「あやつらが京を焼野原にするつもりなら、長州と組むこともおかしくないのでは？」

「おい、ちょっと待て」

土方の指示に皆止まった。

「聞こえるな」

「はい。けっこうな人数ですね」

「全員、黙れ。口を閉じろ」

土方は皆に指示しつつ、なるべく音を立てないように走っていった。

すぐに集団の物音がした。彼らは土方達に気づいて振り返った。ひときわ背が高い男が土方の前に出た。

「誰だか知らんが、邪魔するな」

「俺達は会津藩預かり、新選組だ。お前達、出雲の者か？　問い質したいことがある。だが、まず教えてもらおうか、この道の出口はどこに通じている？」

「邪魔するなといったはずだ」

背の高い男は更に一歩前に出た。それに応じて、土方も前に一歩出た。

「そっちこそ、聞こえなかったか。出口はどこに通じているか、聞いている」

背の高い男は土方の問いは無視して、後ろの者達に命じた。

「先を急げ。止まるな」

男達はその声に走り始めた。

「あ、おい！」

沖田達が後を追おうとするが、背の高い男が立ちはだかった。人一人がやっと通れる幅の地下道だ。睨み合いになった。

「おい、どけ。どかないなら怪我することになるぜ」

土方が脇差を抜いた。

「お前達こそ邪魔をするな。お前達壬生の者には関係ないことだ」

背の高い男が言葉を返した。

「それが関係あるのさ。俺達の任務は京の地の治安を守ることなんでね。こんな怪しい地下道作っているあんたらには聞きたいことが山ほどあるのさ」

「話しても無駄のようだな」

背の高い男は腰の刀を抜いた。通常の日本刀よりも長く青黒い。土方達も一斉に脇差を抜いた。この狭い空間では通常の刀ではそこかしこにぶつかってしまう。短い脇差のほうが有利だ。

背の高い男は刀を抜いたまま、じっと土方の目を見ていた。土方は脇差を構えつつ、男との距離を詰めた。

「おい、お前一人で俺達の相手をするつもりか？　俺達には勝てないぞ」

「関係ない。お前達を通すわけにはいかない」

そう言って男は刀を構えつつ、帯の間から細長い物を取り出した。

「おい、お前……」

土方が制する間もなく、男はその細長い物の端を歯で噛み切って、地面に投げつけた。途端に眩しい光が土方達の目を射る。

「伏せろ！」

土方は仲間にそう叫んだ後、自分も地面に伏せた。ばちばちと岩肌に何かが当たって砕ける音がして、焦げ臭いにおいがしてきた。目を覆いながら、土方達は後ずさりした。

しばらくして眩しい光が消えてから土方達が身を起こした時には、背の高い男は逃げ去っていた。

「しまった。しかし、何だ、今の光は」

「花火のようなものらしいですね。火薬の臭いがする」

斎藤が地面に落ちていた細長いものを拾い上げて土方の問いに答えた。

「あの男、花火をこんな狭い所で上げたのですか⁉　無茶だなあ」

沖田が煤と土で顔を真っ黒にして声を上げた。

「まったくだ。とにかくあの男を追う！」

言い終わる前に土方は走り出していた。沖田達もその後を追う。

しばらく走ると、道が上りになり、そのまま駆けあがると、階段になり、地上に出た。

「井戸の中ってわけか」

土方は警戒しながら井戸の外へ出た。どこかの神社の中らしい。

「いつのまに、こんな抜け道を作ったのでしょうね」

沖田は真っ黒になった顔を手で拭いながら井戸の外へ出た。

「ここは……どこだ？」

斎藤も周囲を警戒しつつ外へ出た。

「三条あたりか……。あいつらの気配がないな。取り逃がしたか」

土方が悔しそうに眉を寄せる。

「あいつら四国屋って言っていたから、四国屋に集まっているかもしれない。行ってみましょうよ」

沖田の意見に、土方が同意しようとした時、斎藤が土方に話しかけた。

「土方さん、四国屋に彼らが集まっているかどうかわかりませんが、念のため、会津藩に知らせておいたほうがいいでしょう。私が黒谷へ行ってきます」

「おう、一、頼むぞ」

「はい」

斎藤は土方達から離れて走り出した。

二条から三条へ下り、賀茂川の向こうの四国屋へ回ろうとリョウは走っていた。ユキは必死にリョウに付いてくるが、ユキを連れていてはリョウは全速を出せない。ユキをどこかに身を隠させようと振り返った時、彼女の様子がおかしいことに驚いた。ユキが目を大きく見開いて、通りの旅籠を見上げている。体が小刻みに震えている。

「おい、ユキ、お前どうしたんだ?」

リョウがユキに問いかけると、ユキはリョウのほうを恐怖に満ちた目で見て、何かを話そうとするが、言葉が出てこない様子だった。

「おい、ユキ! どうした! しっかりしろ!」

リョウがユキの両肩を揺さぶる。

「あの、あの、この旅籠……」

ユキはやっとという様子で言葉を絞り出した。

「ああ、池田屋か? ここがどうした?」

「あの、私、夢に見たの、この旅籠のこと。池田屋のことだったなんてわからなかった。でも、この壁の様子、間違いない。この壁の黒いしみ。この板張りの感じ。それから……」

ユキは話しながら、池田屋の表のほうを覗いた。

「それから、あの表の入口の様子。夢の中に出てきた家だわ……」

「夢ってお前の先夢か？」

「うん、私が幾度か見た夢の中で……沖田さんが血だらけで倒れる夢……沖田さんだけじゃなくて、沖田さん達の仲間が大勢倒れている夢……」

ユキは夢の内容を思い出して身震いした。

「リョウ、池田屋に沖田さんが行けば大変なことになるわ、きっと。何とかして止めないと！」

ユキは半狂乱になってリョウにまくしたてた。リョウはそんなユキの肩をもう一度揺さぶった。

「ユキ、ちょっと落ち着け！　大きな声を出すと、出雲の奴らに見つかる」

ユキは息を荒くして、リョウを見た。

「でも、リョウ、私、自分のせいで、沖田さん達を死なせてしまうかもしれない、この池田屋で！」

「おい、ユキ。それは夢だ。お前が見た夢の話だ。確かに先夢かもしれない。でも、お前は、もう先夢なんぞに頼らない、信じないって決めただろう？」

「でも、でも、リョウ……あんなにはっきりこの池田屋が夢に出てきて……それに何度も何度も出てきて……あれは先夢だと思うわ」

「ユキ、とにかく落ち着け！」

　リョウはユキの両肩をぽんぽんと叩いた。

「ユキ、お前の夢に出てきたのは、この池田屋で間違いないのか」

「うん。間違いない」

「お前の夢の中では、その池田屋で沖田が倒れたのだな」

「そうなの、リョウ、沖田さんが血だらけになって、倒れていた。他の人達も……」

「そうか。しかしな、それはお前の夢だ」

「でも、リョウ、それはただの夢ではなくて……」

「ユキ。先夢が不確かなものだと自分で言っていたろう。お前が先夢を見た時点で、お前はその中身を変えることができる。お前が夢の話を沖田にしたいならすればいい。しかし、どうするか決めるのは沖田だ。お前の夢が決めることじゃない」

「リョウ……」

「俺はな、サエキの先夢を信じなくなった。なぜか、わかるか？　先夢が本当だろうが嘘だろうが、その夢が見られた時点で、俺達はな、何かをしようと思う。そのまま受け止めて、定めのまま流されていこうなんて思わない。そうやって行動することが大事ではないのか。定めだろうが、先夢だろうが、俺はそのまま受け入れるつもりはねえ。ユキ、お前は先夢だからってそのまま受け入れるのか？　お前はサエキと同じになろうっていうのか？」

「そんなことない！」

「サエキは、帝と八瀬に関することだけ、先夢の中身を変えようと動いた。あいつは他のことに関しては、定めのまま受け入れろと強いてきた。だがな、俺は、俺達は、変えようと動けるはずだ」

「リョウ……」

「定めなんてものは初めからない。先夢は嘘っぱちなのさ。俺達の先はどんどん変わっていく。お前の見たものが単なる夢だろうが、先夢だろうが、惑わされるな。この先どうするか決めるのは夢じゃない。俺達自身だ」

ユキはリョウの言葉を受けとめるように黙った。


定めのまま流されていこうなんて思わない。

行動することが大事ではないのか。

俺達は変えようと動ける。

俺達の先は変わっていく。

決めるのは夢じゃない。俺達自身だ。

リョウの言葉を心の中で繰り返して、ユキは大きく息を吐いた。

（そうだ。先夢は確かに何かを私達に教えようとしているのかもしれない。でも、私達は先夢をそのまま受け入れる必要はないのだ。先夢を見たからといって諦める必要なんてない。私達は先夢の中身を変えるために動くことができる。だからこそ、私は沖田さん達と一緒に出雲の企みを止めようとしているのだ。先夢の通りにさせないために）

ユキは顔を上げて、リョウの目を見た。

「ごめんなさい、リョウ。取り乱して。そうだね、リョウの言う通り。私達次第だよね。私の見た夢が先夢だったとしても、私達は先夢の中身を変えることができるのよね。私、沖田さん達に相談したせいで新選組の人達をこの闘いに巻き込んでしまって、そのせいで沖田さんが命を落とすことになったらって、恐ろしくなってしまって……」

「ユキ。沖田はな、定めとかお前の先夢の前に、毎日斬り合いしているのだ。斬られて死ぬことだってあるだろうよ」

「そんな、リョウ……」

「つまりは沖田次第ってことだよ。お前がどうのこうのというよりも、沖田の命は沖田次第ってことさ。お前の先夢があいつを殺すわけじゃない」

「うん……」

「とにかく、お前の夢が先夢かどうかはさておき、この池田屋がそれほど気になるならちょいと様子を見てくるか」

そう言った直後、リョウは顔をしかめて、耳を手で押さえた。

「どうしたの？　リョウ」

「音がする。耳障りな」

「リョウ、大丈夫？　リョウは千里耳だから、いろいろな音が聞こえちゃうのね」

「ああ、大丈夫だが、どうも気に障るな。この音、どんどん大きく響いてくる」

八瀬の里に忍び入った時にサエキの屋敷から聞こえてきた音と似ている。リョウは手で耳をぱんぱんと叩いた。

「とにかく、お前はここの路地裏に隠れていろ。俺は屋根の上から様子を探ってくる。一人で大丈夫か？」

「うん、大丈夫だよ。リョウ、気をつけてね」

「気をつけるのはお前のほうだよ、ユキ」

リョウは苦笑して、屋根の上に飛び乗った。

池田屋の屋根の上から中の様子を探ろうとリョウは屋根に耳をつけたが、海鳴りのような音が細かく響いていて、屋内の音が聞き取りにくかった。それでも我慢して中の様子をうかがうと、女の声が聞こえた。女の声の他に、ざわざわという大勢の男の声も聞こえた。

「これから二条へ、三人ずつ組になって向かう。二条にはその先を案内する者がいるから、その男の指示に従うのだ。各々が火付けをする場所を指示する。あと半時でここを出る。それまでは好きな物を食するがよい。しかし酒は控えるのだ。事が終わった後、好きなだけ飲ませてやる。褒美もたっぷり与えるぞ」

女の声が響いてくる。リョウは中の連中が京に火つけしようという出雲の企みを実行する輩だと確信した。

(四国屋ではなかったか。しかし、このいらいらする音はどこから来るのだ？　青銅板か？こいつらは皆青銅板を懐かどこかに入れられているはずだ。青銅板が多く集まるとこれだけの振動音を出すのか？)

その時、リョウの耳が男の声を捉えた。屋根に再び耳をつける。

「さより、壬生の奴らは撒いたが、八瀬の守門が動き出しているらしい。計画を早めたほうがよいだろう」

「滋比古様、でもまだ人数がすべて揃いませんが」

「克比古の一派は待っていられない。今すぐ動いたほうがよい」

「大丈夫でしょうか……」

「この連中は武比古様の命のままに動くこと、すなわち京に火をつけ混乱を引き起こすことで、心をいっぱいにされている。それが、こいつらの好きな攘夷とやらを敢行することだと思い込まされている。我ら出雲の者が命じれば、多少時間を早めようと大丈夫だ。それに……」

「何か、ご心配なことが？」

「ああ……武比古様のお体のことだ。これだけの人数を数日にわたって青銅板で操るには、相当の力を使う。武比古様のご負担を和らげるためにも、なるべく早く決行したほうがよいだろう」

「わかりました。では、ただちに」

「うむ。急ごう。さより、お前に浪人達の半分を任せる。鴨川に沿って、二条まで行け。蛤（はまぐり）御門（ごもん）の前から火つけを始めるのだ。それから細花火を数本持っていけ。守門が現れるかもしれん。細花火の色の意味はわかっているな？」

「はい。大丈夫です」

「私は残りの浪人達を連れて、一条まで行く。十分注意を払えよ、さより」

「はい。滋比古様もお気をつけて」

さよりは十五人ほどの浪人達を引き連れ、池田屋の勝手口から河原へ出ていった。

屋根の上で中の会話を聞いていたリョウは舌打ちした。

(まずいな、壬生の奴らに四国屋ではなく池田屋に来るよう伝えなければ)

リョウはユキを四国屋まで走らせ、土方達を池田屋へ連れてきたほうがいいと考えた。地面に滑り下りて、茂みに隠れていたユキを呼んだ。

「ユキ、出雲の奴らは池田屋にいる。四国屋は囮だ。壬生の奴らにそれを知らせろ。さよりとかいう出雲の女が浪人達を連れて蛤御門へ、残りの奴らは滋比古という男が率いて一条へ連れていこうとしている。火付けをするためだ。あいつら、出雲にいる武比古という奴と連携している。浪人どもを操っているのは武比古らしい。俺はここを見張っているから、お前四国屋へ行ってこのことを土方に知らせろ。四国屋は三条大橋を渡ってすぐ右へ曲がった大きな旅籠だ。すぐわかる。走れるか？」

「うん！　死ぬ気で走るよ！」

「死んでもらったら困るよ」

リョウは苦笑した。

　ユキは四国屋まで精いっぱい駆けた。そして四国屋を警戒していた土方に、リョウの話を告げた。

「しかし、四国屋を放っておいていいものかどうか……」

　土方が考えているところに、斎藤が近づいてきて言った。

「土方さん、二手に分かれましょう。近藤さん達にも知らせて人数を増やしましょう。会津藩には知らせました。私がもう一度行って会津に四国屋だけでなく、池田屋にも兵を送るよう伝えてきましょう。その前に壬生に寄って近藤さんに知らせます」

　そこに沖田が割って入った。

「いや、近藤さんには俺が知らせにいくよ。一は会津のほうへ行ってくれ。黒谷に回ってから壬生では遠回りになるだろう。俺が近藤さんに知らせた後、一緒に池田屋へ向かう」

「よし、わかった」

　土方がうなずき、ユキのほうへ向いた。

「ご苦労だった、ユキ。お前、もうここまでで十分だ。どこかに隠れていろ」

「いえ、土方さん、私も池田屋へ戻ります。リョウがいますし」

「わかった。ユキ、しかし、無茶なことはしないでくれよ。沖田と一緒に行け」

「はい！」

沖田はユキの顔をじっと見た。ユキの瞳には決意が溢れていた。彼女も必死なのだ。沖田はユキに向けて一度うなずいた。ユキはそれを見て、ほっとしたように微笑んだ。

「よし、行くぞ」

土方の言葉で、皆が動き出した。

池田屋まで駆けた沖田は、そこでユキをリョウに任せて壬生まで走っていった。壬生で待機していた近藤に話を伝え、残っていた仲間を引き連れて池田屋へ戻ってきた。

「どうだ?」

沖田がリョウに様子を聞く。

「あいつら池田屋にまだいるが、何人かは出雲の女に連れられて既に池田屋を出た。俺はそっちを追う。お前達は池田屋の残りの奴らを頼むぜ」

「よし、わかった」

近藤達が池田屋の中に入って、大声で宿内を改めることを告げているのを聞いたところで、リョウはその場を離れた。ユキに池田屋から離れて隠れていろと言い、小走りに裏路地を抜けていった。

そのうち、四国屋には今夜怪しい動きがないとはっきりした土方達が、池田屋に駆けつけ、近藤達に加勢した。

いつのまにか、池田屋の周りは遠巻きにした京の町の人々が集まっていた。池田屋からは大勢の人々が駆け回る音や、悲鳴のような声、罵声、さまざまな音が聞こえてきていた。

ユキは不安を必死で抑えて、裏路地から池田屋を見つめていた。

（沖田さんは大丈夫だろうか……）

ユキは胸の前で両手を握り締めていた。

池田屋の中では、浪人達と新選組の戦闘が行われていた。なるべく浪人達を生け捕りにしたい近藤達は、急所を外したり、峰打ちにしたりして浪人達を倒し、懐や帯の間から青銅板を取り出すという作業を続けていた。青銅板を取り去ると、魂が抜けたように浪人達は意識を失い、倒れ込んだ。しかし、青銅板を外すまでは、自分の命をまったく顧みずやたらと剣を振り回して新選組に向かってくる。峰打ちにする余裕がなくなり、斬り倒さざるを得なくなることもたびたびだった。土方達が戦いに加わってからは、ますます剣の交わし合いが激しくなった。先に突入した近藤と沖田達は二階で、後から加わった土方達は一階で、浪士達と剣を交わしていた。池田屋の中は血の匂いに満ちていった。

新選組の中でも剣の腕が最も優れている沖田が、やはり最も多く浪士達を倒していた。二階で、あちこちの柱を盾にもう十人以上の浪士達と斬り結び、相手を倒しては青銅板をその身から取り外すことを続けていた。刀の柄が汗と血でじっとりとして、滑ってくる。沖田は懐から手拭いを取り出して柄を拭った。その時、ひゅっと音を立てて何かが飛んでくる気配を捉えた沖田は、横に身を倒した。沖田がいた場所の柱に短い刀が刺さった。剣ではない。薄く青黒い色をした刃物だった。更に二つ目の刀が飛んできた。沖田は自分の刀でそれを弾き飛ばした。刀が飛んできたほうを睨むと、障子の向こうに背の高い影が映っていた。沖田はその影へ向かって、素早く剣を突き出した。障子の向こうの体にぐっと刺さった感触があった。すぐに、二度目、三度目の突きを繰り出した。障子の向こうで男が膝をついた。沖田は障子を斜めに上から刀で切り裂いた。

障子の向こうには、長い髪を後ろで結んだ上背のある男が膝をついていた。下鴨の屋敷から続いた地下道で、自分達の行く手を阻んだ男だと沖田は気づいた。

「お前、出雲の者か？　もう諦めろ。その傷ではお前はもう戦えん」

「新選組の沖田総司か。やはり、お前が一番強いという話は本当だったな。お前にずいぶん浪人達が斬られてしまった。お前を早く除いておくべきだったな……」

「出雲のことはいろいろ聞いている。ここの浪人達はお前らに青銅板で操られていたのだろう？　ひどいことをしやがる」

「ひどい？　何を言う。あいつらはもともと京で食い詰めていた。尊王攘夷などと威勢よく言うのはいいが、結局は何をしたらいいかもわかっておらん連中さ。我らはあいつらに目的を与えてやったのだ」

そう言いつつ、滋比古はもう身を起こしてはいられず、床に身を横たえた。仰向けになって目を閉じる。

沖田は滋比古の命がもう残り少ないと見て、他の部屋の浪人達の相手をしようと滋比古から遠ざかろうとした。まだ戦いはそこかしこで続いているのだ。

沖田が滋比古に背を向けた瞬間、滋比古は懐から短い青銅剣を取り出した。気配を察して、それをよけようと身をよじった沖田だったが、かわしきれず青銅剣は沖田の胸を横に切り裂いた。

「ちっ！」

沖田は顔を顰めたが、傷は浅いものだった。着物ごと横に切り裂かれたが、傷はすっと一本線が入った程度で、大した痛みも感じなかった。

「すまんな、沖田……お前が剣を振るい続けると、我らの企ての邪魔になる……」

滋比古が絞り出すようにして言って、長い息を一つ吐き目を閉じた。

「謝るくらいなら、こういうことするなよ。ふざけた奴だな」

「……」

滋比古はもう沖田に答えなかった。その身も動かなかった。沖田は動かない滋比古を睨みつつ、今度は彼に背を向けずに刀を彼に向かって構えながら遠ざかった。しかし、滋比古はもうぴくりとも動かなかった。

沖田は他の部屋の浪人達に対峙しようと廊下に出たが、その時、胸がかっと熱くなって、眩暈が襲ってきた。思わず壁に背をつけ、息を整えようとした。

夏の真っ盛りだ。しかも、血の匂いが充満している。浪人達と新選組の仲間でこの旅籠の中に今数十人の男達が動き回っている。沖田の体中から汗が噴きだしていた。

（この暑さだ。眩暈もするか……）

そう思った瞬間、沖田は喉元を突き上げるように不快さに襲われ、思わず上半身を折り曲げた。ぐわっと、喉に詰まっていたものを吐き出す。吐き出したものは真っ赤だった。

（血か?）

次の瞬間、再び喉を覆い尽くすようなものが上がってきて、血の塊を吐き出した。

（何だ?）

沖田は訳がわからず、そのままずるずると背を壁につけたまま床に崩れた。目が回って、焦点が定まらない。その沖田に向かって、一人の浪人が襲いかかってきた。沖田は座ったまま、剣を横ざまにはらったが、浪人はそれを避け再び襲ってきた。沖田は剣をまっすぐ突き出そうとしたが、その前に浪人の動きは止まり床に倒れた。

浪人を倒したのはリョウだった。

「お前、どうした？」

リョウが沖田に近寄ってきた。

「何でもない。さっき出雲の奴に小刀を投げつけられて、かわしきれずちょいと斬られちまった。だが浅手だ」

リョウは沖田の胸の傷を検（あらた）めた。

「その小刀はどこにある？」

「あっちの部屋だ。出雲の男もくたばっているはずだ」

「ちょっと待っていろ」

リョウは沖田が指差した部屋に入り、そこに倒れている滋比古を見つけた。既に息絶えているようだった。その部屋を探すと、近くに青銅の小刀が落ちていた。リョウはそれを拾い上げ、じっと見つめた。それを持って沖田の所に戻る。

「おい、沖田、お前、出雲の青銅剣に斬られたな」

「ああ、だが、浅手だ。大したことない」

「青銅剣を投げたのは出雲の滋比古という男だ。どうやら、何か仕掛けがあったらしい。お前の胸の傷、青黒く光っている」

「俺の傷が？」

沖田は自分の傷を見ようとしたが、自分ではよく見えない。

「俺も出雲の青銅呪術の全てがわかっているわけではないが、その傷、どうやら、普通の傷ではないぞ。沖田、お前、血を吐いたな？」

「ああ、今な。暑さにやられたらしい」

「暑さではないかもしれんぞ。この青銅剣のせいかもしれん」

「青銅剣の？」

「とにかくお前、ここから出たほうがいい。体が弱っているだろう」

「たいしたことはない」

「馬鹿言うな。目がかすんでいたろう、さっき」

「俺は新選組一番の剣士だぞ。戦いから離脱するわけがないだろう」

そう言った直後、沖田は再び口から大量の血を吐き出して、前へ突っ伏した。

「ちっ、だから言っただろう」

リョウは倒れ込んだ沖田を抱え起こした。沖田は半分意識を失っている。

（まずいな。滋比古の奴、何を青銅剣に仕込んだのだ……）

リョウは沖田を背負うと、窓の所へ連れていった。その間にもいつ浪人達が襲ってくるかわからない。リョウは周囲を警戒しつつ、窓際へ移動した。

あちこちで呻き声や怒鳴り声が聞こえている。廊下を走り回る音や剣と剣がぶつかる金属音も響いている。まだまだ池田屋のそこかしこで戦闘が続いているのだ。

「おい、沖田」

リョウは沖田に声をかけたが返事がなかった。完全に意識を失ったらしい。リョウは沖田を背負うと二階から飛び降りた。上背のある沖田を背負っての跳躍だ。いくら身軽なリョウとはいえ、地面に着いた時には腰と足にかなりの衝撃を感じた。

「ちっ……」

痛みをこらえて、沖田を背負ったまま池田屋を離れ裏路地に移動した。沖田を路地脇の樹木の茂みの中に隠すように横たえた。沖田の胸の傷を検めると、横一文字に薄く刻まれた切傷だった。ごく浅手に見えるが、その傷が青黒く光っているのが異様だった。

（やはり、出雲の青銅呪術だな。滋比古の奴、何を仕組んだのか……）

リョウは、沖田が血を吐くというユキの先夢を思い出した。しかし、すぐに思い返した。

（いや、これは違う。ユキの先夢とは関係ないことだ。とにかく今は出雲の奴らを何とかしな

いと。さよりとかいう出雲の女のほうはどうなったか）

リョウは沖田を任せようと、ユキを探しに表通りに走った。

（あいつのことだ、池田屋の近くにいるはずだ）

表通りに出てすぐにユキは見つかった。池田屋を遠巻きにしている物見高い京の町の人々に交じって、必死の形相で池田屋を見ていた。リョウはユキに後ろから近づき、驚くユキに黙ってついてくるよう合図した。

「リョウ、どうしていたの？　無事でよかった。他の人達は……」

「俺は大丈夫だ。それより、沖田だ」

「沖田さん？　沖田さんに何かあったの！？」

リョウは慌てるユキを沖田の所に連れていった。

「沖田さん！」

血だらけで横たわる沖田を見て、ユキは恐怖に顔を歪めて彼の身にすがった。

「出雲の青銅剣にやられた。出雲の奴に斬られたのだが、何か青銅剣に仕込んでいたらしい。傷は浅手だが、青銅呪術のせいか青黒くなっているだろう。そのせいで血を吐いたらしい」

「血を？　青銅呪術で？」

「俺もよくはわからん。出雲の奴か、サエキだろうな、この仕込みがわかるのは。お前、沖田についていてやれ。とりあえずその傷に血止めの薬を塗って、この水を飲ませておけ。俺は出雲の女の後を追って蛤御門へ向かう。まだ出雲の奴らはあちこちにいるかもしれない。気をつけろよ」

リョウは小さな木の箱と竹筒をユキに手渡した。

「う、うん、リョウ、わかった」

意識を失った沖田を前にして動揺したユキだが、今は出雲と対峙しなくてはならないとわかっている。リョウを見送るしかない。

ユキは沖田の傷口の血を手拭いで丁寧に拭き取り、リョウからもらった木の箱に入っていた血止めの薬を塗った。もう青黒い光は消えていた。確かに傷は浅手だった。皮膚一枚を切り裂いたに過ぎない。血を吐くような深手ではない。ユキは沖田の顔の血も手拭いで拭き取った。

「う……」

沖田が絞り出すような声を上げて、目をゆっくりと開けた。

「沖田さん！」

「ユキ？　俺、どうして……」

「沖田さん、出雲の者に斬られてリョウがここまで運んだのです」

「ここは……」

「池田屋の裏の路地です」

沖田はそこまで聞いて身を起こそうとした。

「沖田さん、だめです、少し休んでいないと。出雲の青銅剣に斬られたのです。その傷は見た目以上かもしれません。じっとしていないと……」

「池田屋に戻らないと。皆がまだ戦っている……」

しかし言葉の途中で沖田は血を吐いて、つっぷしてしまった。

「沖田さん！」

ユキは驚き、沖田の体を支えようとした。沖田はぐったりとして、気を失っているようだ。呼んでも応えなかった。ユキは沖田をゆっくりと地面に横たえて、沖田が吐いた血を手拭いでできるだけ拭き取った。沖田は息をしてはいるが、目を閉じたままだ。

（こんなに血を吐くのは、リョウの言っていた青銅呪術のせいなの？　私が見た夢はやっぱり先夢だったの？　私、沖田さんに先夢のことを話して止めるべきだったの？　どうしたら、沖田さんの傷を治せるの？）

心の中に暴風が吹き荒れるように、さまざまな疑問が浮かんできてユキをさいなんだ。先夢など信じない。

夢は夢でしかない。

でも、こうして、血を吐いて倒れている沖田を前にするとユキの気持ちは乱れて、先ほどの信念など崩れ去ってしまうような気がした。

（どうしたら……どうしたらいいの）

ユキは気を失ったままの沖田の顔を見つめながら、心がぐるぐると回って、方向性を失っていた。

池田屋のほうからは、まだ男達の大声と、剣と剣がぶつかり合う音、大勢の人間が走り回る音が聞こえていた。

リョウは出雲の者を追って蛤御門のほうへ行くと言っていた。出雲との戦いは続いているのだ。京を火の海にすることは避けられるだろうか。しかし、ユキは沖田を一人ここに残しておくことはできなかった。

（リョウは沖田さんの傷は青銅呪術だと言っていた。それで血を吐いたと。青銅呪術の解き方は、私にはわからない。サエキ様なら、わかるだろうか）

「総司！　総司！　どこにいる！」

しばらく沖田の横に付き添っていたユキだが、沖田を大声で呼ぶのが聞こえてきた。

（土方さんだ）

「総司！」

池田屋に沖田の姿がないので、土方は沖田を探しているのだろう。土方の声から必死さが伝わってくる。ユキは少し躊躇したが、土方に沖田がここにいることを知らせるべきだと思い、池田屋のほうへ駆けた。

池田屋の裏の勝手口から土方が出てきて、刀を構えながら、裏庭を回っているところだった。

「土方さん！」

「ん、ユキ⁉　お前、どうしたのだ？」

「土方さん、沖田さんはこっちです」

「何？　お前、総司がどこにいるのか知っているのか？」

「はい、沖田さん、怪我をしているのです。こっちへ来てください」

「なにっ！」

ユキは土方の袖を引っ張るようにして、裏路地に横たわっている沖田の所へ連れていった。

血の気を失って横になっている沖田を見て土方は一瞬体が硬直したが、すぐに沖田の体にすがった。

「総司！　おい、しっかりしろ、総司！」

「土方さん、沖田さん、血を吐いて……。あまり体を揺すらないほうがいいと思います」

「血を吐いた？　誰にやられた？　総司は斬られたのか？」

ユキが沖田の胸の傷に巻いた手拭いを見て、土方がユキに聞いた。土方の目は斜めに吊り上がって、恐ろしい形相になっていた。

「私はその場にいなかったのですが、リョウが見ていたということで、リョウが沖田さんをここまで助け出したのです。出雲の青銅剣で胸を斬られて、その後血を吐いたと聞きました。先ほども私が傷の手当てをしている間にまた血を吐きました。それで気を失ったようです」

「出雲の奴に……。総司を倒すような腕前の奴がいるのか」

「いえ、胸の傷は浅いです。ただ、傷が青黒く光っていて、リョウは出雲の青銅呪術のせいではないかと」

「青銅呪術……」

土方はそうつぶやいて、手拭いをほどき沖田の胸の傷を見た。

沖田の胸の傷は確かに浅いもので、出血も既に止まっていた。青黒い光ももう消えていた。

「この傷が出雲の奴が青銅呪術でやったっていうのか？」

「はい、リョウはそう言っていました。傷が青黒く光っていましたから。それが青銅呪術だったら、どうやって解くのか……。私にはわからないのですが、出雲か八瀬の巫女ならば、わかるかもしれないです」

しかし、ユキの言葉を土方は最後まで聞かずに、沖田の胸の傷に顔を伏せた。

「土方さん⁉」

土方は沖田の胸の傷に口を付けて、滲み出している血を吸い込んだ。一口吸って、外にぺっと血を吐き出し、再度口を付けて、吐き出すことを繰り返した。沖田の傷口の血や、青銅呪術から放たれたかもしれない毒を自分の口で吸い取り、外に吐き出していった。

「土方さん……」

必死に沖田の傷から血や毒を吸い出そうとする土方の姿は鬼気迫るものがあり、ユキは圧倒されてただ土方の行動を見ているしかなかった。

「う……」

しばらくして沖田が声を上げて、目をゆっくりと開いた。

「総司？」

「ひじ…かた……さん？」

「総司、気が付いたか！」

「土方さん、何しているのです……どうしてここに？　…あ、っつ……」

「おい、大丈夫か？　痛むか？」

土方は身を起こそうとする沖田の背を腕で支えた。口の周りに血をつけている土方を見て、沖田が言った。

「土方さん……今、俺の腹を食っていたのですか？　口の周りが血だらけだ」

「なっ、馬鹿野郎！　食ってねえ！」

土方が慌てて口を手で拭う。

「ふっ……冗談ですよ。傷を手当てしてくれていたのですよね……」

沖田は苦しげに、それでも少し笑みを浮かべて、土方を見た。

「ったく、馬鹿野郎」

土方はそう言って、沖田をその両腕でしっかりと抱き締めた。

「馬鹿野郎だよ、お前は。心配させやがって……」

「土方さん……」

沖田を抱き締めながら、土方の両肩は小刻みに震えていた。

沖田は土方に抱かれるままその肩に顔を寄せていたが、しばらくして、ユキに気づいた。

「ユキ……」

沖田の声に、土方は慌てたように体を彼から離して言った。

「おう、ユキ坊が俺をお前の所まで連れてきてくれた」

「沖田さん……血は止まったようですね……」

ユキは遠慮がちに声をかけた。

「ああ、土方さんが全部血を吸い取ってくれたみたいだ」

「馬鹿言うな。ユキ、沖田をここから運び出す。こいつを背負って……」

「土方さん、俺はまだ戦いますよ」

「馬鹿野郎、お前はその傷を治すのが先決だよ。第一、池田屋の闘いは大方片がついた。まともに動ける浪人どもはもういない。とにかくお前をここから運び出すからな」

土方は手拭いを再び沖田の胸の傷を覆うように巻きつけた。

「冗談はやめてくださいよ。俺は戦えますよ……」

そう言って立ち上がろうとした沖田だったが、すぐにまた血を吐き地面に倒れこんだ。

「沖田さん！」

「総司！　だから言っただろう！　ユキ、こいつを運ぶ戸板を持ってくるから、こいつを見ていてくれ。すぐに戻る」

土方はそう言って走り去っていった。

土方の背を見送って、ユキは沖田の傍に寄り、その背を支えた。

「沖田さん、傷が痛みますか？」

「いや、そんなでもないよ。平気さ。土方さんに背負われたくないね。みっともない」

そう言いながらも、沖田はぜえぜえと荒い息をしていた。

「沖田さん、たくさん血を吐いています。無理しては……」

「馬鹿言わないでくれよ。傷のほうは何ともないよ。血を吐いたのは、池田屋の中が暑くてのぼせたのさ」

沖田はそう言って刀を地面に刺して、立ち上がろうとした。しかし、足腰に力が入らないようだ。地面に刺した剣の先がぐっと地中に食い込んだ。思わずユキは沖田の背中を支えた。

「沖田さん……」

ユキは意を決し、沖田に自分が見た夢のことを告げることにした。

「沖田さん、聞いてください。私、夢を見たのです、沖田さんの」

「夢？　先夢ってこと？」

「わかりません。でも、幾度も同じ内容を見ました。沖田さんが池田屋で……たくさんの人達に囲まれていて……」

「それで、俺が死んだりするわけ？」

「血を吐いていました……あの、気を悪くしないでください。単なる夢かもしれません。でも幾度も見たものですから、気になって……。私は先夢をむやみに信じないって決めました。私が夢に見たからといって本当にそうなるとは思っていません。だから夢のことは黙っていようと思っていました。でも、沖田さんが本当に血を吐きましたし、やっぱりあれは先夢で何かを暗示しているのかもしれません。土方さんが戻ってくるまで、待っていたほうがいいと思うのです」

「ユキ。心配してくれるのはありがたいけど、それは余計な心配だよ」

「でも、あんなに血を吐いて……」

「ユキ。君は、先夢はもう信じきれない、むやみに信じるべきものではないと言ったよね？それは俺についての夢でも同じさ。君のその夢は何かを暗示しているのかもしれない。あるいは暗示していないのかもしれない。でも、夢は夢でしかない。先のことは誰にもわからない」

「それはそうだと思うのですが……」

「それに、俺はね、誰かが見た夢に、自分の生きていく先を左右されるなんて嫌だね」

「ごめんなさい、沖田さん、私、沖田さんを左右するとか、そういうつもりはなくて……」

「わかっている。俺のことを心配してくれてのことだとわかっているよ。でも、俺は俺がやるべきことをやるし、俺が生きたいように生きる」

沖田の言葉は力強かった。それ以上何も言えず、うつむくユキの肩に、沖田はそっと左腕を回した。

「ユキ、そんなに何回も俺の夢を見てくれたの？　君、俺のことが相当気になっているらしいね」

沖田はからかうように言った。

「いえ、あの、私……」

「ユキ。俺が死ぬなら斬り死にさ。血を吐いて死ぬなんて情けないだろう？　だから、君の見た夢は間違いさ。先夢でも何でもない。俺が死ぬなら剣士として戦って死ぬのさ」

「でも、沖田さん……」

ユキは沖田を止める言葉を告げようとしたが、思いとどまった。先ほどの沖田の言葉がユキの心の中に繰り返されていた。

リョウが言ったように、先夢のことを聞いても沖田は動じることはなかった。リョウや沖田の言うように、自分の見た夢が将来を告げるものかどうかなんてわからないのだと、自分に言い聞かせた。

先夢はその時はたとえ真実を告げていたとしても、人間が行動を起こしていくことでどんどん変わっていく。そう思ったからこそ、自分はサエキの告げる先夢を信じる八瀬の仲間から離れることを決意したのではないか。ユキは息を長く吐いた。

（そうだ。私達の先は、夢が決めるわけではない。私達自身が決めることだ）

その時、土方が戸板を背負って戻ってきた。

「総司、大丈夫か？　すぐ、医者の所へ連れていくから……」

「土方さん、嫌だなあ。そんなの、お断りですよ」

「しかし、お前、その体じゃ……」

「大丈夫だって言っているでしょう、俺は……」

しかし沖田の言葉は途中で途切れ、意識を失い倒れ込んでしまった。

「総司！」

「沖田さん！」

ユキは沖田の背を急いで支えた。やはり沖田の体に異変が起きている。

「土方さん、沖田さんを八瀬へ運んでください！　お願いします！」

「総司を八瀬へ？」

「はい、八瀬は昔から医術の心得があります。沖田さんの傷は普通の傷ではありません。八瀬で診たほうがいいと思います」

「よし、わかった。ユキ、頼む。総司を頼む」

ユキは沖田の青銅剣でつけられた傷は、サエキに治し方を聞いたほうがよいと思った。

（サエキ様に会わなければならない。会って、沖田さんの傷を治す方法を聞かなくては。私ができることをしなければ）

出雲のさよりを追って二条通りを上ってきたリョウは、立ち止まって地面に耳をつけた。大勢の足音が御所の蛤御門へ向かっている音が聞こえた。

（あいつら、本気で御所に火をかける気か！）

リョウは八瀬に育ち、朝廷や帝を敬うようずっと教えられてきた。八瀬の里と縁を切った今となっては、サエキの呪縛から解き放たれたように、朝廷を守らなくてはという強い義務感はない。それでも、この国において朝廷を焼き尽くそうとするなど途方もないことだとわかる。出雲はそこまで大和朝廷を憎んでいるということかと、出雲の恨みの激しさを感じた。

再び駆け出そうとしたリョウの耳が風の音を捉えた。さっとリョウが左に体をよじる。リョウの右肩をかすめるように吹き矢が飛んできた。吹き矢は地面に刺さった。すぐに次の矢が飛んでくる音を察知したリョウは、今度は右に体を回転させた。吹き矢は再び地面に刺さった。

リョウは近くの樹木の陰に体を隠した。第三の吹き矢は飛んでこなかったが、吹き矢を吹いた主の荒い息遣いをリョウの千里耳は捉えた。

（女か……）

息遣いから吹き矢を吹いたのが女とわかる。

（さよりか……）

「俺に吹き矢は当たりやしないぜ！　俺は千里耳だからな！」

リョウは声を張り上げた。池田屋で聞こえていた耳障りな海鳴りのような音が今は聞こえなかった。

シュッと音をたててもう一本吹き矢が飛んできて、リョウの隠れている木の幹に刺さった。

「無駄だと言っただろう！　お前らの戦いは無駄だったな！　池田屋の浪人達は大方召し取られたぞ！　お前の仲間の滋比古とやらも死んだぞ。もう終わりだな！」

「我らに終わりなどこない！」

さよりの悲鳴のような答えが返ってきた。リョウはさよりを刺激して、できるだけしゃべらせようと決めた。

「終わりが来たさ！　京に火付けするなんて狂気の沙汰だ！　お前らの統領もやきがまわったってことさ！　武比古と言ったか、お前達の上役は。そいつも捕えられ、裁きを受けることになるぞ！」

「黙れ！　大和の一族などが出雲の長に手出しなどできんわ！」

「青銅板を操れるからか？　はん、そんなものあったって、お前達の一族はひ弱だからな！　武比古とやらも、刀一つまともに振り回せない野郎だろうぜ！」

「お前などに何がわかる！　出雲はもともとこの国の支配者だ！　青銅呪術はこの国の支配者たる出雲の総領家一族だけが使えるものだ！　青銅呪術を使えることこそ、王者の証だ！　八瀬の者なぞ、短い命しか持たぬくせに、生意気な！　たかだか五十、六十の年しか生きられないお前達に何がわかる！」

さよりが怒りの余り一挙にまくしたてた。

「へえ？　出雲はずいぶん長生きってことかよ？　長生きしたっていいことがあるとは限らんぞ！」

「黙れ！　出雲はこの国の歴史を支配してきたのだ！　青銅呪術があるからこそ寿命を延ばせる。お前らなど持ちえない能力だ！　まさに神の能力なのだ！」

(青銅呪術で寿命を延ばす？　それが出雲の一族の能力なのか？)

リョウはさよりの言葉に眉をしかめた。

「何が神だよ！　武比古だって、永遠に生きられるわけでもあるまい！」

「お前らに比べれば、永遠の長さだ！　八瀬の一族や大和朝廷の者など、考えもつかないくらいのな！　八瀬の長は武比古様に命を助けられて長らえているというのに、武比古様に逆らうなぞ、愚かの極み！」

「八瀬の長？　サエキのことか？」

「あの女はとっくに死んでいるはずだぞ、武比古様の助けがなければな！　それを、あの女、恩を仇で返すような真似を！」

　さよりの声が怒りで震えている。

　さよりの話はリョウには驚きだったが、しかし、それを聞いて思い当たる点が幾つもあった。

（道理でサエキが出雲には手を出すなと言っていたわけだ。出雲と八瀬の妙な繋がりは、武比古とサエキの因縁から始まったことか……）

　リョウはもう少しさよりを追い詰めてみようと思った。

「いくら寿命が長いといってもな、今更朝廷を追い出そうなんて無理な話だぜ。出雲にこの国を支配する力はないぜ！　それなのに、こんなに大騒ぎしやがって、滑稽だな！」

　リョウの耳に突進してくる足音が聞こえてきた。さよりが小刀を手にリョウに襲い掛かってきた。怒りでさよりの美しい顔が歪んでいる。

「お前の足音は丸聞こえだぜ、俺の千里耳にはな！」

　リョウはやすやすとさよりを受け流し、その手から小刀を叩き落とした。さよりの両手を背中にねじ上げ、彼女の体をうつ伏せに地面に押し付けた。

「出雲の者なら、八瀬に千里耳を持つ能力者がいると知っているだろう？　俺がそれだよ。お前の動きなんて、見えなくても、耳で全部わかるさ」

地面に顔を押し付けられて、さよりは必死に逃れようともがくが、リョウにその度に押さえ込まれてしまう。

「暴れるなよ。別にお前をどうこうしようってつもりはねえさ。お前が連れていった浪人達はどこにいる？　何をさせようとしている？　火付けか？」

「ふん、八瀬の小僧なんかに何ができる！」

「俺はもう八瀬には関係ねえよ。さっき、お前、サエキがお前らの総領に助けられたって言っていたな？　サエキはそんな話、一言も言わなかったがな。本当の話かどうかわからんな」

「あの女は嘘ばかりついているからな！　サエキはとっくに死んでいるはずの女さ！　武比古様が青銅呪術で救わなければ、今頃骨も残ってないさ！」

「サエキは八瀬の人間だぞ。青銅呪術でどうやって命を延ばせる？　サエキは出雲の一族なのか？　武比古の女か？」

「何を言う！　武比古様のお力が素晴らしいからこそ、八瀬のサエキでも助けることができたのさ。武比古様がサエキを助けたかったわけではないわ。出雲と八瀬の盟約があったからこそ、武比古様は出雲の総領としてすべきことをしただけだ！　サエキのことなぞ、何とも思っていないわ！」

「サエキは武比古の青銅呪術のおかげで生きているってことか？」

「そうさ！　あの女はもう数百年、武比古様のお情けで生きているのさ！　だから、サエキは、武比古様に逆らうことなぞできんのだ！　武比古様のご指示に全面的に従うべきなのだ！　八瀬など、武比古様のお情けで生き延びている一族なのさ！」

逆上してまくしたてるさよりを地面に押し付けながら、リョウは彼女の話から受けた衝撃を胸の底に押しつぶそうとしていた。

「サエキは……一体何者なのだ、あいつは……」

「あの女は何の力もない憐れな女さ！　あんな女、武比古様に何かあれば消えてなくなるさ！」

リョウはサエキの正体を知って動揺したが、とにかく今は浪人達の動きを止めなくてはいけないと思い直した。

「池田屋のお前達のお仲間は今頃全員捕えられたぞ。あとはお前が連れていった浪人どもだ。どこにあいつらを運んだ？　すぐに壬生の奴らも、守門も来るぞ。お前達に勝ち目はないぞ」

さよりは返事をしなかった。ただ、静かにリョウに押さえられたままになっていた。

「浪人達をどこに送りこんだ？」

リョウは重ねて聞いた。

「もう、遅い。お前らにはどうすることもできない」

さよりはそう答えて沈黙した。

「さより、もうお前達の企みは終わりだ。じたばたしないで、残りの浪人達がどこへ行ったのか言え。それを言いさえすりゃ、お前を離してやる。俺は別に八瀬の手下でも新選組の仲間でもない。いきがかり上、手を貸しているだけだ。京に火をつけるなんてことをしなけりゃ、お前達出雲の奴らが何をしようと、俺の知ったことではないのさ」

「……わかった。浪人達の行先を言おう」

「賢い判断だ」

リョウはさよりを押さえつけていた力を弱めて、背中で手を締め上げたまま、上半身を起こさせた。

「浪人達はどこへ行った?」

「あいつらは一条上小川通りの酒屋にいる」

「なるほど。そこに浪人達を集めて、火付けを始める気だったか?」

「大和の朝廷を追い出すためには、この地を火の海にするのが一番だからな。あいつらが御所とやらから出さえすれば、殺れる機会は幾らでもある」

「お前達は執念深い一族だな」

リョウはさよりを立たせて、歩くように促した。さよりはうなだれて、リョウの指示に従った。リョウはさよりを二条の表通りまで連れていくと、そのまま十数えるように言って、さよりの背から離れた。さよりは黙ってうなずいたが、リョウが手を離した瞬間、リョウの首に両腕を巻きつけた。リョウが驚いた隙に、さよりはリョウの唇を自分の唇で塞いだ。

「⁉」

リョウは突然のさよりの行為に訳がわからず一瞬動きが止まったが、すぐに彼女の行動の意味を悟った。毒だ。口移しで、さよりはリョウに毒を飲ませたのだった。

「ぐっ……お前！」

リョウは体を折り曲げ、口に指を突っ込んで飲んだ毒を吐こうとしたが、既に毒はリョウの喉と胃を焼きつくすように広がっていた。リョウの体に激痛が走る。

「青銅液丸を飲ませたのだ。お前の命はもう尽きるぞ。八瀬の小僧がいきがるからだ。武比古様を侮辱した当然の報いだ！」

さよりは苦しむリョウを見て、からからと笑い声を上げた。

「出雲の無念を、八瀬なぞがわかるか！」

さよりはそう声を上げて、走り去った。

リョウはいつも身に着けている毒消しの薬を飲んだが、青銅毒には効き目がないらしく、激痛が収まらない。意識が朦朧としてきて、その場に倒れてしまった。

「ちくしょう、女だと思って手加減してやったのに、あいつ……」

痛みはやがてひいていき、鈍いものになっていった。それにつれ、リョウの意識は薄れていった。だが完全に意識を失う前に、リョウの目はさよりが落としていったらしい細花火を捉えた。青銅液の毒で意識が朦朧としていて、体の自由が利かなかったが、リョウは力を振り絞って細花火を握り、胸元に引き寄せた。

(出雲の奴らが伝達網に使っていた花火だな。これを上げれば、ユキや沖田達が気づくかもしれない)

リョウは横たわったまま、地面に指でユキ達への伝言を刻んだ。そして、細花火の端を口で切り取り、思いっきり反対側の地面に投げつけた。

(ルリ……)

薄れていく意識の中で、リョウは再び蛍の光を見た気がした。

リョウの上げた細花火の光は、さより達の後を追っていた土方や八瀬の守門の目にとまった。

その光が上がった方向を目指して駆けた土方達は、息絶えたリョウと地面に刻まれた文字を見つけた。

一じょううえ小川のさかや　いづものかくれが

と読めた。

(リョウの奴、出雲と戦ったらしいな。しかし、ありがたい。出雲の隠れ家を書き残してくれた。リョウ、ありがとうよ。お前の伝言、決して無駄にしないぜ)

土方はリョウの動かなくなった体をぽんぽんと軽く叩いて、立ち上がった。

「よし一条の酒屋へ向かうぞ」

土方は仲間を引き連れて一条へ向かっていった。

八瀬に着いたユキは、里の様子がおかしいことにすぐ気づいた。

(空気がざわついている)

ユキは沖田を運んでくれた新選組の使いの者に、とりあえず沖田を戸板ごと自分の部屋に寝かせてくれるよう頼んで、サエキのもとへ行った。サエキの屋敷内では大勢の人間が慌てふためいている様子で、あちらこちらへ動き回っていた。ユキは顔見知りのサエキの小間使いを見つけて、声をかけた。

「マリ、何かあったの？　どうしたの、こんなに多くの人がサエキ様の屋敷に？」

声をかけられた少女は、ユキの顔を見て息を呑んだ。

「ユキさん！　今までどこにいたのですか？　いったいどうしていたのです？」

「私のことはいいから。サエキ様に何かあったの？」

「ええ、サエキ様が大変なのです！　お倒れになったまま、ご様子がおかしくて……」

「サエキ様のご様子が⁉」

「サエキ様は出雲の者に呪術をかけられて、キリ様がそれは解いたのですが、その後寝込まれて……。その後御不快が続いていたのですが、急に苦しまれて……」

「サエキ様に出雲の呪術が……いつから？」

「わ、わかりません、ユキさん、どうしましょう！　サエキ様がこのまま亡くなられるなんてことがあれば、八瀬の里はどうなるのでしょう？　ユキさん、何とかしてください！　ユキさんはサエキ様の一番のお弟子で、後を継がれるはずでしょう？」

マリが涙ながらにユキにすがってくる。

「とにかく、サエキ様に会わせて。私に何ができるかわからないけど……。でも、とにかく会わなくては」

「そ、それはもちろん！　こちらです。今長老達や里の主だった者が駆けつけてきて、サエキ様のことを見ています」

マリに案内されて、サエキの寝所に行ったユキを、寝所の隣の居間に集まっていた長老達がぎょっとしたように見た。

「お前、ユキ！　どうしたのだ、なぜ、ここにいる！　お前は守門に閉じ込められているはずでは……」

「よい。構わぬ」

長老の声を遮るように、サエキが声を出した。

「ユキに話がある。こちらへ参れ」

「しかし、サエキ様、ユキは……」

「よい。私にはあまり時間が……ない……お前達、しばらく私とユキの二人にしてくれ」

「しかし、それは……」

「心配はいらぬ。ユキは私に害などなさぬ。二人きりにしてくれ。皆、隣の間へ去り、障子を閉めてくれ」

そう話すサエキの息遣いは相当苦しそうだ。ユキは長老達に頭を下げて、サエキの元へ行った。長老達は渋々ながらサエキの指示に従い、部屋を出ていった。

サエキは布団に横たわったまま、起き上がることができず、その顔はげっそりとやつれていた。

「サエキ様、大丈夫ですか？　申し訳ありません、サエキ様の指示に従わず……。でも、新選組の人達のおかげで、出雲の企みを防げるかもしれません。出雲の人達は京を火の海にしようとしていたのです」

「それが。お前が先夢に見たことか？」

「先夢のようなもので見ましたが、私の先夢など信じなくていいのです。私はさきほど自分の目で出雲の人達が何をしているか見ました。それよりサエキ様、どうなさったのですか？　出雲の呪術をかけられたと聞きましたが、大丈夫ですか？」

「私の命が尽きようとしているようだ」

「サエキ様、そのようなこと……」

「いいのだ。私は十分に長い時を生きてきた。十分すぎるほどの長い時間を……。しかし、私が死んだ後、八瀬を率いる者がいなければならぬ。この里には皆を率いる巫女が必要なのだ。ユキ、お前にこの里に戻って私の跡を継いでもらいたい」

「え？　サエキ様、何を…私なんか無理です！」

「ユキ、お前の先夢の能力は十分巫女の座を継げるだけの強さだ。お前は私のもとで幼い頃から巫女としての修行を積んできた。もともとお前は私の跡を継ぐべき者として定められていたのだ。お前もいずれは自分が巫女になるとわかっていただろう？」

「でも、とてもサエキ様の代わりなんて、できません。それに、私、もう今は先夢とか御言葉とか信じられないです。そんな私に、八瀬を率いるなど無理です」

「ユキ、お前しかいないのだ」

「サエキ様、私でもしお役に立てることがあれば、幾らでもお助け致します。サエキ様のお体を治すためにできることがあれば、どうぞおっしゃってください。でも、私、サエキ様の跡を継ぐことなんてできません。ましてや八瀬を率いることなどできません。私は確かに先夢のようなものを見ます。でも、私はそれが私達の先を示しているものとは思っていません。私、八瀬は……八瀬の私達は先夢から、巫女の御言葉から離れるべきだと思っています」

「ユキ、お前……」

「生意気なことを言って申し訳ありません。でも、私、八瀬の者はもうこの里に閉じこもっているのはよくないと思うのです。帝をお守りするという務めを疎かにしようとするつもりはありません。ただ、先夢に頼って、先夢だけを元に行動を起こすことは避けるべきだと思います。他の地へ間者を送り込んだり、守門達を他の民と戦わせたり。そういうことはもう終わらせるべきだと思います」

「ユキ、お前、自分が何を言っているのかわかっているのか？　古からの役目を守っているからこそ、この八瀬の里は年貢も他の税も免除され、朝廷と直接繋がる特権を維持してきた。この痩せた土地でも我々が暮らしてこられたのは朝廷からの賜りものがあったからこそなのだ。お前はそれらを全部捨てるというのか」

「確かに朝廷には並々ならぬ恩を受けて参りました。もちろんこれからも朝廷を敬い、お仕えする気持ちに変わりはありません。しかし、間者を務めたり、陰で人を陥れたり殺めたりすることはもうやめるべきだと思います」

「我々も好きで人を殺めてきたわけではない。帝をお守りするため、八瀬の里を守るため、やむを得ない場合だけだ」

「でも、先夢や御言葉に沿って自分達の行動の基準を決めるなんて、もうやめるべきだと思います。先夢はいつも正しいわけではないのです。先夢が私達の先を決めるわけではないと思います。私達の行いや気持ちで、私達がこれからどうなるのか、どう進んでいくのか、変わっていくと思います。私も以前はそう思えなかった。でも、今は確かな気持ちでそう思っています」

「ユキ、お前、変わったな。八瀬の外での暮らしは、お前をそれほど変えたのか」

「サエキ様、確かに変わったと思います。でも、それは、私を助けてくれる人達に出会えたから……自分達だけがこの世に生きているわけではないとわかったからです。幸せや穏やかな暮らしを求めているのは、八瀬だけではないのです。そうわかったからです」

サエキはユキから視線をそらし、天井を見上げて黙った。

「あの、サエキ様……すみません、勝手なことばかり申し上げて。サエキ様のお気持ちを傷つけたくはありませんが、私にはサエキ様の跡を継ぐことは無理だとわかっていただきたくて……。とにかく、今はサエキ様のお体を治しませんと。何かお薬を飲めば体が楽になるのではないですか?」

「ユキ、言っただろう、私の命は尽きようとしているのだ。薬など効かぬ。私の体のことは構わなくてよい」

「そんなことはできません、サエキ様、何か手立てがあるはずです」

サエキは、ユキに言葉を返さず、自分の体にかけられていた布団を取り去った。

露わになったサエキの足を見て、ユキは息を飲んだ。サエキの両脚は付け根まで青黒く染まっていた。

「サエキ様、これは一体……」

「青銅の毒だ。まもなく全身に回り、私の命は尽きる」

「青銅の毒……」

「私は昔出雲の青銅呪術によって命を助けられた。出雲が私に与えた命は永遠とも思える長さだった。しかし、それも尽きる時が来たようだ。恐らく……私に術を施した者の命が尽きようとしているのだろう……。だからこそ、八瀬の行く末を案じ、お前の力を必要としている」

「なぜ、サエキ様が、青銅呪術に……。なぜ、出雲がサエキ様を助けたのですか……命が尽きるってどうして……」

　ユキは沖田の胸についた青黒い傷口を思い出していた。あれも出雲の者につけられた青銅呪術ならば、青銅の毒が沖田の体に入ったということなのだろうか。やがてその毒が沖田の体をサエキの両脚のように青黒く侵して、命を奪ってしまうのだろうか。

（でも、サエキ様は青銅呪術によって一度は命が助けられたと……）

「サエキ様、出雲の青銅毒を取り除く術はないのですか？　青銅呪術にとって一度はサエキ様の命が助かったのなら、青銅毒は薬にもなるということでは？」

「青銅呪術で命を救うことができるのは、出雲の者だけだ。私も本来助からないはずであったが、私の場合は術者が特別な能力を持っていたからだ。青銅呪術は出雲以外の者にとっては薬にはならない。毒にしかならぬ。私の命を一度は助けた青銅呪術も、今となってはこの通り、体を侵（おか）し始めた」

「でも、サエキ様……」

「ユキ、私の体のことはいい。今は八瀬のことだ」

ユキは一瞬迷ったが、決意して切り出した。

「サエキ様、出雲の青銅剣で斬られて傷口が青黒くなった人がいます。その傷口は浅いもので、青黒さもしばらくして消えましたが、その後、ひどく血を吐いて……。それも青銅呪術ですか？」

「青銅剣で斬られたのか」

「そのようです。治す術はないのでしょうか？」

「誰が斬られたのだ？　守門か？」

「あの、浪士組の、いえ、新選組の人です」

「あの男か？　沖田とかいう」

「はい……。池田屋で、出雲の者に。リョウが滋比古という人だと言っていました」

「滋比古に……。それでは、沖田は助かるまいな」

「そんな⁉　助かる術はないのですか？」

「滋比古が沖田を青銅剣で斬ったのなら、明らかな目的があってのことだ。傷口が青黒くなっていたのは青銅剣に何かが仕込まれていたのだろう。毒か、呪術か、その両方か。滋比古は周到な男だ。そして、出雲の中でも青銅呪術の能力が高い。滋比古はたまたま沖田を斬ったのではあるまい。血を大量に吐いたということは、青銅毒が体に回り始めたということだな」

「そんな……」

「沖田を仕留めることが滋比古にとっては大事だったのだろうな。しかし剣の腕では滋比古はとても沖田にかなわない。青銅毒や呪術を使おうと思ったのだろうな」

「なぜ、そんなことを。沖田さんはただ京が火の海になるのを止めようとしただけなのに……」

「ユキ。これは戦いなのだ。何百年と続く戦いなのだ」

「でも、沖田さんは京を出雲の企みから、火の海から、守ろうとしただけです！　サエキ様、沖田さんを助ける術はないのですか？　八瀬は優れた医術を持っています。サエキ様は出雲のことをいろいろご存じです。沖田さんを助ける方法をご存じなのではないですか？　どうしたら、沖田さんを助けることができますか？　私、本当は、ここに来たのはサエキ様に沖田さんを助ける方法を聞きにきたのです。サエキ様ならご存知だろうと思って……」

　ユキはまくしたてるようにサエキにすがった。

　そんなユキをサエキはじっと見ていたが、やがて口を開いた。

「好いているのか、その沖田という男を」

「……はい。そうです。サエキ様、私、沖田さんが好きです。八瀬の巫女にはふさわしくないことだと思います。八瀬の間者として務めを果たすこともできません。でも、私は、沖田さんが好きです」

サエキの前で沖田への気持ちを表すことをためらっていたユキだったが、いざ口にしてみると、それはもう確固たる気持ちとして存在していると痛感した。それに、沖田が好きだという気持ちが、八瀬への裏切りとは思えなかった。むしろ、自分が前へ進む、出雲と戦う勇気の源となっている気がした。

「助ける術はあるかもしれぬ」

「え!? 本当に?」

「八瀬の巫女にしかできないことだが。しかも、今となっては、恐らく、お前にしかできないだろう」

「私にしか? 何です? それは、教えてください、お願いします、サエキ様! 私、何でもします!」

「ユキ、それならば、八瀬に戻り、私の跡を継ぐことだ」

「え……」

「お前がそれを承知すれば、私の知っていることを話そう。その方法を使うには『ふたたびのかま』に入らなければならぬ。その資格を持つのは八瀬を率いる巫女だけだ。お前が巫女の座を継ぐのならば、その資格を持つことになる」

「そんな……『ふたたびのかま』には、特に重い怪我や病を負った者は入れますよね？　沖田さんは八瀬の人間ではないですが、京の平和を守ったのですから……」

「『ふたたびのかま』にただ入るだけではだめなのだ。それ以外の、それ以上の方法を採る必要がある。八瀬の巫女にしかそれは許されぬ」

「巫女になれば……巫女になれば沖田さんを救うことができるのですか」

「絶対とは言えん。しかし、それ以外に試せる方法はないだろう」

「サエキ様は……サエキ様にはその方法はできないのですか？　沖田さんを救うことはできないのですか？」

「私が？　それは無理だろうな。この体ではな。自分の身さえもう思うようにならない」

「すみません、サエキ様が大変な時にこんなことを……。でも、私、沖田さんをどうしても助けたいのです。それは、私が沖田さんを好きだからだけではありません。私のせいで、あの人を、あの人達を出雲との戦いに巻き込んでしまったのです」

「お前の心は既に八瀬の里を守ることよりも、沖田とかいう男に奪われているな。だが、それでも、八瀬にはお前が必要だ。私の命はもうすぐ消える。お前もその後八瀬の里が外の者に荒らされてもいいとは思わないだろう」

「わかりました……サエキ様。私が巫女になることで沖田さんを救う術があるのなら。そして、それが八瀬の人達も守ることになるのなら」

「それでよい。ユキ、よく戻った。お前に話すことがある」


八瀬に運ばれた沖田が、意識を取り戻したのは、それから一刻ほどがたった時だった。既に夜が明け始めていた。

ゆっくり目を開いた沖田の目に、心配そうに自分を覗き込んでいるユキの顔が映った。

「ユキ……」

沖田が小さくつぶやくと、ユキの瞳がみるみる潤んだ。

「沖田さん、すみません。沖田さんをこんな目に遭わせて……」

「ユキのせいではないよ……」

「いいえ、私のせいです。私が沖田さん達に助けを請いました。それで沖田さんは出雲の者に襲われました。私のせいです」

「ユキ……頼む、俺を起こしてくれるかな?」

　ユキは涙を拭って、沖田の背に腕を回して、ゆっくりと沖田の背を起こした。

「ここは？」

　沖田は周りを見回しながら聞いた。よく見ると家の中ではない。周囲は岩で囲まれている。自分が寝ていたのも、畳のようなものが敷かれているが、岩の上だった。

「ここは、八瀬にある洞窟の中です」

「洞窟？」

「この洞窟は八瀬一族の中では『ふたたびのかま』と呼ばれている場所です。守門に頼んで沖田さんを運んでもらいました」

「そうだ、土方さんは？」

「守門の話では、守門達と出雲の者達を追っていったそうです」

「そうか。それなら俺も早く土方さんの所へ行かないと」

「沖田さん。沖田さんの傷は出雲の青銅剣でつけられたと聞きました」

「ああ。でも傷は大したことはない。浅い切り傷だ」

「沖田さん、あの……」

　ユキは少し言いよどんだ後、沖田の顔をまっすぐに見た。

「沖田さん、この『ふたたびのかま』は、八瀬の一族が長い間守ってきたものです。ここの中で数時間過ごせば、傷や病が癒され、体が再生されます。八瀬の者は傷を負ったり、病になると、このかまに来てしばらく体を休めて病を治してきました」

「そうだったのか。それで俺をここへ……。でも、八瀬の一族ではない俺をこの中に入れて、大丈夫なのか?」

「はい……巫女が選んだ者は、八瀬の外の者であってもかまの中に入れます。私は八瀬の巫女になることにしましたので……」

「え? ユキ、巫女になるのかい? 八瀬の里にとどまることにしたのかい?」

「あの……そのことはいろいろあって……。でも、今は、私のことより、沖田さんのことです。普通の刀傷はこのかまの中で治すことができます。でも、沖田さんの場合、出雲の青銅剣につけられた傷ですし、血を吐いたということは既に青銅の毒が体に回っていると思います。ですから、かまの中にいるだけでは、完全には治らないと思います。他の手段が必要です」

「他の? どうすればいいの?」

「はい、あの……沖田さん、苦しいとは思いますが、少し歩けますか?」

「大丈夫だけど、なぜ?」

「この奥に、もう一つかまがあります。そこに湯が沸いています。そこへご案内しますので、ついてきてください」

ユキは沖田をゆっくりと奥の洞の中に導いた。そこに小さな隠し戸があって、ユキはその戸の向こうへ沖田を導いた。そこは更に奥まった洞になっていて、その真ん中には湯が沸き、空気が暖かく湿っていた。

「洞の奥にもう一つ洞があるのか。この湯が傷に効くのかい?」

沖田は周りを見回して、ユキに尋ねた。

「はい。ここは『奥のかま』で、ここへは巫女と、巫女が選んだ者しか入ることができません。この湯は昔から途絶えることなく湧き出ています。この湯の中で……あの、八瀬の巫女と交わりますと、巫女の精気が体に移って、重い病や傷も治るそうです」

「交わる?」

ユキは思わず下を向いてしまった。

「はい、八瀬の女はもともと霊力があります。巫女に選ばれた者は特にそれが強いのです。八瀬の巫女との交わりはもともと神事のようなもので……。交わることによって、その霊力を相手に移すことができるのです。昔、八瀬の巫女は帝が傷や病を負った時に、そうやってお助けしたと聞きました。ですから……」

ユキは沖田の目をみつめた。

「ですから、かまの湯の中で、私と……交わってください。沖田さんの喀血(かっけつ)の症状を治すには、かまに入るだけではなく、八瀬の巫女と交わることが必要だと思います」

沖田はしばらくユキを見つめていた。

ユキは沖田の目をまっすぐ見返すことに耐えられず、うつむいてしまった。

「ユキ……。自分が何を言っているのか、わかっている？」

沖田の声は驚くほど静かで感情のないものだった。

「わかっています」

「俺の体を治すために、ユキは自分を差し出すというわけ？」

「沖田さんの気に沿わないことだとわかっています。でも、沖田さんの体を治すことができる方法はこれしかないと思います」

「それは誰に聞いたの？」

「私が八瀬の巫女の座を引き継ぐことを決めた時、サエキ様から話を聞きました。サエキ様も、実際そのようにして、帝を救ったことがあると」

「本当に君は八瀬の巫女になるの？　八瀬のやり方に反対ではなかった？」

「はい。でも、これしかないのです」

「もしかすると巫女になるのは俺のため？」

「いいえ、決して、そんなことはありません。私はもともと巫女になるよう育てられてきましたし……」

「ユキ。もういいよ」

「え?」

「今の話は忘れよう。一族でもないのに、このかまの中に俺を入れてくれて、ありがとう。それで十分だよ。確かにおかげで大分体が軽くなった」

「でも……でも、沖田さん、ここで休んだだけでは喀血は治らないと……」

「……だから、ユキと交われと?」

沖田が感情のない声で返した。

「私が相手では……沖田さんは不本意とは思います。でも、今は自分の体を治すことを第一に考えませんと」

沖田はくるりとユキに背を向けた。そして着物の衿を正した。

「そんなことを言っているわけではない」

「沖田さん?」

しかし沖田は無言のままだ。

「沖田さん、このままにしておけば、沖田さんの病はどんどん進行してしまいます。その病を治すために、嫌かもしれませんが、どうか私と……」

「ユキ、俺の刀は？」

「あの、沖田さん、私の話を聞いてください。沖田さんの体を治すには、私と……」

「ユキ、もう、その話は聞きたくない。いいね？」

「でも、このままでは沖田さんが……」

沖田はゆっくりユキへ振り向いた。

「ユキ、自分の体を治すために君と交われと？　いや、君でもない。八瀬の巫女だ。八瀬の巫女と交われというのか？」

沖田の視線が痛いほどユキに刺さった。

「沖田さん……失礼なことを言っているとわかっているつもりです。でも、私にはこれしか沖田さんを助ける方法がなくて……。沖田さんがこんな状態になったのは私のせいです。その傷は普通の傷ではありません。それに、私が沖田さんを八瀬と出雲の戦いに巻き込んでしまったのです。私は沖田さんが血を吐くことを先夢で見ていました。それなのに、私は沖田さんを助けられなかった。だから、私にできることをさせてください。沖田さんの傷が治るなら、私のことは構いません。私のことを八瀬の巫女として交わってください。はしたないことを言っていることはわかっています。軽蔑していいです、私のこと。でも、私にはこれしか沖田さんを助ける方法がわからない……」

「黙って！」

「お……」

ユキの体は沖田の腕の中に固く抱き締められていた。

「ユキ、俺は君をそんな理由で抱きたくない」

「沖田さん……」

「俺が君を抱くときは八瀬の巫女としてではない。ユキとして、愛しい女子として抱きたい」

沖田はユキを抱く腕に力をこめた。

「沖田さん……でも、沖田さんがこうなったのは私のせいです。それに、先夢を見ていながら私は何もできなかった……」

「先夢はこれから起こることを示していない。君はそう言ったよね？　俺もそう思う。だから、君のせいなんかじゃない」

「でも、出雲との戦いに……」

「俺は新選組の一員だ。京の治安を守る役目を担っている。相手が出雲であろうと誰であろうと、戦うのが俺の役目だ」

「でも、このままでは、沖田さんの体が……」

「俺の体がこの先どうなるか、それはわからない。何も決まっていない。言ったよね？　俺は運命や定めなんて信じないと。俺がどこでどういつ死ぬかなんて決まっているわけではないのさ。誰にもわからない」

「そんな……」

「ユキ、心配してくれてありがとう。気持ちは嬉しいよ」

「でも、沖田さんの病を治さないと、私……」

沖田はユキの体を抱く腕を緩めて、ユキの顔に手を添え自分へ上向かせた。

「ユキ、俺が好きか？」

「え……」

「俺が好きか？」

「沖田さん……」

「答えて」

「……はい。好きです。私、沖田さんが好きです」

「それならば、俺の傷を治すために自分を抱けなどと、そんなこと、二度と言わないでくれ。俺のことが好きだから抱いてくれと、そう言ってくれ」

「お、沖田さん、私は…あの……」

沖田は戸惑うユキの顔に手を添えて、ゆっくりと唇を重ねた。

ユキは驚いて両目を見開いたが、繰り返しやさしく重ねられる沖田の唇に、その目を閉じた。

やがて沖田の唇がユキの唇からそっと離れた。

「沖田さん……」

「君が俺を助けるために言ってくれたことだとわかっている。そんなことを言い出すには相当の勇気が必要だったということもわかっている。ありがたいと思うよ。でも、君をそんな理由で抱くわけにはいかない。俺もユキが好きだから」

「お……」

ユキの瞳には涙が浮かんできた。

「まったく。なんて顔をするのだい。そんな顔をされると困るよ。きりがなくなる」

沖田はふっと笑って、ユキの顔をもう一度引き寄せて、頬に流れた涙を自分の唇で拭い、そしてもう一度唇を重ねた。今度は先ほどよりも強く、長く、唇を重ね合わせた。

ユキは頭の芯がぼうっとして、何も考えられなくなった。ただ、沖田の唇の熱さだけを全身で感じていた。

しばらくして名残惜し気に唇を離した沖田は、ユキに向かって微笑んだ。

「これで俺の体はほとんど治ったよ。今ので、もう痛みも苦しみも感じない。口を合わせただけで、これだけ元気になるのだ。君を抱いたら、俺は不老不死になるかもな」

「え……」

「ふっ……。ユキ。君は、十分俺を救ってくれている。助けてくれているよ」

「私が、沖田さんを助けている？」

「ああ。十分すぎるくらいにね。君の口を吸うたびにこんなに元気をもらえる。これからも、元気がなくなったら君の口を吸わせてくれ」

「お、沖田さんったら……。ふざけているのですか」

「ははっ、ふざけてなんかないさ」

沖田は笑いながら、ユキの腰に両腕を回して彼女の体を揺らした。

「ユキ。もう一度言うよ。俺は俺達の運命が決まっているとは思わない。君や八瀬の巫女達が先夢を見るっていうのを信じないわけじゃない。見ることもあるのだろう。でも、先夢がそのまま俺達の先を決定するわけではない。俺達が自分達で考え、行動して、何かを感じていくことで、幾らでも先は変わっていく。だから、結局すべては俺達次第なのだと思う。俺達の意志が、俺達の進む先を作っていくのだと俺は思う。たとえ、その先が、結局先夢が見たことと同じであったとしても。そこへ進む途中は俺達の意志だ。そう信じている」

「沖田さん……。たとえ、その先が、沖田さんが傷つくことになっても？　たとえ……死ぬことになったとしてもですか？」

「ばかだなあ、ユキ。人間、いつかは死ぬさ。第一、死ぬのが怖かったら、新選組にいられないよ。でもね、死に急いでいるわけではないよ。俺は俺の務めを果たす。死ぬことを恐れて先へ進まないなんてありえないってことさ。だから、俺を救うために自分の身を投げ出すなんて考えないで。俺を救いたいっていうなら、こうして、俺の近くにいてくれ」

「沖田さん……」

「この洞窟は八瀬の皆がずっと長い間守ってきたのだよね？　そんな所に俺を入れてくれてありがとう。もう十分だよ。それに、俺にはここでゆっくり休んでいるわけにはいかない。土方さん達はまだ出雲の奴らと戦っているのだろう」

「沖田さん。すみません……私が沖田さんのためにできることはないのですね……」

「ばか。あるって言っているだろ。俺の近くにいろ。傍にいてくれ」

沖田はユキをもう一度強く抱きしめた。

「俺達は俺達ができることをやる。ユキはユキができることをしてくれ。その一つが俺の傍にいてくれることだ」

「傍に……」

「そうだ。俺達はそうやって、自分で自分の行く先を決めていく。先夢が決めるわけではない。

いいね、ユキ。今は俺達ができることをやろう」

「沖田さん、わかりました。私も私にできることに心を尽くします」

「よし。では俺は土方さんの跡を追う。あの人を一人にしておくと、何するかわからないからね」

「はい。でも、沖田さん、本当に傷は痛まないのですか？」

「大丈夫さ。ここに入れてくれたおかげだね。それと、ユキの口を吸ったから」

「お、沖田さんったら」

「さあ、行こう、ユキ」

「はい、あ、ちょっと待ってください」

ユキはかまの湯を傍にあった竹筒に汲んで、蓋をして沖田に手渡した。

「これをお持ちください。この湯には傷を癒す力が宿っていると聞いています。沖田さんの受けた傷を治す助けになるかもしれません。どうぞお持ちください」

「わかった。ありがたく受け取っておこう」

二人が洞穴から出ると、そこに、サエキに仕えている娘が走り寄ってきた。

「ユキ様！　サエキ様が大変です！」

「マリ、どうしたの？」

「サエキ様の様子がおかしいのです！　すぐ来てください！」

「え？」

ユキは思わず沖田の顔を見上げた。

「ユキ、すぐに行きなさい。俺は、土方さんの所へ戻る」

「一人で大丈夫ですか？　八瀬の出口まで誰かに案内させたほうが……。マリ、この方を出口まで案内して」

「あ、は、はい」

立ち去っていく沖田の背をユキは見つめた。八瀬へ来る前よりも、足取りがしっかりしているようだ。もう血を吐いたりもしていない。

（でも、『ふたたびのかま』にしばらくいただけだから、傷は根本的には治っていないのでは……）

ユキの心配は消えなかった。

池田屋へ戻った沖田の姿に土方は驚きながらも喜んだ。

「総司、大丈夫なのか？」

「大丈夫ですよ。何ともありません。それより池田屋は？」

「かたが付いたさ。それに出雲の隠れ家もつきとめて、浪人達を捕えた。出雲の女も一人捕まえてある。しかしな、俺達だけじゃなく、八瀬の守門の奴らも乗り出してきやがってな。いらぬ助けだったのだが、ま、あいつらもかなり浪人達を片付けたな。それは認めるぜ」

「そうですか。守門が……。八瀬も戦ったのですね」

「ああ、だがな。途中で浪人どもの動きがおかしくなった。急に動きが止まったり、倒れたり、意識を失ったり。まあ、おかげで片付けやすかったが」

「青銅板を仕込まれていたのですか？」

「ああ、浪人達の懐には残らず青銅板があった。だが青銅板を取り除く前から様子がおかしくなったのだ。八瀬のキリって奴が言うには、青銅呪術を仕掛けた奴に何か起こったのではないかと言っていた」

「青銅呪術をしかけた奴に……」

「ああ、とにかく、浪人達は全員捕まえてある。しかしな、総司、リョウが死んじまった」

「え？　リョウが？」

「ああ、出雲の一条の隠れ家を教えてくれたのはリョウだった。しかし、出雲の青銅毒にやられたらしい」

「そうですか……」

「リョウの奴、よくやってくれた。毒にやられた割にはきれいな死に顔だった。キリの奴らがリョウを八瀬に葬ると運んでいったよ」

「……」

「総司、この後が大事だ。浪人達は青銅板を取り払った後は大人しくなっているが、この後始末をどうつけるかだな」

「はい、土方さん。これからですね、大事なのは」

「ああ……おい、総司」

「何です、土方さん？」

「夜が明けるぞ」

土方はそう言って東の空を指差した。東の空は薄赤く染まり始めていた。まもなく日が昇る。

「長い夜だったな」

「ええ、土方さん。長かったです」

土方は沖田の肩に左腕を回した。

「心配したぞ。だが、とにもかくにも、今こうしてお前が俺の横に立っていてくれてよかった」

土方は左腕に力を入れてぎゅっと沖田の体を引き寄せた。
暁の空が、新しい日の訪れを告げていた。

先夢の意味

八瀬に戻ったキリはすぐにサエキの屋敷へ向かった。

サエキの屋敷には侍女達が泣きはらした赤い目で、それでも忙しく動き回っていた。サエキの部屋には黒い幕が張り巡らされ、入口を二人の守門が守っていた。キリの姿を見ると、すぐに礼を返した。

「キリ様。サエキ様が……」

「うむ。聞いた。ユキは中か?」

「はい。中にいます」

キリは黒い幕を上げて、中に入った。

サエキの無残な姿を目にすることになるだろうと覚悟していたが、中には白い骨壺が置かれた小さな机が置いてあるだけだった。その前に、ユキが正座していた。キリを見ると、ユキは立ち上がった。物問いたげなキリの視線を捉えて、ユキは口を開いた。

「キリ。サエキ様は亡くなりました。体は何も残らなかったのです。黒い砂のようにぼろぼろに崩れて。昨日の夜からサエキ様の体が黒ずみ、少しずつ崩れていったそうですが、最後にはすべてが砂のように崩れ落ちて、人としての姿をとどめませんでした。砂をできるだけ集めて骨壺の中に入れました」

「なぜ、このようなことに?」

「サエキ様の命はもうとうに尽きていたそうです。遠い昔に出雲の総領に青銅呪術で命を救われたとおっしゃっていました。サエキ様の体が崩れ始めたのは、その出雲の総領の命が尽きたからだとも」

「出雲の総領?　武比古のことですか?　武比古が死んだということですか?」

「わかりません。サエキ様の指示で昨夜鳩を出雲へ飛ばしています。出雲から返信があれば、あちらの様子がわかるでしょう」

「出雲へ鳩を?　サエキ様の鳩ですか?」

「はい。サエキ様は以前からこのような事態が来ることを予見して備えていたようです。出雲の総領の一族と対立している一派がいると。そちらへ知らせを送るように言われ、鳩を飛ばしました」

「武比古と対立する一派……」

キリはサエキの使いでたびたび出雲の地へ出かけていた。使いの相手は武比古か、彼の腹心である滋比古であったが、使いの役割と同時に出雲の情勢もできる限り探っていた。

その中で、確かに出雲の地には、武比古の大和朝廷への徹底的な抵抗をよしとしない派閥もあるとは把握していた。大和朝廷と対立したのは遠い昔のことであり、国の支配権は奪われたものの、出雲の地を朝廷から与えられ、さまざまな特権を認められていることも事実だった。大和朝廷と折り合いをつけて、今の暮らしを守ったほうがよいという一派も出雲にはいた。そして武比古はあまりにも長く生き過ぎ、心身に異常をきたしていると懸念する者達もいた。

キリは頭の中にさまざまな考えが浮かんだが、それを意識的に振り払った。サエキ様は亡くなった。今はこの状況に対応しなくてはならない。そして、サエキの座はユキに受け継がれたのだ。キリは言葉を改めて、ユキの顔をまっすぐに見て言った。

「サエキ様が亡くなられた今、ユキ様が八瀬を率いていく巫女ということです。サエキ様の死をいつ里の者達へ知らせますか？」

「朝になったらすぐに……。いえ、もう夜が明けますね。里の者に知らせましょう。まず、長老達に話さなくてはいけません。サエキ様のことだけではなく、出雲とのこと、今夜起こった出来事についても、八瀬の人達に伝えなくてはなりません。それから先夢のことも」

「先夢？　先夢を見られたのですか？」

「はい……長老達が集まったら話したいと思います」

「わかりました。長老達に知らせて参ります」

その場を立ち去りかけたキリは、振り返ってユキに言った。

「土方達壬生の者達も無事です。新選組は確かに京の治安を守るために昨日は戦った。それは認めます」

「そうですね。あの人達も必死に戦いました。命がけで……」

「しかし、リョウが死にました」

「えっ！」

「リョウは命がけで出雲の隠れ家をつきとめ、我らに知らせた。リョウは八瀬を抜けた者だが、その功績に免じてこの地に埋めてやろうと思いますが、構いませぬか？」

「構うもなにも……リョウが、死んでしまうなんて……」

「リョウは出雲の青銅毒にやられました。出雲の奴らと戦ったんでしょうな。青銅毒にやられた割に、死に顔は安らかな顔をしていました。あいつはきっと蛍池の畔に眠りたいと思っているはずです。そこに埋めてやろうと思います」

「はい……キリ、どうぞお願いします」

ユキはそう言って、目を伏せた。キリはそんなユキに一礼をして、部屋を出ていった。

残されたユキは、リョウが死んだという衝撃に茫然とした。

幼馴染のリョウ。八瀬の耳目として期待されていたリョウ。八瀬から抜けたと言っていたリョウ。

ユキはリョウのさまざまな姿を思い出して、涙を止めることができなかった。

（リョウ……キリはリョウを蛍池の畔に埋めたいと言っていた……弔いを丁寧にしてあげたい……）

ユキはリョウを思い、涙を流し続けた。

それから五日後、出雲から使いが来て、新しい一族の総領が八瀬の長と会談の場を持ちたいと伝えてきた。ユキは有比古という新しい出雲の総領からの文を、長老達とキリに見せた。

「先代の武比古は死んだということか」

「はい、そう書いてあります。武比古殿は、以前から患っていた病が悪化して、亡くなったということです。私が放った鳩は無事出雲の地についたのですね。新しい総領は、大和朝廷に抵抗する気はないということです。積年の恨みよりも、朝廷と折り合いをつけて今の出雲の地位を守るほうが重要だと考えているということです。今回改めて、出雲は朝廷と和睦を図りたいと申し出てきています。その調停を八瀬に依頼してきています」

「調停というても、実際には何らかの条件を朝廷から引き出そうということだろう」

長老の一人は溜息交じりに言った。

「そうかもしれません。それでも、長年続いてきた出雲と朝廷との戦いを終わらせることができるなら、朝廷も出雲と話し合おうとするのではないでしょうか。八瀬にとっても、それは望ましいことだと思います」

「しかし、武比古殿は急なことだったな」

長老達はざわざわと語り合った。


武比古に従っていたさよりという娘は守門が牢に閉じ込めていたが、有比古はさよりを出雲側に返すことを求めてきたので、今度の会見の時に彼女を渡すことになった。彼女は捕えられた後、与える食事に一切手をつけず水も飲まなかった。彼女はただ、牢の奥に座り、一日中黙っていた。

それから更に七日の後、八瀬の地を出雲の新しい総領有比古と、その従者達三名が訪れた。

有比古は出雲の一族らしく、背が抜きんでて高く、彫の深い青白い顔をした、三十前後に見える男だった。

ユキは八瀬の巫女として有比古を迎えた。有比古は滋比古がサエキに青銅板を仕掛けたこと、京の地に争いを引き起こしたことを八瀬の長老達の前で正式に謝罪した。

「出雲と大和朝廷の間には長い時間に亘っての確執がある。しかし、今となっては、我々は朝廷と対立するつもりはない。ただ、我々一族に伝わる青銅信仰を守っていきたいと考えている故、出雲の地は永劫に我々出雲の一族のものであることをはっきりさせたい。さすれば我々は二度と朝廷に逆らいはせぬ。しかし、昔大和朝廷は出雲のものである青月剣を奪っている。それを我らに返すことが条件である」

「青月剣は確かに朝廷側にあるのですか？」

有比古にユキが尋ねた。

「ある。我ら青銅器を扱う者にはわかる。青月剣は青銅でできていて、古のもっと力が強かった我らの先祖が青銅呪術で作ったものだからな。我らの青銅器と共鳴し合ったり、反発し合ったりする」

「朝廷側に伝えてはみるが、受け入れるかどうか……」

長老の一人が首をかしげた。

池田屋での出来事は、後に池田屋事変と呼ばれるようになった。

出雲に操られていた浪人達の中には、長州藩や土佐藩の有名な浪士も数名含まれていたので、新選組が属している会津藩と、長州や土佐藩との対立の緊張は一挙に高まった。しかし、危うく京の町が火の海になるところを防いだということで、朝廷は会津藩に感謝の意を示し、会津藩は新選組にねぎらいの文と金を渡した。京の地を守ったことで新選組の評判は上がり、京都守護職の会津藩に属する治安部隊として、京の者や各藩の京在住の藩士達の間に新選組の名は知れ渡るようになった。新選組の者達への会津藩からの待遇も格段に良いものになった。

土方は新選組の者達が浮かれることのないよう、規則を厳しくして、組織を強化していった。評判を聞いて新選組に入りたいという者も集まってきており、隊士の数も増えていった。新選組を更に強い部隊にするために、任務を強化し、日々の訓練を欠かさないことが、土方の仕事になった。

「もっと新選組を強い集団にする」

それが最近の土方の口癖になった。

池田屋事変から一月たった頃、ユキは八瀬の里の入口にある蓮華寺で沖田と会った。茶と菓子を馳走したいとユキが沖田を誘ったのだ。

蝉が大声で鳴いて、夏の盛りを騒がしく告げていた。しかし、蓮華寺の茶室はちょうどこんもりとした木々が前にあって、心地よい日陰を作り涼しかった。

ユキは沖田の前に、手作りの菓子を置いた。ユキが沖田を象った椿の生菓子だ。

「季節外れですけど……」

ユキはそう言い添えた。

沖田はニコッと笑って、菓子皿を手に取った。

「季節外れでもいいさ。だって、これは、ユキが俺のために作ってくれた菓子だからね」

そう言って沖田はさっそく菓子を口の中に入れた。

「うん、うまい！」

沖田は幸せそうに口をもぐもぐさせた。そんな沖田の前にユキは丁寧に点てた茶を置いた。

「沖田さんのお口に合ってよかったです」

茶を飲む間、二人は無言でいた。蝉の鳴き声と、木々の葉をそよがせる風の音だけが、茶室に満ちた。

池田屋事変の後、ユキと沖田は互いにすべきことが多くありすぎて、なかなか会うことができなかった。互いのことが気になってはいたが、二人きりで会う機会がこれまでなかったのだ。ユキは沖田の体調のことが気がかりで、「奥のかま」の湯を時々竹筒につめて壬生の新選組の屯所に届けさせていた。沖田は体調に問題はないと言い、池田屋事変の後数日は寝込んだものの、その後は新選組の任務のために忙しく動き回っていた。

二人で蝉の鳴き声にしばらく聞き入った後、沖田が先に口を開いた。

「ユキは八瀬の巫女の座についたのだね」

「はい。サエキ様が亡くなりまして、その跡を継ぎました。サエキ様のような大きな役割は担えませんが、巫女として八瀬の祭礼を守っていくことはできると思いましたので」

「先夢で皆を導くというのかな？」

「いいえ、そうではありません。先夢は巫女の役割とは違うと思います。いえ、これからは、違いますというべきですね、純粋に八瀬の昔からの祭礼を担っていく役目です。政は八瀬の長老達が合議して担っていくことになりました」

「そうか。ユキが、また先夢に振り回されるようになるわけではないのだね？」

「巫女の一番の務めはもともと八瀬の祭礼を取り仕切ることです。私は巫女としてその務めを果たしていくつもりです。先夢は……これからも見るかもしれません。でも、それを八瀬の先行きを決めたりすることには使わないつもりです。先夢に頼りすぎるのは危ういことですから。この前のことで……私はそう痛感しています」

「そうか。それならよかった。ユキが先夢のためにまた苦しむところは見たくないからね。でも……やはり、巫女にはなってほしくなかったけどね」

「え?」

「巫女は一生独り身でいなくてはいけないそうだね。キリから聞いたよ」

「はい……。確かに、そうです」

「巫女になったのはユキの意志? それとも誰かに強制された?」

「私の意志です。私はずっと巫女となるべく、育てられてきました。サエキ様のもとで何不自由なく、恵まれた暮らしを送ってきました。私が将来巫女になるからです。ですから、サエキ様亡き今、巫女としてできるだけ役目を果たしていこうと思います」

(それに、もう一つ大切な理由がある……)

ユキは心の中でつぶやいた。巫女でいる限り、八瀬の「奥のかま」への出入りは自由に許される。沖田にまさかの事態が起こった時に、沖田をかまの湯で癒すためにも巫女でいる必要がある。しかし、そんな決意を沖田に告げるつもりはなかった。

「そうか……ユキが自分で選んだ道だというなら……俺には何も言うことはできないな」

再び、二人は沈黙した。

蝉の声が茶室に染み入るように響く。

しばらくの沈黙の後、今度はユキのほうから口を開いた。

「沖田さん、お体のほうはどうですか？　あれ以来、血は吐いていないのですよね？」

「ああ。大丈夫だよ。心配ない」

「もし……もしも、何か不調なことがあったら、教えてください。八瀬は医術にも長けています」

「ユキ、俺のことなら心配いらないよ。あのかまに入れてもらって以来、体の調子は本当にいいし。出雲の奴につけられた傷も治ったし」

「それならいいのですが。とにかく心配で」

「それでかまの湯を届け続けてくれているの？　ユキの気持ちはありがたいけれど、そんなに心配してくれなくても大丈夫だよ。かまの湯って八瀬の人達にとって大切なものなのだろう？　俺のために使ったりしたらもったいないよ」

「そんなことは……」

「それよりユキが俺を元気にするためにできることがあるでしょう？」

「え？」

沖田はユキの顔を横目で見た後、手を伸ばして、ユキを自分に引き寄せた。そして、そっとその口を吸った。

「あっ……」

ユキは驚いて沖田から離れようとしたが、沖田はユキの腕を掴んでそれを許さず、ユキの耳に小さな声で囁いた。

「この寺には今誰もいないね？」

「え……はい、和尚様は今出かけていて……」

ユキの答えを聞いた沖田は、もう一度自分の口をユキのそれに重ねた。

沖田の温かい息が、ユキの体の中に送り込まれて、重なっている唇がとても熱かった。ユキの背に回した沖田の腕が、少し震えていた。

ひと月ほど前、出雲との戦いの中で、悲しく苦しい経験をして、大事な人達を失った。沖田自身も命の危機に瀕し、ユキも人の死を目の当たりにした。幼馴染のリョウも命を落としてしまった。

そんな中で、ユキは沖田を好きだという気持ちを強く自覚し、その気持ちが自分を幼い少女から、大人へと踏み出させたと思っていた。誰かを大切に思う気持ち、自分よりも大事だと思う気持ち。それがユキを成長させた。

（私、沖田さんが好き……）

沖田が好きだという心のまま、沖田の胸に飛び込んでいけば、沖田は受け止めてくれるかもしれない。

（ずっと沖田さんの傍にいたい。こうして沖田さんにやさしく包まれていたい）

しかし、それは八瀬の巫女という立場とは両立しないことであった。


しばらくして、沖田が唇を離すと、ユキの目は涙でいっぱいになっていた。

「ユキ？　泣いているの？　ごめん、俺、どこか痛くした？　それとも、嫌だった？」

ユキの涙に慌てた沖田が、眉をしかめてユキの顔を覗き込んだ。

「いいえ、いいえ、大丈夫です」

「では、なぜ、泣いているの？」

「沖田さんの傍にいられて、嬉しいからです」

「それならなぜ巫女に……。いや、ごめん、ユキが自分で決めた道を俺がとやかく言うべきではないってわかっているのだ。ユキがいろいろ考えて自分で選んだ道なら、俺もそれを応援しないといけないって」

「沖田さん……」

「こんなことなら、あの時、ユキを抱いておけばよかったかな……」

「え?」

「あのかまの湯の中で……」

「あ……」

ユキはあの時自分を湯の中で抱いてくれと沖田に迫ったことを思い出して、顔が真っ赤になった。沖田の命を救うためとはいえ、とんでもないことを言ってしまったと、今更ながら恥ずかしくなった。

「あの時は、すみません。私、無我夢中ではしたないことを……忘れてください」

「嫌だね」

「え?」

「俺は忘れないよ。絶対にね。ユキのあの時の顔。俺を救うために必死になってくれたユキのこと、決して忘れない」

「沖田さん、でも、あの……」

「あの時のユキの気持ち、嬉しかった。あの時と同じ気持ちをユキが今も持ってくれていると、思っていいのかな」

「はい……もちろんです。沖田さんを助けるために私にできることがあれば何でもしたいです」

(たとえ、それが沖田さんから離れることであっても……)

ユキは心の中でつぶやいた。

「何でも？」

「はい！」

「ユキを抱きたいと言ったら？　巫女になったから、断る？」

「え……あの……私、あの……」

沖田の言葉にユキはますます顔を赤くして、沖田から目をそらした。そんなユキの様子を見て、沖田はぷっと吹き出した。

「ははは！　ユキ、ゆでた蛸みたいになっているよ！　ごめん、ごめん。からかい過ぎたね」

「からかうって……沖田さんったら！」

「ははは、泣いたり笑ったり、怒ったり。ユキは忙しいなあ」

「全部、沖田さんのせいですから！」

「ごめん、ごめん。ユキがかわいいから、思わずね。正直、ユキが巫女になるって聞いた時、がっかりした。俺はふられたってことかと思ってね」

「ふるなんて、そんなこと……」

「うん、ごめん、わかるよ。ユキの気持ち、わかると思う。ユキはユキができることを懸命にしようと思っている。巫女になることは、ユキの決意の表れ。俺が新選組で俺ができることをやっていこうと決めていることと同じだね」

「沖田さん、私……」

「だから、俺もユキの決意を応援するよ。ユキは結論を出すまで、すごくいろいろ考えたと思うから」

沖田はそう言って、ユキをもう一度自分の腕の中に抱き入れた。

「沖田さん、ありがとうございます。私、先夢はもう信じません。でも、京の町の状態は不安なものがありますし、あの後もいろいろな騒動が起きています。八瀬の状況も変わっていきます。私は八瀬に生まれた者として、私ができることはやっていきたいと思ったのです。京の町の平安が保たれれば、京に住む人達も、朝廷の方々も、傷つかないで暮らしていけます。沖田さんも新選組で頑張っていますし。私も少しでも沖田さんの力になれればと思います」

「ユキ……うん、君の言いたいこと、わかるよ。わかると思う」

沖田はユキの背をぽんぽんと手で優しく叩いた。

池田屋事変の後、ユキに早く会って、ユキが八瀬に戻った後何事もなかったか、どうしているのか、確認したかった。しかし、池田屋事変の後始末や、会津藩からの指示を受けて京に潜伏する不逞浪人の捜索があり、加えて土方から急に増えた隊士の訓練を任されていて、自分の気持ちを優先できるような状況ではなかった。

その間に、ユキはユキで大きな決意をしていたのだ。でも、その決意は、実は自分の決意とよく似ているものなのかもしれない。少なくとも、互いの決意が見定めている方向は同じだと思った。自分達二人が見ている先は、これから目指していこうとしている先は同じだと思った。そう思うと、急にユキへの愛おしさが沖田の中にこみ上げてきた。

沖田はこみ上げてきた気持ちのまま、言葉に表した。

「ユキがユキでよかった」

「沖田さん……」

ユキが沖田の顔を見つめる。

沖田はもう一度、やさしく唇をユキのそれに重ねた。

沖田が蓮華寺を出たのは、夏の暑さも収まった夕暮れ時だった。寺の門前で、ユキは静かに笑みを浮かべて帰っていく沖田を見送った。

二人はまた会えるだろう。しかし、互いに好きだからといって、気持ちのままに動ける二人ではない。互いへの気持ちを抱きながらも、それぞれが果たすべき役割を果たしていかなければならない。

(でも、見ている先は同じだ)

沖田はもう一度ユキのほうを振り返って、手をふった。ユキも手を振り返した。

(あんな小さい体で、いろいろなことを背負っていこうとしている……)

沖田はユキのほうに一度うなずいて、再び京の街へと歩みを進めた。

自分に何ができるのか、どこまでいけるのか、沖田にもはっきりわからない。京の治安を守る部隊として正式に認められた新選組で、できることを精いっぱいやるだけだと思っている。土方を支えて役に立ちたい。そう決めている。しかし、同時に自分の体に異常が起こりつつあることも自覚していた。時々青銅剣で斬られた胸の傷がうずき、体が異様に熱を持つことがある。自分の体にはまだ青銅の毒が残っているのかもしれない。

しかし、沖田は前だけをまっすぐ見ていくことに決めていた。自分がこの先どうなっていくのか、それは、自分がこれから何をするかによって決まっていく。ユキに話したように、自分達の先を決めるのは、先夢でも、定めでもなく、自分達自身だと思っている。今の自分は何をすべきかで、先の自分が決まっていく。すべては自分次第だ。ユキも今はきっとそう思っているはずだ。

「さ、土方さんが怒り出さないうちに、屯所に帰らないと」

沖田は口に出してそう言うと、今自分が帰すべき場所へ急いだ。


沖田が帰った後、ユキは茶器の片付けをしていた。そこに和尚がやって来て声をかけた。

「あ、和尚様、お帰りなさい。茶室を使わせていただいてどうもありがとうございました。茶会はいかがでしたか?」

「うむ、いつも通り、町中に潜んでいる浪人達の話になった。この騒ぎ、なかなか収まりそうにないな。八瀬の守門も解散したということであるしな。この先、どうなっていくのやら。何か不穏な空気が漂っているな。池田屋事変は事の終わりというより、始まりだったのかもしれんな」

「和尚様、確かにこれからいろいろなことが起こるかもしれません。私も、正直不安です。八瀬の巫女としてやっていけるかどうかも……。でも、できるだけやってみるしかないと。今はそう思っています」

「ユキ。お前さん、強くなったな。あのような経験をすれば無理もないが。八瀬のほうは、少しは落ち着いたか?」

「ええ、まだ混乱はしていますが。長い間八瀬を率いてきたサエキ様が亡くなったのですから、混乱するのは仕方ないと思います。先夢に頼らず生きていくことに、里の人達はまだ慣れていないようですし。でも、長老達が八瀬の政は取り仕切ってくれていますし。人々の心もいずれ落ち着いていくと思います。それに、八瀬と出雲の間では新しい形で協力し合うことになり、二つの民の間でもう無用な戦いをしなくて済むと思いますので、それはとてもよかったと思います。先夢を見る巫女がもういないことも納得してもらいましたし」

「そうか。出雲は大人しくなったか」

「はい、出雲にとっても朝廷から優遇されることが約束されたので、落ち着いたようです。青月剣も返還されましたし。ただ……」

「ただ？」

「いえ、あの、出雲がこのまま争い事を起こさないよう願っています」

ユキは和尚にそう答えながらも、青月剣を返還された時の有比古の表情を思いだして、心の中に不安が湧き上がった。

青月剣の返還は近衛家で行われたが、その剣を受け取りに有比古は出雲から出てきた。青月剣は通常の刀の二倍はある長さの剣で、白い紙に全体を覆われていたが、その紙を通しても青光りしていた。有比古がその刀を胸に抱くように支え持つと、刀が一瞬青い光を放ったようであった。

「希望通り、青月剣をお返ししましたぞ。確かにこの剣が出雲の物であることは帝もお認めになり、今回の出雲との和解により剣をそちらへ返却すべきであるとお言葉があった。この国を守っていくために、出雲と手を取り合ってゆきたいという帝のご意志である」

近衛家の当主は有比古にそう伝えた。

有比古はその言葉には答えず、ただ魅せられたように胸に抱えた青月剣を見つめていた。その顔は恐ろしいほど美しい笑みを浮かべており、青白かった。

その場に同席したユキは、有比古が青月剣を見つめる様子に尋常でないものを感じて不安になったが、しばらくの間を置いて有比古は丁寧に頭を下げ、礼を言った。

「感謝する。この剣は出雲の例祭には欠かせないものであるのに、長い間出雲の地になかった。古い時代の諍いのために、青月剣を失ったままでいるなどおかしな話だ。この剣をもって出雲大社の祭りはより一層荘厳なものとなろう。大社の修繕も朝廷が支援してくれるということで、礼を言う」

有比古のその言葉に、ユキは自分の不安が意味のないものなのだと自分自身に言い聞かせた。

出雲の一行が近衛家を去る時に、有比古の供の一人にユキは小声で聞いてみた。

「あの、さよりさんはどうしていますか？　前の総領の方の墓守をされていると聞きましたが」

「ああ、あの女ですか。あれは、有比古様に格別の配慮を頂いておきながら、姿を消しましたよ。武比古様の墓守を命じられたのに、武比古様はここにはいないとか言ってふいといなくなったのですよ。せっかくの有比古様の温情を無碍（むげ）にして」

「さよりさんが姿を消したのですか？」

「仕方ない女ですよ。今行方を探させています。そのうち見つかるでしょう」

ユキは縄を掛けられたまま、出雲へ向かって八瀬の地を去っていったさよりの姿を思い出した。

（さよりさん、どこへ行ったのだろう）

ユキは心に何とも言えないざわめきが起きた。


「朝廷のほうは？」

出雲のことを考えていたユキは、和尚にそう問いかけられて我に返った。

「あ、はい、朝廷へは近衛家を通じて、これからもお仕えしていきます。守門はこれからも朝廷をお守りしていきますし。先夢を献上することはもうできませんが。八瀬に代々伝わる医術をもってお仕えし続けることになりました」

「そうか。帝も今の世の中の状況はご不安だろうしな。よくお仕えすることじゃな」

「はい」

寺を出ていくユキを門まで見送りに出た和尚は、ユキに聞いた。

「ユキ、本当にもう先夢は見なくなったのか？」

ユキは和尚の顔をしばらく無言で見た後、返事を返した。

「先夢と、私が確信できるようなものは見ません。でも、同じ内容の夢を何回も繰り返し見ています」

「それは、先夢ではないというのか？」

「わかりません。でも、先夢にしてはいけないのです。私に先夢を見る能力があったとしても、私の見る夢が、皆のこの先を表していいはずがないのです。もし私の見続ける夢が先夢だったとしても……私はそれが先夢ではないように、先夢ではないものにするために、私ができることを精いっぱいやっていく覚悟です」

ユキの瞳には強い決意が宿っていた。

（それが、この娘の決めたことか）

和尚は、まだ十五、六の娘が背負ったものの重さを感じて、ユキが憐れになった。しかし、当のユキ自身は、自分の果たすべきこと、役割を重々わかっているようだ。だからこそ、彼女の瞳はこれほど澄み、そして力強いのだろう。

「ユキ。承知した。これからもたびたび訪ねてきなさい。心が疲れた時はここの庭を眺めればよい。お前の行こうとしている道は、時には心を休めることも必要だろうからな」

「和尚様、どうもありがとうございます。今日は茶室を使わせていただき感謝致します」

ユキは和尚に深く頭を下げた。

八瀬の里へ帰る道を歩いていると、長い夏の一日もようやく暮れて、東の空は薄い藍色に染まってきていた。逆に西の空は沈みゆく夕日で鮮やかなほどの紅色に染まっていた。

一日が終わり、夜が来て、また新しい一日が訪れる。時代というものもそうなのかもしれない。変わらないものなどなく、すべてが移ろっていく。しかし、それこそ自然なことなのだろう。出雲の武比古のように、時の流れを己の力でせき止めることは、無理なことなのだ。サエキ様も、八瀬の里も。本来であれば、もうずっと前から、変わっていかなければならなかったのかもしれない。かつてユキが見た夢の中で「行かせよ。過ぎ去らせよ。過ぎゆくものは過ぎ去らしめ」と告げていた尊い存在が伝えたかったことも、そういうことではないのだろうか。

ユキが幾度も夢に見るように、京の町は戦いに巻き込まれていくのかもしれない。帝は京の地を去られるのかもしれない。そして、沖田は、その血をこの地に流すのかもしれない。ユキには先夢の意味が今でもわからなかった。しかし、未来に何が起こるかわからなくとも、未来を変えていくために今できることをやることのほうがずっと大切だ。そのほうが、前を向いて歩いていくことができる。

（不安だけど。不安だからといって立ち止まって何もしないわけにはいかない）

ユキは、変わりつつある時の流れに、むしろ立ち向かうような気持ちで歩き出した。

著者プロフィール

七星 夏野（ななほし なつの）

東北大学教育学部卒業。英国立ノッティンガム大学院でMBA（経営学修士）取得。京都造形芸術大学（現京都芸術大学）大学院芸術環境研究領域で芸術学修士取得。外資金融会社に20年以上勤務した後作家活動に入る。１級ファイナンシャルプランニング技能士。ポジティブ心理学実践インストラクター®、上級心理カウンセラー、産業心理カウンセラー資格（日本能力開発推進協会〈JADP〉認定）を持つ。ポジティブ心理学の研究はライフワーク。犬が大好きで、認定ペットシッター、ペット終活アドバイザーの資格を持つ。趣味は時代小説を読むことと俳句作り。

イラスト協力会社／株式会社ラポール イラスト事業部

八瀬秘録

2024年２月15日　初版第１刷発行

著　者　七星 夏野
発行者　瓜谷 綱延
発行所　株式会社文芸社
〒160-0022　東京都新宿区新宿１－10－１
電話　03-5369-3060（代表）
03-5369-2299（販売）

印刷所　株式会社フクイン

ISBN978-4-286-24857-8